일반공격이 전체공격에
2회 공격인 엄마는 좋아하세요?
5
STORY
ILLUST IIDA

아들과 모험을 하면, 정말 행복해요.

게임세계에서 화제를 모으고 있는 어미니 잡지 『MAMAN』 창간호에서 오오스키 마마코 씨의 특집을 싣자, 『마마코 씨에 대해 더 알려줘!』 라는 요청이 쇄도했습니다. 그 요청에 부응하기 위해, 돌격 인터뷰를 감행했습니다!
마마코 "좋은 아침…… 아, 지금은 밤이었나? 오오스키 마마코라고 해요. 잘 부탁해요."
그럼 무릎베개를 부탁하고 싶은 감정을 억누르며, 말씀을 나눠보도록 하죠.

아름다움의 비결은, 자식과 함께 하는 모험!

뵐 때마다 드는 생각이지만, 마마코 씨는 정말 아름다우시군요.
마마코 "어머나, 겉치레 말을 참 잘하시네요."
겉치레 말이 아니라, 진심에서 우러난 말입니다. 고등학교에 다니는 아드님을 뒀으면서, 정말 젊고 아름다우시군요. 무슨 비결이라도 있나요?
마마코 "딱히 특별한 건…… 아, 맞다. 저는 지금 아들과 함께 모험을 하고 있어요. 그 덕분이려나요?"
모험에 미용효과가 있을 것 같지는 않습니다만…….
마마코 "아들인 마 군과 함께 많은 곳을 돌아다니며 다양한 체험을 했고, 많은 이야기를 나누니 참 행복해요. 우후후."
즉 마사토 군 성분이 육체를 활성화시키고 있다는 거군요.
마마코 "마 군만이 아니라 와이즈 양, 메디 양, 포타 양도 저에게 좋은 기운을 잔뜩 주고 있어요. 그 덕분일 거예요."
사랑하는 아들, 그리고 멋진 동료와 함께 대모험을 하는 나날이 마마코 씨를 빛나게 해주는 거군요.

집안일도 배틀도 엄마에게 맡겨!

집안일을 도맡아 할 뿐만 아니라, 전투에서는 메인 화력을 담당하고 계시죠. 즐거우면서도 바쁜 나날일 것 같군요.
마마코 "힘들 때도 있지만, 하루하루가 충실해요."
그야말로 무적, 그 어디에도 적수가 없군요. 하지만, 지나치게 나선다는 의견도 있다고 들었습니다.
마마코 "맞아요……. 너무 나서다가 마 군에게 혼난 적도 있어요……. 하지만 이렇게 함께 있는 동안, 제가 해줄 수 있는 일은 전부 해주고 싶어요……."
자식의 자립을 예감했기에, 어머니로서 더 신경을 써주고 싶은 거군요. 부모 마음이네요.
마마코 "자립……. 언젠가, 마 군이, 나를 두고 어딘가로……. 아아, 현기증이 나……."
아아아아앗?! 마마코 씨~?!
(인터뷰 담당자가 약을 썼다.)
(마마코가 의식을 차렸다!)

천하제일 모도회에 출전합니다!

그, 그럼, 마마코 씨가 시장을 보러 갈 시간이 되셨으니, 이쯤에서 끝낼까 합니다. 그러고 보니 천하제일 모도회에 출전하시나요?
마마코 "예. 참가할 예정이예요."
그럼 마지막으로 대회에 대한 포부를 한 말씀 부탁드립니다.
마마코 "부모자식의 추억을 기록해주는 멋진 상품을 손에 넣기 위해, 최선을 다하겠어요."
그야말로 우승은 따 놓은 당상?! 마마코 씨의 활약을 기대해주시길!

VER GIRL

MAKO OOSUKI INTERVIEW

MAMAN
특별기획

인터뷰
오오스키 마마코 씨

로리 마마코
LORIMAMAKO
어떤 이유로 로리화한 마마코.
겉모습은 다섯 살 가량으로
보이지만 정신은 평소와 다름없기
때문에, 그런 그녀를 부모로 대해야
하는 아들은 곤란하다.
“조그맣지만, 엄마―야!
실컷 어리광부려!”
비스트 마마코
BEASTMAMAKO
어떻게 된 건지 짐승화한 마마코.
물론 꼬리는 두 개. 동물적인
감각이 강화되면서, 아들의
기척에 지나칠 정도로
민감해져서 곤란하다.
“강아지일까? 고양이일까?
실은 엄마야, 멍냥”

"악마 엄마랑 같이
외출하자."
데빌 마마코
DEVILMAMAKO
특수한 사령에게 빙의당해 악마화한 마마코. 인간의 정기를 빨아먹는 종족에 속하지만, 아들 성분만 먹기 때문에 아들만 곤란하다.
"위대한 어머니 되시는 숲에서,
엄마하고 영원히 함께 살자."
엘프 마마코
ELFMAMAKO
엘프의 비약을 마시고 엘프화한 마마코. 금발과 뾰족한 귀가 특징. 초목의 목소리를 들을 수 있지만, 역시 아들의 목소리가 가장 잘 들려서 곤란하다.

HAHAKO

천하제일 모도회에 참가한,
마마코와 흡사하게 생긴
정체불명의 어머니.
마마코를 적대시하고 있으며,
마사토가 자기 아들이라고
주장하는데…….

"당신에게 이겨서 최강이 되면,
내가 마사토의 엄마야."

CONTENTS

일반공격이 전체공격에
2회 공격인 엄마는 좋아하세요?

STORY INAKA DACHIMA
ILLUST IIDA POCHI.

VOLUME 5

프롤로그
어느 어머니의 신청

【참가를 희망하시는 분의 성함】

오오스키 마마코라고 해요.

【직업】

평범한 용사의 어머니예요(현실세계에서는 전업주부를 하고 있어요).

【자제 분의 숫자】

한 명이에요.

【자제 분의 성함】

마 군(마사토)이에요.

【특기】

자랑할 정도는 아니지만, 전반적인 집안일이 특기예요.

【장비품】

만물의 어머니인 대지의 성검 테라디마도레(빨간색 검이에요).

만물의 어머니인 바다의 성검 알투라(파란색 검이에요).

【습득한 스킬과 마법 등】

마법은 쓰지 못하지만, 일반적인 어머니가 습득하는 스킬은 대부분 익혔다고 생각해요.

【시합에 참가할 수 있는 시간대】

오전에는 세탁 같은 집안일을 해야 하니, 집합시간 혹은 시합 개시 시간이 너무 이르면 곤란해요.

오후에는 세탁물 정리와 저녁 장보기를 해야 하니, 오후 세 시 반까지는 해산할 수 있으면 좋겠어요.

【대회 참가의 포부 등을 자유롭게 적어 주십시오】

대화 참가를 권해주셔서 정말 감사해요.

승부나 대결 같은 것에 익숙하지는 않지만, 마 군도 분명 기뻐할 멋진 상품이 걸려 있으니 최선을 다하겠어요.

신청 폼에 기입을 마친 후…….

"저기, 마 군. 이정도면 어때? 이상한 곳이 있으면 알려줄래?"

마마코가 마사토에게 찰싹 달라붙더니, 입체 표시된 윈도우 화면을 보여줬다. 마마코 부비부비. 화면 부비부비. 부비부비 부비부비. 너무 가깝다고.

여관에서 좀 쉬고 있는데, 이런 일이 벌어졌다.

마마코가 들러붙으며 자신의 코앞에 입체 화면을 표시한 바람에 잘 보이지 않지만, 그래도 일단 확인을 해본 마사토는…… 미간을 찌푸리면서 땅이 꺼져라 한숨을 내쉬었다.

"저기, 여러모로 할 말이 있기는 해."

"뭐니?"

"우선 말투가 너무 정중해. 『라고 해요』, 『이에요』 같은 건 안 적어도 돼. 이대로 등록을 해버리면 등록 내용이 이상해질 수도 있어."

"어머, 그렇네. ……어머니의 성함이 『오오스키 마마코라고 해요 씨』 같은 식으로 될 수도 있는 거구나. 우후후."

"웃을 일이 아니라고. ……그리고 다음은 자제 분의 성함 부분 말인데……."

오오스키 마마코라고 해요 씨의, 자제 분의 성함은?

마 군(마사토)이에요.

"왜 본명을 괄호 안에 넣은 거야?! 애칭을 메인으로 신청하지 마!"

"어머나, 엄마가 실수했네. 엄마는 마 군을 항상 마 군이라고 부르니까, 무심코 마 군이라고 적은 것 같아."

"그런 부분은 좀 신경 써 주세요! 제발 부탁이에요! 진심으로 부탁드립니다! ……그리고, 말이야."

다음이 가장 중요한 점이다.

마사토는 다시 신청 폼을 쳐다보면서, 가장 미심쩍은 점에 대해 물어보았다.

"저기, 엄마. 이건 뭘 신청하는 거야? 『대회』라고 적혀있긴 한데……."

"그건……."

마마코는 잠시 머뭇거리더니, 문뜩 뭔가가 생각난 듯한 반응을 보였다.

"아, 맞아. 기왕이면 당일까지 비밀로 하는 편이 좋을 것 같네."

"이봐, 잠깐만 있어봐. 비밀로 하는 이유가 뭐냐고……."

"엄마가 마 군을 위해 준비한, 애정이 듬뿍 담긴 서프라이즈야. 우후후."

"아니, 그러지 말고 미리 알려줘. 무슨 짓을 벌일 거라는 것만 뻔히 아는 상황에서, 서프라이즈 같은 소리를 들으니…… 불안이 밀려온단 말이야. 아니, 불안밖에 안 느껴져."

서프라이즈 선언을 한 이 사람은 매사에 있어 전대미문의 사태를 벌이는 친어머니, 마마코다.

무슨 일이 벌어질 게 틀림없다……. 마사토가 전혀 예측하지 못한, 그리고 그가 중점적으로 책임을 지게 되는, 그런 성가신 사태로 발전하리라.

솔직히 말해, 불안했다.

"우후후! 엄마는 가슴이 뛰기 시작했어!"

"아들은 위가 욱신거리기 시작했거든?!"

어머니가 의욕을 보이자, 아들의 마음속은 걱정으로 가득 찼다.

상냥한 미소와 걱정이 잔뜩 담긴, 즐거운 모자지간의 모험이 막을 올렸다.

제1장
엄마가 주역! 아들 용사는 잡일 담당! 평소와 똑같은 구도라, 괴롭다.

용사 일행은 참혹한 모험의 나날을 겪으며 착실하게 성장하고 있다.

각자의 역할을 정확하게 파악하고 있는 것이다.

"……좋아. 진형은 가로 일렬이야. 다들 한 줄로 서."

용사 마사토는 리더답게 자신감 넘치는 목소리로 동료들에게 지시를 내렸다.

동료들은 재빨리 그 지시에 따랐다.

"흐흥. 내가 나설 차례네. 초절정 현자의 힘을 똑똑히 보여주겠어."

몸에 걸친 진홍색 소서러 재킷 못지않게, 새빨갛게 타오르는 투지를 뿜고 있는 현자 위즈가 마사토의 옆에 섰다.

그 옆에는 순백색 옷을 입은 치유술사 메디가 서있었다.

"파티에 꼭 필요한 회복 담당이자 전투요원이기도 한 제가 함께하는 이상, 승리는 약속된 거나 다름없어요."

단아한 어조로 그렇게 말한 메디의 옆에는 열두 살 여자 여행상인이자 트레이드마크인 숄더백을 꼭 안아들고 있는 포타가 있었다.

"저도 도울게요! 꼭 도움이 되겠어요!"

마사토를 필두로, 여자애들이 한 줄로 섰다. 준비가 완료된 것이다.

마사토는 함께 전장으로 향할 동료들을 믿음직하다는 듯이 둘러본 후, 다시 지시를 내렸다.

"좋아. 그럼…… 제자리에! 준비!"

네 사람은 일제히 단거리 육상선수의 출발 자세를 취했다. 힘차게 뛰쳐나가면서 최대한 빨리 전장에 뛰어들기 위해서다.

그런 마사토 일행의 시선은 한 동료에게 향하고 있었다.

따듯한 햇살에 이끌린 듯이 가볍게 콧노래를 부르고, 특대 사이즈의 가슴을 흔들면서, 산들바람이 부는 초원 필드를 즐거운 듯이 거닐고 있는 저 사람은…….

마사토의 어머니인 마마코다.

"날씨가 참 좋네. 도시락을 싸오기 참 잘한 것 같아. 빨리 퀘스트를 마치고, 다 같이 소풍을 즐겨야지. 우후후."

마마코가 느긋하게 걷고 있을 때, 몬스터 무리가 그녀의 앞에 출현했다!

지네와 두더지처럼 생긴 거대한 해충과 짐승들이 대량으로 나타났다.

"어머나. 도로 인근에서 출몰한다는 몬스터 무리가 바로 이 녀석들 같네."

퀘스트의 토벌대상을 포착했다. 자, 전투 시작!

하지만…….

"마, 마사토 씨! 마마 씨 앞에 몬스터가 나타났어요!"

"응. 그런 것 같아. ……하지만 아직 나서면 안 돼. 스탠바이 하고 있어."

마사토 일행은 움직이지 않았다. 출발 자세를 유지한 채 상황을 지그시 관찰하고 있었다. 타이밍을 재고 있는 것이다.

마마코는 몬스터와의 전투를 시작했다.

"그럼 엄마가 쓰러뜨릴게. 에잇!"

마마코의 공격. 마마코는 양손에 쥔 두 자루의 성검을 마음껏 휘둘렀다. 머릿수별 대미지 전체공격의 2회 공격!

대지의 성검 테라디마도레의 힘에 의해, 대지에서 대량의 바위 칼날이 생겨났다.

바다의 성검 알투라의 힘에 의해, 물방울 탄환이 생겨나더니 일제히 발사됐다.

몬스터들은 일제히 베이고, 찔리고, 꿰뚫리면서 한꺼번에 쓸려나갔다!

마마코는 몬스터 무리를 해치웠다! 전투 종료!

그 순간…….

"좋아, 지금이야!"

"가자! 돌격~!"

"지금이 바로 저희의 힘을 선보일 때예요!"

"아, 예! 저도 함께할게요!"

전투가 끝난 순간, 마사토 일행이 일제히 스타트를 끊었다. 그들이 향한 곳은 방금 퇴치된 몬스터들이 있던 장소다.

퇴치된 몬스터들은 재가 된 후, 주사위 모양의 환금소재 『젬』을 남기며 사라진다. 「저는 젬을 회수할게요!」, 「부탁해!」 젬 회수는 포타의 중요한 임무다. 그건 그녀에게 맡기기로 했다.

퇴치된 몬스터가 남기는 것은 젬만이 아니다.

드물게 아이템을 남기며 사라지는 개체도 있다. 즉, 『드랍 아이템』이다.

마사토 일행의 상대는 바로 그것이다.

"와이즈! 메디! 알지?! ……드랍 아이템을……!"

"지면에 떨어지기 전에 잡으면, 우리가 이긴 거야!"

"떨어뜨리면 저희가 진 거죠!"

"맞아! 그렇게 정했어! 그게 바로 우리의 싸움! 우리가 필사적으로 머리를 쥐어짜내서 찾아낸, 지금 우리가 할 수 있는 일이라고오오오!"

일반 전투는 엄청난 화력을 지닌 마마코가 단숨에 마무리 짓는다.

하지만, 마사토 일행은 뭐라도 좀 하고 싶었다.

그래서, 하늘하늘 휘날리며 낙하하고 있는, 종이 형태의 드랍 아이템을 향해……!

"우랴아아아아아압! 슬라이딩 캐치이이이이잇!"

"앗, 큰일 났다! 저쪽에 있는 게 지면에 떨어질 것 같아! 안 돼애애애앳!"

"와이즈 양! 지금이 바로 연속마법을 쓸 때예요! 바람을 일으켜서 낙하를 저지해주세요!"

"어머나. 다들 기운이 넘치네. 우후후."
어머니가 상냥한 미소를 머금으며 지켜보는 가운데…….
잡초와 흙으로 범벅이 되면서, 아이들은 눈물겨운 노력을 이어갔다.

이 지역의 안전을 확보하기 위한 싸움과, 자신들의 존재의의를 확보하기 위한 싸움.
그 두 싸움을 마친 용사 일행은 전리품을 손에 들고 집합했다.
"비참한 심정 같은 건 일단 제쳐두기로 하고, 일단 정신없이 뛰어다니며 최선을 다해보긴 했는데…… 이게 뭐지?"
마사토는 방금 획득한 종이 몇 장을 쳐다보았다.
그 종이는 전부 똑같은 전단지였다.

【천하제일 모도회(母道會)! 개최 결정!】

그 전단지에는 왠지 낯익은 대회 명칭이 큼지막하게 적혀 있었으며, 프라이팬과 냄비 뚜껑을 쥔 어머니의 일러스트도 그려져 있었다.
그 외에는 출전 희망자가 쇄도하고 있다는 선전문구와 함께, 대회장에 오신 분께는 공식 팸플릿을 드린다는 문장, 그리고 대회가 개최되는 마을에 오는 방법 등이 기재되어 있었다.

전단지 하단부에는 대회 개최기간에 해당 마을의 상점에서 사용할 수 있는 쿠폰권이 붙어 있었다. 최대 5퍼센트 할인이 된다고 한다. 딱히 의미가 없는 듯한 느낌이 들었다.

아무튼, 마사토 일행은 그런 드랍 아이템을 손에 넣었는데…….

“와이즈와 메디가 모은 건 뭐야?”

“내 종이도 마사토가 가지고 있는 전단지와 똑같아.”

“저도 마찬가지예요. 방금 그 몬스터의 드랍 아이템은 전부 이 전단지 같네요.”

“혹시 특수한 전단지일까요?! 제가 확인해볼게요!”

“아, 그럴 필요 없어. 포타가 감정을 안 해봐도 알 수 있어. ……이건 쓰레기야.”

마사토는 딱 잘라 그렇게 말하더니, 전단지를 구겨서 버리려고 「아, 마 군! 잠깐만!」 하지만 마마코가 그런 마사토를 말렸다.

“안 돼, 마 군! 함부로 버리면 안 되잖니!”

“아~ 맞아. 무단투기는 안 할게. ……그래도 이게 쓰레기라는 점에는 변함이 없어. 나중에 버려야지.”

“그, 그러지 마! 하, 할인 쿠폰도 붙어 있잖니?”

“엄마는 그런 걸 좋아하지만, 나는…… 흥미 없거든…….”

“게, 게다가, 여기 좀 봐! 대회래! 정말 재미있을 것 같아! 마 군도 이런 걸 좋아하지?! 흥미 있지 않니?!”

“으음…… 대회 명칭이 여러모로 문제가 될 느낌이 풀풀 나긴 하네. 그래서 좀 신경이 쓰이는데…… 그것보다…….”

천하제일 『모(母)』도회.

"내가 참가할 수 있을까?"

"유감이지만, 마 군은 참가할 수 없어. 참가자격이 있는 건, 어머니들뿐이야."

"흐음~? 나는 참가할 수 없고, 참가자격이 있는 건 어머니뿐…… 엄마가 그렇게 단언하네. 흐음……."

"그, 그래도 말이야! 관객으로 참가하면, 열심히 싸우는 어머니들의 모습을 볼 수 있을 거야! 어머니들의 싸움을 직접 보면서, 힘내라고 응원할 수도 있을 거야!"

"응원…… 뭐, 그것도 나쁘지는 않을 것 같은데……."

"그렇다면……!"

"아~ 하지만 나는 이제 이런 전단지에 휘둘리지 않기로 결심했거든. 시라아세 씨의 낚시에도 질렸고, 우리의 적인 사천왕의 함정일지도 모르니까……."

"괜찮아! 이건 운영 측에서 기획한 이벤트인걸! 어머니들이 싸우기만 할 뿐이니까, 너희가 위험에 처할 일은 없을 거래!"

"호오. 이건 운영 측이 준비한 이벤트니까, 우리는 마음 푹 놓고 지켜보기만 하면 된다는 거야?"

"그래! 시합을 지켜봐주기만 하면 돼! 그러니까……!"

마마코는 평소와 다르게 열심히 추천을 했다.

그래서 마사토는 의문에 사로잡혔다.

"저기, 엄마. 뭐 하나만 물어봐도 돼?"

"그래. 궁금한 게 뭐니?"

"이 이벤트의 참가자격, 그리고 이걸 기획한 게 운영 측이라는 건…… 전단지에 한 마디도 적혀 있지 않거든? ……그건 어느 소스로 알게 된 건데?"

"어, 어느 소스? ……소스…… 마 군이 특정 메이커의 소스를 좋아한다면, 앞으로는 그걸 쓰도록……."

"조미료 소스 이야기가 아냐! 정보의 출처를 털어놓으라는 소리라고!"

"그, 그렇구나……. 으음…… 말로 설명하기 좀 어려운데……."

"하아, 그냥 단도직입적으로 묻겠는데…… 엄마는 이 대회에 대해 일찌감치 알고 있었고, 어떤 이유가 있어서 우리를 그 개최지로 데려가려는 거지?"

"저기, 그러니까…… 그렇기는, 한데……."

"그럼 우선 그 이유를 알려줘. 그걸 알려줘야 납득을 하든 말든 할 거 아냐. 자, 이야기해봐. 이야기해. 빨리 해보라고."

마사토가 노골적으로 짜증을 드러내며 그렇게 따지듯 말한 순간…….

와이즈와 메디, 포타가 마마코를 감싸려는 듯이 끼어들었다.

"저기, 마사토. 그만해. 그런 건 이미 졸업한 거 아니었어?"

"이 게임 세계에 전송된 직후, 자초지종을 털어놓지 않는 마마코 씨를 꽤 심하게 대했다죠? 예전에 이야기는 들었어요."

"마사토 씨, 부탁이에요! 좀 진정하세요!"

"으, 응. 알아. 그 일은 내 기억 속에 생생히 남아 있어. 똑같은 실수를 반복할 생각은 없어. ……그런 일은 두 번 다시

겪고 싶지 않거든."

어머니가 슬퍼하며 우는 얼굴 같은 건, 자식이 평생 보지 않아도 되는 것이다.

마사토가 캐물은 바람에 마마코는 꽤 당황한 것 같지만, 정신적으로 충격을 받은 것 같지는 않았다. 아직 세이프다. 만회할 기회는 있는 것이다.

마사토는 심호흡을 하며 마음을 진정시켰다. 그리고 상냥한 마음을 품으면서, 다시 마마코에게 물었다.

"저기…… 엄마. 내 말 좀 들어봐."

"그, 그래. 말해봐."

"일단 엄마는 우리를 그 대회에 참가시키고 싶은 거지? 관객으로서 말이야."

"응. 그렇지."

"그리고 그래야 하는 이유가 있는 거구나?"

"맞아. 하지만…… 기왕이면 그 이유는 대회 당일에 대회장에서 밝혀서, 너희를 깜짝 놀라게 해주는 게 어떻겠냐는 조언을 받아서……."

"그런 쓸데없는 조언을 한 사람이 누구인지 바로 짐작이 되네."

마마코는 그런 괜한 정보를 제공한 범인에 관한 것은 일단 제쳐두기로 했다.

아무튼 어머니들의 대회가 곧 개최되며, 마마코는 마사토 일행을 그곳으로 데려가고 싶어 한다.

또한, 자세한 이유는 당일 대회장에서 밝혀진다고 한다.

힌트가 이 만큼이나 있으니 간단히 추리할 수 있었다. 마사토는 핵심을 파고들었다.

"저기, 엄마……. 혹시…… 엄마도 천하제일 모도회에 참가하려는 거 아냐?"

마사토가 어이없다는 투로 그렇게 묻자…….

마마코는 수줍음을 타는 10대 소녀처럼 볼을 붉혔다.

"마 군도 참, 그렇게 대놓고 이야기하면 어떻게 하니. 부끄러워라……."

마마코는 몸을 배배 꼬면서 작게 고개를 끄덕였다. 「마마코 씨, 귀~여~워~!」, 「사랑스럽네요」, 「귀여워요!」 여자애들은 한곳에 모여 꺄아꺄아 거리며 저런 말을 늘어놓고 있었다.

한편, 수줍음 많은 소녀 같은 반응을 보이는 어머니를 본 아들은…….

"……커억……."

대량의 피를 토하며 쓰러졌다. 친어머니의 귀여운 모습을 받아들이는 것은 역시 무리였다.

토벌 퀘스트를 마친 일행은 모험가 길드에 보고를 하기 위해, 인근의 역참 마을로 돌아갔다. 돌아가는 길에 마주친 몬스터는 「에잇!」 마마코가 이하 생략한 덕분에, 별다른 문제는 일어나지 않았다.

마사토는 빈혈, 그리고 다른 이유 때문에 현기증이 났다.

"대회에 참가한다니…… 엄마는 대체 무슨 생각인 거야……. 남과 다투는 걸 좋아하지 않으면서……."

"그래. 하지만 우승상품이 너무 매력적인걸."

"흐음. 마마코 씨가 이렇게 탐을 내다니, 별일도 다 있네."

"어떤 건가요?"

"저도 궁금해요! 알고 싶어요!"

"우후후. 그건 말이지……. 바로 이거야!"

짜잔~! 마마코가 가슴 계곡에서 종이 한 장을 꺼냈다. 「왜 그런데다 넣어둔 거야?!」, 「엄마의 옷에는 호주머니가 없거든……」 항상 가지고 다닐 만큼 저 종이를 소중하게 여기는 것 같았다.

대회 홍보 전단지와 다른 그 종이에는 【부모자식 앨범】이라는 이름의 우승 상품이 그려져 있었다. 겉보기에는 평범한 앨범이다.

하지만 단순한 앨범은 아니었다. 설명서에 따르면, 게임 안에서 부모자식이 함께 경험한 인상적인 장면을 자동 촬영하는 기능이 탑재되어 있는 것 같았다.

마사토로서는 영 내키지 않는 상품이었다.

"모험 상황을 자동으로 캡처하는 거구나……. 확실히 편리하기는 한데…… 떠올리기도 싫은 장면이 보존되어 있을 가능성도 있는 거잖아……."

마마코가 마사토보다 활약하는 장면 혹은 다양한 코스튬을 입은 모습…… 아들이 봤다간 심각한 대미지를 받게 될 장면이 선명하게 기록되는 것이다.

"으으…… 좀 봐달라고……."

"마사토는 그럴지도 모르지만, 마마코 씨는 마사토와 함께 보내는 모든 순간이 보물인 거잖아."

"그래! 실은 말이지? 디지털 카메라로 마 군의 모습을 잔뜩 촬영해서 소중히 보존해두고 싶지만…… 가지고 오는 걸 깜빡했지 뭐야……."

"그런 마마코 씨로서는 정말 탐이 나는 상품인 거군요."

"엄청난 레어 아이템이네요! 꼭 손에 넣었으면 좋겠어요!"

"레어 아이템…… 그런 걸 싫어하지는 않지만…… 그래도, 좀……."

사실 마사토로서는 가지고 싶지 않았다.

출전을 포기하는 방향으로 다시 생각해줄 수는 없을까. 마음 같아선 마사토는 마마코를 설득하고 싶었다.

하지만 옆을 힐끔 쳐다보자…….

"마 군과의 추억을 보존할 수 있다니, 정말 멋져! 우후후!"

진심으로 기뻐하며, 평소보다 들떠 있는 어머니의 모습이 눈에 들어왔다.

정말 행복해 보였다. 마사토마저도 덩달아 미소를 짓고 말 정도로 말이다.

그런 모습이 눈에 들어온 이상…….

'포기하라는 소리를 어떻게 하냐고…….'

말할 수 없다. 말할 수 있을 리가 없다.

그런데도, 마사토는 자신의 마음을 관철시키고 싶다는 생각이 마음속에 존재했다.

하지만, 자신의 의견만 강요하는 것도 어린애 같은 짓이라는 생각이 들었다.

'자신의 마음과, 엄마의 마음…… 어느 쪽을 우선해야 할까……. 어렵네…….'

마사토는 입 밖으로 튀어나오려 하는 말을 꾹 삼킨 후, 일단 이 생각을 보류할 수밖에 없었다.

그러다 보니, 어느새 일행은 마을에 도착했다.

아이템 및 식재료 가게가 줄지어 있는 활기 넘치는 대로를 지난 그들은 우선 모험가 길드로 향했다.

사무소 같은 살풍경한 건물에 들어간 일행은 접수 카운터로 향했다. 여성 직원이 그들을 발견하더니, 살가운 미소를 지으며 말을 건넸다.

"아, 오오스키 마마코 씨와 자제 분들이시군요. 수고 많으세요."

"잠깐만요. 『용사 마사토와 동료들』로 정정해줘요."

"마사토도 정말. 쓸데없는 일 가지고 경쟁심을 불태우지 마."

"수고 많으세요. 퀘스트 완료 보고를 하러 왔어요."

마사토가 분통을 터뜨리는 가운데, 마마코와 여성 직원은 수속을 진행했다. 토벌 보고서를 작성해서 제출했고, 확인을 마친 후에 포상금을 수령했다.

게임에 관한 지식이 전무에 가깝던 마마코는 당황할 때가 많았지만, 요즘 들어서는 매사를 순조롭게 처리하게 됐다. 마치 진짜로 리더가 된 것 같았다.

마마코의 모습을 쳐다보고 있는 메디와 포타도 감탄했다.

"마마코 씨도 어느새 어엿한 모험가가 되었군요."

"정말 믿음직한 엄마 모험가예요!"

"그리고 내 입장이…… 하아…… 뭐, 이미 익숙해졌어."

받을 것을 받았으니 이제 이곳에는 볼일이 없다. 마사토는 서둘러 모험가 길드를 나서…….

아니, 그 전에 여성 직원에게 무언가를 물어보기로 했다.

"아, 맞다. 저기, 질문 하나만 해도 될까요? 몬스터를 쓰러뜨렸더니 천하제일 모도회라는 대회를 홍보하는 전단지가 드랍됐는데요……."

"아, 그 전단지를 마을 분들에게 나눠주면 보수를 받을 수 있어요. 많이 나눠줄수록 보수도 늘어나죠. 꼭 해보세요."

"모험가에게 전단지 배포 아르바이트도 시키는 거냐. 용돈벌이 삼아 해보고 싶어지네."

"아, 천하제일 모도회 하니 생각난 건데, 마마코 씨에게 건네 드릴 게 있어요."

여성 직원이 카운터 안을 뒤지더니…….

봉투 다발, 가죽 서찰, 닌자가 술법을 쓸 때 이용할 듯한 두루마리, 커다란 나뭇잎, 메모리 스틱 같은 물체 등, 다양한 물건을 마마코 앞에 늘어놓았다.

"어머나, 정말 많네. 이게 다 뭘까?"

"대회에 참가하는 분들이 마마코 씨에게 보낸 도전장 같아요."

"어? 도전장? 엄마한테? ……우와, 진짜잖아."

살펴보니, 봉투마다 【도전장 재중】이라고 적혀 있었다. 커다란 나뭇잎의 표면에서는 【당신과의 승부를 고대하고 있겠어】 같은 문장이 적혀 있었다.

"엄마는 도전을 받는 입장이구나. 게다가 양도 어마어마하고, 종류도 다양하네."

"다양한 종족의 어머니들이 마마코 씨와 대결하고 싶어 하는 것 같네요."

"다양한 종족…… 전에 엘프와 만난 적이 있는데, 엘프 말고도 다른 종족이 있는 거야?"

"예. 그래요."

"그렇구나……. 다양한 종족의, 다양한 어머니가…… 그리고 그 사람들이 엄마와 싸우고 싶어 하는 거네……."

"동경심을 품고 있는 분도 많을 테죠. ……마마코 씨는 『MAMAN』 창설호에서 표지와 권두특집을 장식했고, 천하제일 모도회의 특집 기사에서도 필두 우승후보로 이름을 올렸으니까요. 가장 주목을 받고 있는 분이라고 해도 과언이 아닐 거예요."

"예? ……으음, 『MAMAN』……?"

"어머니를 위한 월간지예요. 모르시나요?"

그것은 이 세계 곳곳에서 판매되고 있는, 어머니들의 애독서다. 「엄마 말이지? 잡지 취재를 받았어」, 「이미 사고를 벌인 후에 보고하는 거냐?!」 아들 용사가 모르는 사이, 그의 어머니는 지명도를 올린 것 같았다.

“그럼 이 대회도 꽤 유명한 건가요……?”

“어머니들은 물론이고, 어머니를 동경하는 사람들도 다들 알 거라고 생각해요. ……저도 언젠가 어머니가 되고 싶다는 마음을 가지고 있으니까, 이 대회를 엄청 주목…… 응? 어머?”

그 여성 직원은 고개를 갸웃거리면서 마마코를 쳐다보았다.

“마마코 씨는 예선 대회을 통과하셨나요?”

“예? 예선 대회?”

마마코가 그 말을 듣고 영문을 모르겠다는 듯이 고개를 갸웃거린 바로 그때였다.

콰아아아아아앙! 격렬한 충돌음이 들리더니 모험가 길드가 희미하게 흔들렸다.

그 소리는 밖에서 들려왔다. 그것도 이 근처에서 발생한 것 같았다.

“뭐, 뭐야? 뭔가가 큰 소리를 내며 떨어진 것 같은데…… 아무튼, 가보자!”

마사토 일행이 밖으로 뛰쳐나가보니, 모험가 길드 앞에는 조그마한 구덩이가 생겨 있었고…….

그 한가운데에는 관 하나가 당당히 꽂혀 있었다.

“저기, 마 군. 우리 앞에 나타난 관 안에는 당연히 그 사람이 들어있겠지?”

“응. 틀림없어. 이번에는 꽤나 거창하게 사망한 것 같네.”

“전송마법으로 날아오다가 착지 충격으로 죽은 걸까? 보통은 죽지 않지만 말이야."

"아무튼 되살려서 이야기를 들어볼까요?"

"예! 어떤 소식을 전해주려고 온 건지 궁금해요!"

소생마법은 치유술사인 메디의 특기분야다. 「그럼…… 콘포르테의 지팡이여!」, 「마법을 안 쓰는 거냐」 메디는 MP소비를 아끼려는 건지, 습득한 마법이 랜덤으로 발동하는 지팡이를 사용했다.

그리고 스무 번 가량의 시행착오 끝에, 소생마법이 발동했다.

관이 안개가 되어 사라지더니, 수녀 같은 복장을 한 여성이 평소와 마찬가지로 차가운 표정을 지으며 나타났다.

"안녕하세요, 시라아세 씨. 이번에도 멋들어지게 사망하셨네요."

"칭찬 감사합니다. ……그렇습니다. 저는 시라아세. 전투에 절대 참가하지 않는데도, 그 누구보다 사망횟수가 많은 정체불명의 수녀라는 걸 알려 드립…… 아, 느긋하게 인사나 나눌 때가 아니군요. 일분일초가 아까운 상황이니까요."

시라아세는 마사토 일행을 한 명 한 명 쳐다본 후, 손을 높이 치켜들었다.

"갑작스럽습니다만, 운영 측의 시스테마틱한 힘을 이용해 여러분을 강제적으로 이동시키겠습니다."

"어? 이동? 대체 어디로……?!"

마법이 아니라 게임을 관리하는 측의 기술력에 의해, 마사토 일행은 순식간에 이동됐고…….

눈을 떠보니, 그들은 낯선 장소에 있었다.

"여기는……?"

마사토 일행은 폭이 50미터는 될 듯한 넓은 길에 서있었다. 어떤 마을의 입구 부근 같았다.

주위를 둘러보니 다양한 종족이 있었다. 평범한 인간, 그리고 뾰족한 귀를 가진 금발 엘프, 동물의 꼬리와 귀가 달린 수인(獸人)……. 햇볕을 너무 쬐어서 피곤한 건지, 그늘에서 쉬고 있는 흡혈귀들도 있었다.

고개를 들어 하늘을 쳐다보니, 신성한 외모를 지닌 천사와 정령, 그리고 눈 둘 곳이 없는 섹시 의상을 입은 악마들이 날고 있었다. 갑자기 태양을 가린 거대한 무언가는 용과 드래곤의 무리였다.

그리고 애정행각을 펼치고 있는 5미터급 거인 커플을, 나비 날개가 달린 요정 관광객들이 살랑살랑~ 날면서 지나치고 있었다.

아무튼, 각양각색의 종족들이 있었다.

"이게 다 뭐야……."

"판타지 세계의 캐릭터가 총집합을 한 것 같군요……."

"와아! 로봇 같은 사람도 있어요! 안드로이드예요!"

"오오, 진짜네! 제트 분사로 날고 있어! ……그런데 잘은 모르겠지만, 판타지 세계에 안드로이드가 있어도 되는 거야?"

마사토 일행은 놀라움과 감동에 사로잡힌 채 그 온갖 종족들에서 눈길을 떼지 못했지만…….

시라아세가 그런 그들을 재촉했다.

"이곳은 천하제일 모도회가 개최되는 마을인 미마라고 합니다. 대회 개최를 하루 앞둔 현재, 전 세계에서 다양한 종족이 이 마을로 모여들고 있죠. 그리고 변화마법을 쓴 게 아닌 이상, 인간족 이외의 종족은 순도 100퍼센트 NPC입니다. 이상으로 설명을 끝내겠습니다."

"NPC에 순도 같은 것도 있어요?! 아니, 그것보다 설명이 너무 간략하잖아요! 다양한 종족에 대해 설명을 해달라고요! 꽤 관심이 있단 말이에요!"

"나중에 각 종족에 관해 적혀 있는 팸플릿을 나눠드리죠. 그것보다 지금 중요한 건 예선 대회예요. ……자, 마마코 씨."

"아, 그래. 오늘이 예선 대회 날이었구나."

"예. 게다가 참가 신청도 곧 있으면 마감되죠. 가장 중요한 날짜를 알려드리는 걸 깜빡하다니…… 정말 죄송합니다. 아무튼 서둘러 주세요."

"아, 잠깐만요!"

시라아세는 마마코를 데리고 거침없이 나아갔다.

그들이 향한 곳은 냄비와 프라이팬, 빗자루와 먼지떨이, 옷걸이와 빨래 건조대 같은 가정용품들로 꾸며져 있는 광대한 시설이다. 힘찬 글씨체로 【천하제일 모도회】라고 적힌 간판도 걸려 있었다. 이곳이 대회장 같았다.

입구에는 참가자용 접수 카운터가 설치되어 있었으며, 그곳에 있는 직원이 큰 목소리로 이렇게 외쳤다. 「5분 후에 신청이 마감됩니다! 참가를 희망하시는 분은 서둘러 주십시오!」 진짜로 아슬아슬했다.

"그럼 마마코 씨. 빨리 참가 신청을 하시죠."

"응! 그럼…… 아, 그래도 그 전에…… 마 군. 잠깐 나 좀 봐."

"왜, 왜 그래?"

마마코는 마사토 앞에 서더니, 애원하듯 두 손을 모아 쥐면서 지그시 그를 쳐다보았다.

"저기, 마 군. 엄마가 대회에 참가해도 될까?"

"그걸…… 왜 묻는 거야?"

"그야 마 군의 마음이 신경 쓰이기 때문이야. ……엄마는 마 군과 상의도 하지 않고 사전 신청을 했잖아? 그래선 안 되었던 게 아닐까 하는 생각이 들어."

"엄마가 멋대로 행동하는 건 어제 오늘 일이 아니잖아……. 내가 무슨 말을 해봤자 들은 척도 안 하고……."

"응. 그래. 마 군과 함께 있으면 기분이 참 좋아져서, 엉겁결에 지나친 행동을 할 때도 있어. ……그러니까, 나의 그런 면을 고쳐야 한다고 전부터 생각했어……."

"뭐?! 엄마, 드디어 자각한 거야?!"

"그러니까 이번에는 마 군의 생각을 먼저 듣고 싶어. ……저기, 마 군. 마 군의 생각을 들려줘."

내성적인 소녀가 용기를 쥐어짜내 고백을 하는 느낌이지만, 상대는 어디까지나 친어머니다. 「큭, 똑바로 쳐다볼 수가 없어……」 왠지 머리가 아프기 시작했다.

하지만 지금 나누고 있는 건 진지한 이야기다. 마사토의 기분은 과연 어떠할까?

'개인적으로는 엄마가 그냥 관뒀으면 좋겠지만…….'

하지만 자신의 생각을 어머니에게 강요하는 것은 옳지 않나는 생각이 들었다. 그런 어린애 같은 짓은 이미 졸업했다고 생각한다.

하지만 할 말이 있는데도 그냥 입을 다물고 있는 것 또한 뭔가 아닌 듯한 느낌이 들었다.

그렇다면 어떻게 하면 좋을까……. 판단의 기준이 되는 건……

그렇다.

상대방이, 자신의 어머니라는 점이다.

"……저기, 엄마. 그럼 나도 엄마한테 하고 싶은 말을 전부 다 하겠어. 각오는 됐지?"

"응. 괜찮아. 엄마로서, 아들인 마 군의 마음을 전부 받아줄게."

마마코는 미소 지었다. 그냥 보기만 해도 마음이 안심되는, 그런 평소와 다름없는 상냥한 표정을 짓고 있었다. 괜히 망설이거나 걱정한 게 바보스럽게 여겨졌다.

마사토는 그런 어머니를 똑바로 쳐다보면서 말했다.

"나는 엄마가 대회에 나가는 게 달갑지는 않아."

"그렇구나. ……그럼……."

"하지만 엄마가 나가고 싶다면, 나가보는 것도 괜찮을 거야."

"……뭐?"

마마코가 어안이 벙벙한 표정으로 그렇게 되묻자 마사토는 약간 멋쩍었다.

하지만 그는 말을 멈추지 않았다. 자신의 생각을 전부 전하기 위해서 말이다.

"나름대로 생각을 좀 해봤는데……. 나와 엄마는 함께 모험을 하고 있잖아. ……그리고 내가 주역인 모험이었으면 좋겠지만, 이건 엄마의 모험이기도 해. ……그러니까, 지금은 엄마가 하고 싶은 걸 하면 되지 않을까? 엄마는 대회에 참가하고 싶지? 그럼 참가하면 되겠네."

"……정말, 괜찮아?"

"괜찮다니까 그러네. 아들은 OK예요. 허락할게요. ……나도, 저기……."

때로는 엄마가 좋아할 만한 일을 하고 싶다. 권하고 싶다.

하지만 그 말을 입 밖으로 뱉는 것은 부끄럽기에, 마사토는 말을 돌렸다.

"그, 그러니까, 저기…… 반드시 우승해! 나도 응원할게!"

"뭐?! 응원?! 마 군이 엄마를 응원해주는 거야?!"

"그렇게 놀랄 일은 아니잖아. 자식이 부모를 응원하는 건, 딱히 이상한 일도 아니고……. 뭐, 열성적으로 응원을 할지는 모르겠지만, 일단은……."

점점 부끄러워진 나머지, 마사토는 엉뚱한 소리를 늘어놓기 시작했다…….

바로 그때였다.

"마 군, 고마워!" 반짝————————!!

"우왓, 눈부셔우웁?!"

기쁨에 사로잡힌 마마코는 【어머니의 빛】을 맹렬히 뿜으며 마사토를 꼭 끌어안았다. 눈부신 빛, 끝내주는 크기, 부드럽기 그지없는 감촉, 그리고 어머니의 달콤한 향기를 동시에 느끼며, 마사토는 마마코의 가슴에 얼굴을 묻었다.

"푸핫?! ……저기, 엄마! 눈부셔! 괴로워! 좀 진정해!"

"무리야! 엄마는 지금 정말 행복하거든!" 꼬옥~!

"행복한 건 좋지만, 때와 장소를 가려! 다들 쳐다보고 있잖아!"

마마코의 가슴 계곡에서 필사적으로 머리를 빼낸 마사토가 주위를 둘러보니, 여자들이 비웃…….

……고 있지 않았다. 포타는 평소와 마찬가지로 순수하게 감동한 듯한 반응을 보이고 있으며, 와이즈와 메디도 훈훈한 미소를 머금고 있었다.

"어, 어라? 나를 바보 취급하면서 웃을 상황 아냐?"

"무슨 소리를 하는 거야. 우리는 네가 성장한 모습을 보며 감탄하고 있어. 마마코 씨를 우선할 수 있게 됐네. 정말 대단해."

"자신의 감정을 억누를 뿐만 아니라, 그것을 전하면서 최선의 결과를 도출한다……. 예전에 저에게 가르쳐주셨던 것을 어엿하게 실천하고 있군요. 대단해요."

"아들 용사로서, 마사토 씨는 쑥쑥 파워업하고 있어요! 대단해요!"

"어…… 다들, 나를 칭찬해주는……."

"자~. 그럼 마마코 씨를 응원하고 싶어 하는 마사토를 위해, 특제 응원도구를 만들자~. 마마보이 티가 팍팍 나는, 그리고 남들 눈에 엄청 띄는 걸 만드는 거야~."

"응원도구의 정석은 부채죠. 디자인은 【마마코 LOVE】 혹은 【엄마 LOVE】가 괜찮을 거예요. 그것 말고도 외투와 머리띠도 있으면 좋을 것 같군요."

"제가 아이템 크리에이션으로 만들게요! 저만 믿어 주세요!"

"역시 그냥 재미있어 하는 거지?!"

마사토는 바로 작업에 착수하고 있는 여자들을 말리고 싶었지만 「우후후. 마 군」, 「좀 떨어져!」 마마코가 놔주지를 않았다.

"아, 아무튼, 엄마는 빨리 접수를 하고 와! 빨리 가란 말이야!"

"아, 맞아! 그럼 다녀올게!"

마마코는 접수 카운터를 향해 뛰어가더니, 그곳에 있는 용지에 기입을 하기 시작했다. 아슬아슬하기는 하지만, 어찌어찌 접수를 마칠 수 있을 것 같았다. 일단 안심해도 될 것이다.

마마코는 【10362】라는 숫자가 적힌 번호판을 허리에 차고 있었다.

"엄마가 마지막으로 접수를 했으니까…… 총 1만 362명의 어머니가 참가를 한 거구나……. 규모가 엄청나네……."

"그럼 예선대회에 참가하고 올게!"

"겸사겸사 우승도 확정짓고 와~."

"마마코 씨라면 걱정할 필요가 없을지도 모르지만, 그래도 조심하세요."

"마마 씨, 힘내세요!"

"그럼 마마코 씨, 안내에 따라 이동해 주세요."

한껏 들뜬 듯한 마마코가 접수처 너머로 나아갔다.

그 모습을 지켜본 후, 시라아세는 마사토 일행을 향해 돌아섰다.

"무사히 접수를 마쳤으니, 그럼 이 시라아세가 시라아세의 본분에 따라 여러분의 의문에 대답해드릴까 합니다만…… 무엇부터 알려드릴까요?"

"한 치의 거짓도 없이, 괜히 배배 꼬지 않으며, 솔직하게 전부 알려주셨으면 좋겠는데요……. 우선 대략적인 건 알고 있어요."

"천하제일 모도회란 어머니만이 참가할 수 있는 대회이며, 마마코 씨도 출전할 생각이었다니까 말이야. 거기까지는 마마코 씨가 가르쳐줬어."

"대회 당일까지 비밀로 해두라는 조언을 받았다는 것 같지만 말이에요……."

"그 조언을 한 사람은 시라아세 씨인가요?!"

"예. 접니다."

"그럴 줄 알았어……."

마사토는 불만으로 가득 찬 도끼눈으로 시라아세를 노려보았다.

하지만 마마코에게 괜한 소리를 한 장본인은 태연하기 그지없었다. 평소와 마찬가지로 자신과는 전혀 상관없는 일이라는 듯한 표정을 짓고 있었다.

"비밀로 해두라고 권한 이유는 마사토 군이 어떤 반응을 보일지 몰라서 불안했기 때문입니다. ……마마코 씨는 대회에서 각광을 받지만, 마사토 군은 참가조차 할 수 없으니까요. ……그러니, 마사토 군이 분명 반대할 거라고 생각했습니다."

"미안하지만, 나는 그런 짓을 할 정도로 어린애는 아니거든요. 괜한 걱정이었네요."

"결과적으로는 그렇게 됐군요. ……하지만 그런 잔꾀를 부려서라도 마마코 씨를 천하제일 모도회에 참가시켜야만 했습니다. 이 대회에는 마마코 씨라는 존재가 꼭 필요하니까요."

시라아세는 오른손 손가락 세 개를 꼽으며 그렇게 말했다.

"우선 천하제일 모도회에 관해 알려드리겠습니다. 이 대회는 세 가지 의미를 지니고 있죠. ……첫 번째는 순수한 이벤트로서의 의미입니다. 이 세계에 존재하는 수많은 종족의 어머니들이 활약하는 모습을 보면서, 어머니의 위대함을 재확인하자는 겁니다."

"엄마가 대활약을 하는 모습을 지금까지 실컷 봤는데, 그걸로 모자라서 다른 어머니들의 힘까지 똑똑히 보라는 건가요……. 크……."

"어머니들의 대회인 만큼, 마마코 씨가 출전하지 않는다면 분위기가 달아오르지 않을 거야. 유명인이기도 하고, 마마코 씨와 승부를 하고 싶어 하는 사람도 많다고 하잖아. ……그럼 두 번째 의미는 뭐야?"

"두 번째는 어머니라는 존재를 좋지 않게 생각하는 세력을 유인한다, 라고 하는 책략적인 의미입니다. 그 세력에 관한 설명은 안 해도 되겠죠?"

"반항조직 리벨레 말이군요. ……어머니들의 이벤트를 방해하기 위해, 적은 반드시 나타나겠죠. 그들을 상대하기 위해서는 마마코 씨라는 최고의 실력자가 필수…… 그런 건가요."

"최종적으로는 마마코 씨를 비롯해, 뛰어난 실력을 지닌 어머니들, 그리고 여러분에게도 협력을 요청 드려서, 압도적인 수적 우세를 통한 몰매 격파를 노리고 있습니다."

"힘을 합쳐, 적을 자근자근 짓밟아준다……. 상상하기만 해도 가슴이 두근거리는 군요."

부끄러움과 흥분이 섞인 미소를 머금으며 말한 이는 미소녀인 메디다. 「……이봐, 와이즈」, 「말 안 해도 알아」 내면의 다크 파워가 무시무시하기는 하지만, 그래도 그녀는 동료다. 용사 파티의 일원인 것이다.

바로 그때, 포타가 손을 들었다.

"시라아세 씨! 마지막 하나는 뭔가요?! 가르쳐 주세요!"

"알았습니다. ……세 번째는……."

시라아세는 손가락 세 개를 꼽고 있는 자신의 손을 지그시 쳐다보더니, 잠시 생각에 잠긴 후…….

손가락 하나를 접으며 말했다.

"실례했습니다. 의미는 두 개 뿐입니다. 제가 세 개로 착각을 했군요."

"잠깐만요?! 착각한 게 아니잖아요! 방금 일부러 한 개 줄였잖아요!"

"『일단 비밀로 해두는 편이 재미있을 거야~』 같은 생각 했지?!"

"오해입니다. 천하제일 모도회 개회에 따른 의미는 두 개입니다. ……하지만, 그것과는 별개로 예측하지 못한 사태에 대비하기 위해서라도 마마코 씨가 참가해주셨으면 하는 군요."

"반항조직의 습격 말고도, 다른 문제가 발생할지도 모르는 건가요?"

"그럴 가능성이 없지는 않다고나 할까요. 현재 시점에서는 운영 측에서도 확답을 할 수 없는 상황인지라……. 세 번째 의미에 대해서는 그냥 마음속 한 편에 담아두셨으면 합니다. 이 대회에는 의미가 있으며, 마마코 씨가 꼭 참가해야 한다, 정도만 이해해주시길."

마사토 일행을 놀리는 듯한 느낌은 딱히 없었다.

만약의 사태에 대비해 마마코가 필요하다. 그렇게 이해해둘 수밖에 없을 것 같았다.

"알았어요. 그럼 일단 그런 걸로……."

"우리는 이제 어쩌지?"

"별다른 예정은 없으니까요……. 급하게 이동한 바람에 이 마을에 대해 잘 알지도 못하고요……."

"저희는 마마 씨가 돌아올 때까지 여기서 쭉 기다려야 할까요?!"

"으음…… 그건 너무 심심할 것 같은데…… 그냥 예선을 보러 가는 건 어떨까?"

와이즈가 그런 제안을 하자, 시라아세는 고개를 저었다.

"유감입니다만, 관전은 자제해주셨으면 합니다. 예선대회는 참가인원이 많아서 직원의 손이 미치지 못하는 부분이 많죠. 응원객이 비밀리에 참가자를 지원해주는 등의 부정행위를 방지하기 위한 조치입니다."

"아~. 뭐, 그런 것도 중요하겠지만…… 그래도 보고 싶네……. 시라아세 씨의 권한으로 어떻게 안 될까?"

와이즈는 응석을 부리는 아이 같은 눈길로 시라아세를 힐끔힐끔 쳐다보았다. 표정뿐만 아니라 머릿속도 냉정침착 그 자체인 시라아세에게 그런 소리를 해봤자 소용없을 거라고 생각하지만…….

아니, 그렇지도 않은 것 같았다. 시라아세는 잠시 생각에 잠기는 듯한 모습을 보였다.

"흠…… 예선을 관전할 방법이 없지는 않죠."

"있나요? 그럼 가르쳐주세요."

"저도 그 방법이 알고 싶어요! 마마 씨의 활약을 보고 싶어요!"

"와이즈 양, 메디 양, 포타 양, 세 분의 마음은 알았습니다만……."

"으, 으음…… 딱히 엄마가 걱정되는 건 아니지만, 그래도 보고 싶네요."

마사토 또한 살짝 손을 들었다. 아주 살짝만 말이다.

"마사토 군을 비롯해 여러분 전원이 관전을 희망하시는 거군요. 그럼 방법을 알려드리죠. ……대회사무국에서는 자원봉사 스태프를 상시 모집하고 있습니다. 이상입니다."

간략하기 그지없는 설명이지만, 그것만으로 충분했다.

"스태프가 되면 대회장에 자유롭게 출입할 수 있다는 거네."

"그래도 스태프니까 주어진 일을 해야 할 거야."

"경우에 따라서는 매우 위험한 일을 하게 될 가능성도 있겠죠."

"반항조직 사람들이 나타나면, 저희가 나서야 할 거예요!"

"부디 잘 부탁드립니다. ……단, 부탁이 있습니다. 상대방이 어떻게 나오느냐에 따라 달라지겠지만, 반항조직의 관계자를 발견한다면 우선 그들을 감시하는 방향으로 대응해주셨으면 합니다."

"바로 전투를 벌이지 말고, 상대방을 지켜보라는 건가요? ……아, 그래……. 느닷없이 전투에 돌입했다간 주위에 피해가 발생할 테니……."

만약 상대방이 NPC를 세뇌하는 어둠의 아이템을 사용하면 어떻게 될까?

1만 명이 넘는 어머니들이 폭주…… 같은 것은 상상도 하고 싶지 않다.

"아, 알았어요. 반항조직 녀석들을 발견하더라도 일단 감시만 할게요."

"내 연속마법으로 바로 날려버리는 것도 괜찮을 것 같은데 말이야."

"마주치자마자 바로 두들겨 패지 못하는 건 아쉽지만, 그 지시에 따르도록 할게요."

"저는 약속을 꼭 지켜요!"

"감사합니다. ……그럼 이걸 받으시죠."

시라아세는 목에 거는 스태프증을 받았다.

마사토 일행은 자원봉사 스태프가 됐다!

"그리고 와이즈는 마법을 쓰지 못하게 됐다."

"항상 이러네요. 정말 못 말린다니까요……."

"와이즈 씨! 마법 봉인을 해제해주는 아이템이에요! 쓰세요!"

"으으, 항상 고마워…… 어, 그럴 리가 없잖아! 직업이 바뀐 게 아니니까, 마법을 쓸 수 있거든?!"

"""……어…….""" 침울.

"어, 마사토?! 메디?! 너희 둘, 왜 그렇게 불만 섞인 표정을 짓는 거야?!"

마법을 사용 가능한 상태인데도 안쓰러운 현자가 존재했다.

시라아세를 통해 자원봉사 스태프 접수를 마친 마사토 일행이 하게 된 일은 청소였다.

그들은 빗자루와 먼지떨이를 들고 대회장 안으로 들어갔다.

예선이 펼쳐지고 있는 거대한 실내 경기장을 향해, 통로를 대충 청소하면서 이동했다.

“시라아세 씨는 실행위원 일을 해야 한다면서 어딘가에 가버렸고, 우리는 잡일 담당이구나……. 그리고 엄마는 선수……나, 존재가치를 잃을 것만 같아…….”

“헛소리 하지 말고 청소나 해. 그리고 잘된 거 아냐? 청소해야 하는 장소가 지정된 것도 아니니까, 자유롭게 이동할 수 있잖아.”

“하지만 예선이 펼쳐지고 있는 대회장 안으로 들어가는 건 자제하는 편이 나을 거라고 생각해요. ……마마코 씨라면…….”

“대번에 마사토 씨를 발견하고, 기운이 난 나머지 엄청난 스킬을 쓸 거예요!”

“아~ 그럴지도 몰라. 응원객이 몰래 지원해준 걸로 여겨진다면 엄마가 실격 처리가 될지도 모르니까……. 들키지 않도록 멀찍이서 쳐다보기만 해야겠네.”

성가신 어머니라니깐~ 하고 생각한 마사토 일행은 건물 주위를 우회했다. 「창문이라도 있으면…… 아, 저기 있네」 마침 적당한 창문을 발견했다.

안쪽을 몰래 들여다보니, 그곳은 예선 대회장 같았다. 경기용 무대가 몇 개나 준비되어 있으며, 그곳에는 손바닥만 한 사이즈의 요정부터 키가 5미터는 될 듯한 거인까지, 번호판을 착용한 각종 어머니들이 모여 있었다. 이 창문으로 관전이 가능할 것 같았다.

하지만, 그 창문은 좀 높은 곳에 설치되어 있었다.

"우리는 안을 들여다볼 수 있겠지만, 포타는 힘들겠네……."

"으으으…… 유감이에요……."

"그럼 마사토가 목마를 태워주면 되지 않아?"

"바닥에 넙죽 엎드려서 발판이 되어주는 건 어떨까요?"

열두 살 여자애에게 목말을 태워줄 것인가, 아니면 발판이 될 것인가. 그야 물론…….

"그럼 발판이 되겠어."

""""어?""""

"아, 아무것도 아닙니다! 농담 좀 해봤습니다! 당연히 목마를 태워줘야죠!"

마사토는 어린 여자애에게 밟히며 기뻐하는 취미는 없다. 없어. 진짜라고.

그런고로…….

"포타! 목마 합체다!"

"예! 저, 마사토 씨와 합체할래요!"

포타가 두 손을 벌리자, 마사토는 그녀를 들어서 자기 목덜미에 앉혔다. 이걸로 완성이다.

"포타, 어때? 보여?"

"예! 잘 보여요!"

"좀 낮추는 편이 낫지 않을까? 안쪽에서 포타가 훤히 보일 거야. 우리가 몰래 훔쳐보고 있는 걸 들킬지도 몰라."

"마사토 군, 자세를 좀 낮출 수 없을까요? 좀 더 낮게……

조그만 더요."

"으, 응……."

자세를 낮춰서, 포타와 와이즈와 메디의 얼굴이 창틀 하단부에 나란히 위치하도록 조절하자…….

마사토의 눈앞에는 벽이 존재했다.

"아앗! 이러니 마사토 군이 안을 볼 수가 없어요!"

"아, 괜찮아. 포타가 보인다면, 그걸로 충분해. ……엄마의 시합에 관심이 가기는 하지만…… 그것보다 더 소중한 것을 얻었으니까 됐어."

구체적으로 설명하자면, 마사토의 얼굴에 닿아있는 포타의 부드러운…… 아니, 관두겠다. 마사토는 그런 남자애가 아니니까 말이다. 진짜라고.

"보이지 않는 나를 위해 상황을 실황 중계해줘. 어떤 상황이야?"

"무대에 담당자로 보이는 사람이 서서, 설명을 하고 있는데…… 아, 무대에 조리대 같은 게 줄지어 놓여 있어. 채소도 준비되어 있네. 예선에서는 요리로 승부를 하나 봐."

"어머니들의 대회답게, 집안일 실력을 겨루나 보네……. 엄마의 라이벌이 될 만한 사람은 있어?"

"글쎄요……. 손톱을 갈고 있는 수인 분, 미리 준비해온 칼을 손질하고 있는 닌자 분, 그리고 레이저블레이드 같은 것을 장비한 안드로이드 분도 강해 보이네요."

"요리 승부의 한 장면과는 거리가 먼 상황이 펼쳐지고 있나 보네……. 그, 그렇게 궁금한 건 아닌데…… 엄마는…….”

“아직 무대에 오르지 않았어요! 번호가 1번인 분부터 시합을 하는 것 같으니까, 한참 뒤에 시합을 치를 것 같아요!”

“아~ 그렇구나. 1만 명이 넘는 사람들이 시합을 치른 후에 엄마도 무대에 오르겠네.”

그렇다면 당분간은 포타를 태운 상태에서 대기해야 할 것 같다. 허리와 무릎에 가해지는 부담이 상당하지만, 목덜미 쪽은 행복 그 자체이니 전혀 괴롭지 않다…….

그런 발칙한 생각을 하고 있을 때였다.

“……그런데, 우리가 이러고 있어도 괜찮은 걸까?”

와이즈가 진지한 어조로 그렇게 말했다.

“이봐, 이제 와서 무슨 소리를 하는 거야? 예선을 보고 싶다고 말한 사람은 와이즈잖아.”

“그건…… 그렇지만…….”

“이 대회의 목적 중에는 적을 유인하는 것도…… 포함되어 있죠.”

메디가 그렇게 말하자, 와이즈는 살며시 고개를 끄덕였다.

“전 세계의 어머니가 모이는 이런 대대적인 대회가 열린다면…… 분명 나타날 거야……. 시라아세 씨 앞에서는 허세를 부렸지만, 솔직히 말해 우리만으로는 압도적으로 불리해. 제대로 싸웠다간 다들 무사하지 못할 거야.”

“상대는 마을 안에 폭탄을 설치하고, 부모자식을 조종해서 다투게 하는 등, 악랄하기 그지없는 짓을 태연히 벌이니까요.

게다가 사천왕이란 사람들은 하나같이 흉악한 스킬을 지니고 있어요. 성격과 태도에 문제가 있기는 하지만요. ……어쩌면 이번에는 그들 전원이 한꺼번에 나설 가능성도……."

"으으으…… 저, 좀 무서워요……."

방금까지만 해도 두근거리는 마음으로 예선을 지켜보고 있었지만, 어느새 분위기가 꽁꽁 얼어붙고 말았다. 다들 불안에 사로잡히며 고개를 숙였다.

이럴 때야말로 용사이자 리더인 마사토가 나서야 한다.

"압도적인 신체능력을 지녔을 뿐만 아니라, 그 어떤 공격이든 전부 반사하는 스킬을 지닌 아만테……. 백만 마리나 되는 언데드 계열 몬스터를 조종할 수 있고, 상대의 온갖 능력을 철저하게 약화시키는 강력한 디버프 스킬을 지닌 소레라……. 게다가 다른 사천왕까지 일제히…… 에이, 말도 안 돼! 그렇게 한꺼번에 쳐들어올 리가 없다고! 일단 마음 편하게 먹자! 하하!"

마사토는 동료들의 불안을 없애줄 수 있도록, 가능한 한 밝은 목소리로 그렇게 말했다

바로 그때였다.

"너, 너희는……?!"

"아~! 이런 데서 마주치네~!"

느닷없이 등 뒤에서 목소리가 들렸다. 엄격한 어조, 그리고 느긋한 어조를 지닌 두 여성의 목소리가 들렸다.

마사토 일행이 돌아보니, 그곳에는 한 사람밖에 없었다.

그것도 마술결사의 멤버나 걸칠 법한 머리부터 발끝까지 전부 가리는 은색 복면 로브를 뒤집어쓴, 키가 2미터 이상 될 듯한 거구의 인간(?)이었다.

솔직하게 말해 너무 수상했다. 아니, 무서웠다.

"우왓?! 누구세요?!"

"거, 거동 수상자네!"

"수상해도 너무 수상해요! 빨리 신고를……!"

"아, 하지만 예선을 몰래 훔쳐보고 있는 저희도 수상하기는 마찬가지일 거라고 생각해요!"

""""아~.""""

포타의 말을 듣고 납득한 마사토 일행은 마음을 약간 진정시켰다.

유심히 보니, 상대방은 예선용 번호판을 몸에 달고 있었다. 번호는 【3782】였다. 겉모습은 매우 수상하지만, 이 대회에 참가한 어머니 같았다.

마사토는 포타를 목에 태운 채로 허둥지둥 똑바로 서더니, 목에 건 스태프증을 상대방에게 보여줬다.

"저기, 저희는 대회 스태프예요! 수상한 사람이 아니라고요! 예선이 어떻게 되어가고 있는지 궁금해서 좀 살펴봤을 뿐이에요!"

"아, 그, 그렇구나……. 참 예의 바르게 설명을 하네……."

"우리 정체를 눈치채지 못했나봐~. 으흐흐~."

"어? 눈치채지 못했다니……. 그리고 두 사람의 목소리가

들려……. 로브 안에 두 사람이 있나……?"

"그래. 신체능력적인 이유 때문에, 내가 어쩔 수 없이 이 도박 바보에게 목말을……."

"왓~ 왓~! 아냐~. 이 로브 안에는 한 명 뿐이야~! 아래편에 있는 사람은 입 좀 다물고 있어~! 말은 나만 하기로 했잖아~! 설명도 금지야~!"

복면 로브 안에서 말다툼을 벌이는 소리가 흘러나왔다. 역시 저 안에 두 사람이 있는 것 같았다.

게다가 두 목소리 다 귀에 익었다. 어쩌면…….

'아…… 그 녀석들이 틀림없어.'

이제 확신하고 말았다.

마사토는 과감하게 상대방의 정체를…… 밝히지 않았다. 그리고 바로 그때였다.

"어머나. 역시 너희였구나."

갑자기 대회장 쪽 창문이 열리더니 마마코가 고개를 쏙 내밀었다.

"우왓, 엄마?"

"그래. 엄마야. 마 군의 머리카락이 언뜻 보인 것 같아서, 혹시나 싶어 와봤어. 그랬더니 역시 마 군이 맞지 뭐야. 우후후."

"머리카락만으로 아들을 알아본 거냐?! 뭐 그딴 스킬이 다 있어?! 소름이 끼칠 정도네! ……그것보다, 지금 다른 일로 바쁘니까…… 어라?"

방금까지 눈앞에 있던 미심쩍은 어머니가 어느새 사라졌다.

문제의 그 사람은 「우와와와와왓~?!」 역새우꺾기 자세를 한 채 무시무시한 속도로 어딘가를 향해 뛰어갔다.

마사토 일행은 눈썹을 한껏 찌푸린 채 서로를 쳐다보았다.

"……저기, 내 생각에는 말이야."

"아~ 응. 말 안 해도 알아. ……방금 그거, 그 두 사람 맞지?"

"저런 바보 같은 스타일로 잠입을 하는 사람을 진심으로 두려워했다니, 정말 화가 나는 군요. 지금 바로 확 두들겨 패주고 싶어요."

"좋아. 허락할게."

"해치워버려."

"하, 하지만, 우선 감시만 하기로 시라아세 씨와 약속했잖아요!"

"아~ 그랬지. ……그럼 일단 눈감아주기로 할까?"

"어머나, 무슨 이야기를 하는 거니? 저기, 마 군. 엄마도 끼워줘. 응?"

마마코가 그렇게 말했지만, 그녀를 신경 쓸 여유는 없었다.

마사토는 온몸에서 힘이 쭉 빠진 채, 땅이 꺼져라 한숨을 내쉬었다.

그리고, 마마코의 예선 시합이 시작됐다.

직원이 긴장한 목소리로 말했다.

"그럼 마지막으로 10362번 분, 무대에 올라와주십시오."

"네. 잘 부탁드려요."

예선 경기 방식은 샐러드 만들기다.

무대 위의 조리대에 준비되어 있는 채소를 이용해서 샐러드를 만든다. 완성도와 조리에 걸린 시간을 판단재료로 삼으며, 상위 열여섯 명이 본선 진출권을 획득하는 것이다.

마마코가 무대에 서자, 대회장 전체에 정적이 흘렀다.

인간족과 엘프, 수인, 천사, 악마 등, 온갖 종족의 어머니들이 마마코의 일거수일투족을 놓치지 않겠다는 듯이 주목하고 있었다. 그것은 상당한 압박감으로 작용하리라.

하지만 마마코는 역시 마마코였다. 평소와 마찬가지로 소중한 아이들의 건강을 생각하며, 맛있는 식사를 준비할 생각뿐이었다.

"만든 샐러드는 참가상 삼아서 가지고 가도 되는 구나. 그럼 저녁 메뉴로 삼기로 하고…… 메인 디시는 뭐가 좋을까……. 그 아이들은 뭘 먹고 싶어 할까……."

마마코는 저녁 메뉴를 고민하면서 검을 쥐었다.

오른손에는 테라디마도레, 왼손에는 알투라를 쥔 그녀는 성검을 거리낌 없이 조리도구로 쓰려는 것 같았다.

"그럼 시작하겠습니다. 준비…… 스타트!"

"에잇!"

마마코는 그 신호에 맞춰 왼손에 쥔 알투라를 휘둘렀다. 물의 힘을 지닌 성검에서 물이 뿜어져 나오더니, 조리할 채소를 깨끗하게 씻었을 뿐만 아니라 공중으로 띄웠다.

"그리고 또, 에잇!"

오른손에 쥔 테라디마도레를 휘두르자, 조리대에 생겨난 식칼 모양의 무수한 바위 칼날이 단숨에 채소를 잘랐다. 적당한 크기로 잘린 채소가 낙하하자…….

접시 위에는 양상추, 양배추, 적채, 당근, 토마토가 멋들어지게 착지했다.

선명한 색깔을 띤 신선한 채소로 된 샐러드가 완성됐다!

요리를 시작하고, 완성될 때까지 1초밖에 걸리지 않았다.

"드레싱은 뭐가 좋을까. 우후후."

"이, 이럴 수가…… 오오스키 마마코 씨, 아니, 10362번분, 1위로 예선을 통과했습니다!"

정적이 흐른 후, 마마코를 칭송하는 환성이 터져 나왔다. 「이게 오오스키 마마코 씨의 실력……」, 「압도적이야……」, 「세계 최고라 칭송되는 어머니의 힘을 이 두 눈으로 똑똑히 봤어!」 많은 어머니들이 가지고 돌아갈 샐러드를 치켜들면서 그 탁월한 기술을 칭송했다.

한편…….

몰래 숨어서 미워 죽겠다는 듯이 마마코를 쳐다보고 있는 눈길이 있었다. 그것은 복면 로브의 얼굴 부분과 배 부분에 난 구멍에서 흘러나오는 두 쌍의 눈길이었다.

"1위 통과…… 큭, 역시 세네."

"뭐, 예상하긴 했어~. 우리도 예선을 통과했으니까~ 계획대로~ 수많은 관객들 앞에서 쓰러뜨리면 돼~."

"그래. 그건 가능할 거야……. 반항조직 리벨레의 사천왕인 우리라면 말이야."

은색 복면 로브를 벗어젖히자, 역시 그 두 사람의 모습이 드러났다.

흉포한 호랑이처럼 적의를 훤히 드러내고 있는, 어머니에게 반역하는 자·모역(母逆)의 아만테.

수상쩍은 색깔을 띤 머리카락을 만지작거리며 요염한 눈길로 내려다보고 있는, 어머니를 깔보고 업신여기는 자·모멸(母蔑)의 소레라.

참고로 소레라는 아만테의 어깨에 올라타고 있었다.

즉, 아만테가 소레라에게 목마를 태워주고 있는 상태인 것이다.

"우리는 수많은 역경과 고난을 헤친 끝에 여기까지 왔어. ……이 대회에 관한 정보를 입수하고, 몰래 잠입하기 위한 계획을 세웠으며…… 정체를 숨기기 위한 특제 복면 로브를 밤새도록 바느질을 해가며 만들었지……."

"눈물겨운 노력에 대한 설명은 됐어~. ……마사토 군 일행과 마주쳤을 때는 다 틀렸다고 생각했지만~ 정체는 들키지 않았고, 예선도 끝났으니까~ 빨리 돌아가자~. ……마마코 씨를 발견했으니, 일단은 OK인 거지~?"

"그래. 우선 오오스키 마마코는 확인했어. ……하지만, 가능하면 한 명 더……."

아만테는 어머니들을 주의 깊게 체크하면서 그렇게 말했다.

하지만 예선 대회장에는 너무 많은 어머니들이 모여 있었다. 다양한 종족이 모여 있는 이 자리에서 특정인물을 찾아내는 건 매우 어려웠다.

"마스터의 이야기에 따르면…… 테스트 플레이어도, NPC도 아닌, 정체불명의 이질적인 존재가 숨어들었다던데……. 그게 대체 누구인지 모르겠네."

"예선에도 떨어질 수준이라면~ 그냥 관심 꺼도 될 것 같은데 말이야~. ……그래도~ 만약 본선까지 올라온다면~……."

"그때는 오오스키 마마코뿐만 아니라 그 자도 처리하는 거야."

"바로 그거야~. 그럼 철수~. 이기기 위한 비책을 준비해야만 하거든~."

"그래. 가자. ……이번에야말로, 반항조직 리벨레의 힘을 선보일 때야……. 이 대회를, 어머니들의 종언을 축하하는 이벤트로 바꿔주겠어!"

그렇게 선전포고를 한 후…….

아만테와 소레라는 남들 몰래 예선 대회장을 벗어「아! 로브를 걸쳐야해!」,「정체가 들통 날 거야~!」나지 못했다. 그리고 악명 높은 사천왕 두 사람은 무심결에 벗어던진 복면 로브를 다시 주워서 허둥지둥 걸쳤다.

엘프 마마코

주요 스킬
SKILL

식재료 재배
엘프에게 전해져 내려오는 가루를 이용해, 언제 어디서나 식재료를 생산할 수 있다.

옷걸이 나무
햇빛을 찾아 자유롭게 움직이는 나무를 재배할 수 있다. 그 나무에 널어둔 세탁물이 잘 마른다.

장점

탁월한 식재료 생산능력 덕분에, 식사로 곤란할 일이 원천적으로 없어진다.

단점

인적 드문 촌락에서 사는 엘프의 특성이 반영되기 때문에, 마을에 내려와 장을 보는 것을 거북해한다. 또한 엘프답게 멋진 귀를 가지고 있지만, 역시 친어머니이기 때문에 마사토가 그다지 기뻐하지 않는다.

스테이터스
STATUS

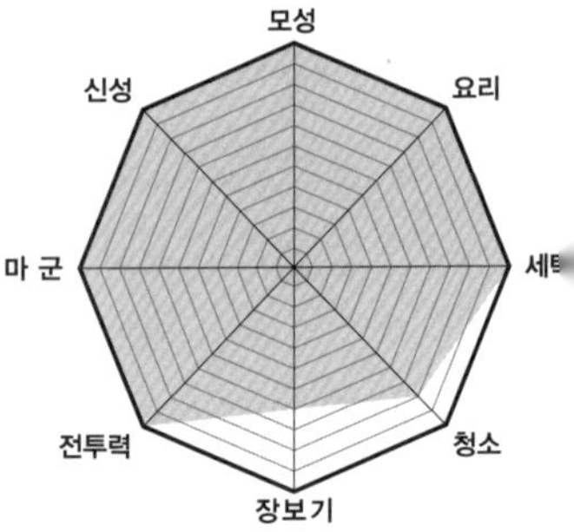

스테이터스

모성 100 / 요리 120 / 세탁 100 / 청소 80
장보기 60 / 전투력 100 / 마 군 100

오리지널 신성 100

제2장
모도(母道)란, 몸과 도구를 능숙하게 사용해 집안일을 하는 기술……이라고 한다.

여관 안뜰에서 누군가가 낮은 기합성을 지르고 있었다.

"하앗! 이얍! 에잇! 우랍!"

아침햇살을 받은 천공의 성검 필마멘트가 힘차게 빛나고 있었다.

그 성검을 휘두르며 수련 중인 마사토의 몸 또한 아침의 힘찬 기운으로 충만해진 것 같았다.

"흐읍! ……이 정도면 됐겠지."

혼신을 힘을 다해 마지막으로 검을 휘두른 마사토는 아침 트레이닝을 마쳤다.

"꼭두새벽에 일어나서, 수련에 힘쓰다니…… 나란 녀석은 용사의 귀감이라니깐. 진짜 용사 그 자체야. 그야말로 완벽한 용사라고. 후훗."

즐겁게 자화자찬을 한 마사토는 땀을 씻기로 했다.

그는 검을 집어넣은 후, 여관으로 들어갔다. 그리고 복도를 따라 걸으면서 욕실로 직행했다.

"몸도 엄청 좋아졌네. 팔을 엄청 단련한 것 같아. 근육이 왕창 붙었어. 후훗."

탈의실에서 옷을 벗고, 알통을 매만진 다음, 속옷을 벗고, 알통을 한 번 더 만진 다음, 널찍한 욕실에 들어가서, 알통을 또 매만진 후에야 그는 만족했다.

그래도 겸사겸사 알통을 한 번 더 매만져준 후, 마사토는 머리를 감기 시작했다. 샴푸로 머리를…….

"어?"

마사토는 문뜩 눈치챘다. 등 뒤에서, 인기척이……?

그 순간, 마사토의 등에 끝내주게 부드러운 무언가가 말캉~ 하는 소리를 내면서 닿았다. 「우왓?!」 등 뒤에서 자신을 덮친 누군가가 마사토의 머리를 감겨줬다.

등에 닿은 감촉도, 머리를 감겨주는 손길도, 왠지 익숙했다.

틀림없다. 이것은 엄마 샴푸다. 머리를 감느라 눈을 감고 있어서 볼 수는 없지만, 감각적으로 틀림없다.

마사토에게 이런 짓을 할 사람은 이 세상을 다 뒤져봐도 한 사람 뿐이니까 말이다!

"이봐, 엄마! 뭐하는 거야?!"

마사토가 반사적으로 고함을 질렀다. 그러자…….

『응? 수건을 건네주러 왔어. 아침 먹을 시간이 다 되었으니까, 빨리 씻고 나와.』

탈의실 쪽에서 마마코의 온화한 목소리가 들려왔다.

등 뒤가 아니었다.

"어? ……으음…… 어라?"

마사토는 일단 머리에 물을 끼얹으며 서둘러 샴푸 거품을 씻어냈다.

그리고 뒤를 돌아보니…….

"…………어?"

아무도 없었다.

"방금 그건 엄마 짓인 줄 알았는데…… 엄마는 탈의실에 있고…… 그럼 내 머리를 감겨준 사람은 누구지? ……감촉은 느껴졌으니까, 유령은 아닐 텐데…… 으음……."

욕실에서 나온 마사토는 일단 확인을 했다.

마사토 일행은 본선에 진출한 어머니와 관계자에게 제공되는 숙박시설에 머물고 있다. 벽의 문양이 고급스러운 것만 봐도 알 수 있듯, 평소 이용하는 여관에 비해 꽤나 호화로운 시설이다.

그리고 이곳은 여성용 방이다. 그래서 일단 노크를 한 후에 문을 열어보니…….

"……드르렁~ ……드르렁~."

와이즈가 기묘한 춤을 추고 있는 듯한 안쓰러운 자세로, 배와 팬티를 언뜻 드러내며 자고 있었다.

"……쿨…… 쿨……." 꾹꾹.

그런 와이즈를 지팡이로 찔러대며, 평온한 표정으로 잠자고 있는 메디의 모습도 눈에 들어왔다.

"흠냐…… 저, 마마 씨를…… 응원할…… 쿠울……."

포타는 꿈속에서도 매사에 최선을 다하고 있는 것 같았다.

여자들은 셋 다 깊이 잠들어 있었다.

"내 생각에 그런 짓이 가능한 건 메디뿐인데……."

하지만 메디는 숙면을 취하고 있었다. 마사토의 머리를 감겨준 후에 재빨리 이곳으로 돌아와서 잠든 척 하고 있는 듯한 기척은 눈곱만큼도 느껴지지 않았다.

포타와 와이즈는 가슴 사이즈 상 무리다.

"그럼 어떻게 된 거지? 역시 엄마 짓일까? ……으음…… 모르겠네."

엄마 샴푸를 한 사람은 마마코의 잔상? 분신? 클론?

전부 말도 안 되지만…… 일단 당사자에게 물어보는 편이 빠를 것 같았다.

"엄마는…… 아침이니까, 아침 식사를 준비하고 있을 거야. 가보자."

이 여관은 대회 실행위원회가 빌린 민영 시설이다. 단, 종업원은 없다. 그래서 요리와 세탁 등은 직접 해야만 한다.

본선에 진출한 어머니는 집안일 전문가인 만큼, 이곳에서 지내면서 워밍업을 해두라는 건지도 모른다.

"결국, 엄마는 어느 여관에 묵든 간에 직접 요리와 세탁을 하는 거구나……. 대회에 참가해도 평소와 다름없네."

방을 나선 마사토는 향긋한 향기에 이끌리듯 복도를 나아갔다.

채소라도 썰고 있는 건지, 톡톡톡톡 하는 경쾌한 칼 소리가 들렸다.

텅 빈 배를 자극하는 된장국 향기가 코끝을 스쳤다.

전부 평소와 다름없다. 이 향기를 따라 가다보면 자신의 어머니가 있을 것이다.

마사토는 식당으로 향하더니, 빈자리에 대충 앉으며 말했다.

"저기, 엄마. 물어볼 게 있는데 말이야."

그러자 주방에서 요리를 하고 있던 마마코가 대답을…….

"어머. 나한테 아들이 있었구나. 처음 알았어. 우후후."

"……어?"

아니다. 평소와 다름없는 목소리가 아니다. 마마코처럼 상냥함이 묻어나는 목소리지만, 마마코와 비슷하면서도 다른 목소리가 들렸다.

"어, 어라? ……엄마가, 아냐?"

마사토가 무심코 주방을 쳐다보니…….

사냥꾼을 연상케 하는 연둣빛 옷을 걸친 여성이 눈에 들어왔다. 황금색을 띤 긴 머리카락을 지녔으며…….

머리 양옆에는 뾰족한 귀가 있었다.

"아…… 서, 설마…… 엘프?!"

"응. 그렇단다. 나는 엘프야."

그 여성이 마사토를 돌아보았다. 갸름한 얼굴과 아름다운 눈매, 그리고 인상적인 뾰족한 귀……. 상대는 엘프족 여성이었다.

갑작스러운 상황에 직면한 마사토가 얼이 나간 듯한 표정을 짓고 있을 때, 그의 여성 동료들이 식당으로 왔다.

"하암~. ……마사토~. 아침부터 왜 그렇게 떠들어…… 어, 어라?! 누구야?!"

"엘프 분, 이군요……."

"으음…… 조, 좋은 아침이에요!~"

"응, 좋은 아침. 마사토 군만이 아니라 와이즈 양, 메디 양, 포타 양도 일어났구나. 그럼 빨리 아침 준비를 마쳐야겠네."

엘프 여성이 온화한 미소를 짓더니 주방에서 계속 요리를 했다.

좀 바빠 보였기에 말을 걸어도 될지 좀 망설여졌지만…….

"저기…… 바빠 보이는데 방해해서 죄송합니다만……."

"왜 그러니? 아, 맞아. 인사를 아직 안 했네. ……나는 샤리레라고 해. 엘프족 엄마란다. 잘 부탁해."

"샤리레 씨, 군요. 잘 부탁해요."

"엘프 엄마에, 이곳에 있다는 건, 혹시……?"

"천하제일 모도회 본선에 진출하신 분인 걸까요?"

"응. 맞아. 마마코 씨한테는 이기지 못해서, 예선 순위는 2위였지만 말이지."

"대단해요! 마마 씨의 라이벌 분이군요!"

"그런데, 샤리레 씨가 왜 여기 있는 거죠? 우리에 대해서도 알고 있는 것 같은데……."

"나도 이 여관에 묵고 있단다. 마사토 군 일행에 대해선 마마코 씨에게 들었어. 방금 만나서 이런저런 이야기를 나눴는데…… 시간이 없으니 집안일을 분담해서 하기로 한 거란다."

순조롭게 요리를 하던 샤리레가 갑자기 작업을 멈췄다.

"으음, 식재료가 좀 부족한 것 같네."

"아, 그럼 제가 사올까요?"

"어머, 도와주려고? 고마워. ……하지만 괜찮단다. 혹시 모자랄까 싶어서 준비를 해뒀거든."

샤리레는 착용한 포켓에 손을 넣더니, 뭔가를 싸고 있는 듯한 포장지 몇 개를 꺼냈다.

"이건 엘프 엄마들이 식재료를 생산할 때 쓰는 가루란다. 이런 식으로…… 쓰는 거지."

샤리레는 우선 버섯 마크가 그려진 포장지를 펼쳤다. 그리고 그 안의 가루를 손가락으로 살짝 집어서 도마에 뿌리자…….

도마에서 맛있어 보이는 버섯이 쑥쑥 자라났다!

다음으로 콩 마크가 그려진 포장지의 가루를 쥐어서 주방의 흙벽을 향해 뿌리자…….

벽에서 싹이 트고, 줄기가 자라나더니, 꽃이 핀 후, 완두 같은 콩이 자라났다!

"이런 식으로 말이야. 엘프 엄마들은 언제 어디서나 식재료를 확보할 수 있지."

"우와우와! 주방에서 식재료를 길러서 수확해 바로 요리하는 거야?! 엄청나네!"

"이게 예선 2위의 실력…… 취사 능력이 정말 대단하군요……."

"엄청나요! 저, 깜짝 놀랐어요!"

"확실히 대단한 능력이야……."

"그럼 너희가 배부르게 먹을 수 있도록, 잔뜩 기를게."

샤리레는 다른 포장지를 전부 열더니, 바닥과 기둥에 가루를 뿌렸다. 그러자 다양한 종류의 버섯과 콩이 자라났고, 주방은 자연산 식재료의 보물고로 변했다.

그 모습을 본 마사토는…….

'확실히 대단하긴 한데…… 뒷정리에 시간이 꽤 걸릴 것 같네.'

마사토는 식물로 뒤덮인 주방을 봤지만, 그런 괜한 발언은 자제했다.

세탁물을 담당하고 있던 마마코와 합류한 후, 그들은 아침 식사를 시작했다.

식탁에는 콩밥, 버섯 된장국, 감자조림, 채소 절임 등이 놓여 있었다. 엘프가 자랑하는 자연산 식재료를 듬뿍 사용한 건강식 메뉴였다.

테이블 한 편에는 엘프 어머니, 마마코, 포타가 앉았고…….

맞은편에는 와이즈, 마사토, 메디가 앉았다.

전원이 자리에 앉은 후, 식사가 시작됐다.

"그러고 보니 엘프의 요리를 먹는 건 처음이네. 어떤 맛일지 참 기대돼."

"여러분의 입에 맞으면 좋겠는데……."

"내 미각은 마마코 씨의 요리를 먹으면서 꽤나 단련됐거든? 그러니 엄격하게 판정할거야. 아무튼…… 된장국부터 맛을 봐볼까! 잘 먹겠습니다!"

된장국이 MP 보급원이라 단언하는 와이즈가 시식을 시작했다.

긴장한 듯한 샤리레의 시선을 받으며, 그녀는 된장국을 한 모금 맛봤다.

"으음, 이거…… 맛있네!"

합격 판정이 내려졌다.

"마마코 씨와는 다른 육수를 쓴 것 같지만, 진짜로 맛있네!"

"바다에서 채취한 다시마가 아니라, 산에서 자라는 다시마로 육수를 냈단다. 엘프 마을에서는 그게 정석이지만, 다른 종족 분들은 익숙하지 않을 거야."

"오호. 그럼 나도 한 모금…… 흐음. 진짜로 맛있어. 정말 끝내주네."

"엄청 맛있어요! 콩밥과 잘 어울려요!"

"본선에 진출한 분답게, 실력이 대단하시네요. ……강력한 라이벌이 출현했어요."

"아~ 그렇구나. 그래. 집안일을 분담해서 할 만큼 친한 것 같지만…… 엄마와 샤리레 씨는 본선에서 맞붙을 지도 모르는 거네."

마사토는 그렇게 중얼거리면서 몰래 스킬 『자성(子性)』을 사용했다. 만약에 대비한 확인, 그리고 역량을 파악하기 위해서다.

맞은편을 쳐다보니…… 마마코와 샤리레의 몸이 카네이션 색깔의 빛을 뿜고 있었다. 그 빛은 어머니라는 증표다. 일단 양쪽 다 어머니인 것은 확실해 보였다.

'두 사람에게 뿜어지는 빛의 세기는 비슷한 수준 같네…….'

그 빛의 세기가 어머니로서의 역량을 나타내는 지표다. 그렇다면?

자유롭게 어머니로서의 힘을 조절할 수 있는 종족이 아니라면, 저 두 사람의 실력은 대등해 보였다.

"엄마. 샤리레 씨는 강적이야."

"응……. 우후후. 엄마는 가슴이 두근거리기 시작했어!" 빙긋

"나도 고대돼! 마마코 씨에게는 절대 지지 않을 거야!" 빙긋

두 어머니는 온화한 미소를 머금었다. 「배틀과는 동떨어진 분위기네」 피와 살점이 흩날리는 싸움 같은 건 전혀 기대할 수 없는 분위기다.

바로 그때, 와이즈가 불쑥 입을 열었다.

"아, 맞다. 그런데 우리끼리 밥을 먹어도 되는 거야? 샤리레 씨의 애는 같이 안 먹어?"

와이즈가 별생각 없이 그렇게 말하자, 샤리레는 약간 쓸쓸한 듯한 미소를 지었다.

"걱정할 필요 없단다. 우리 애는 같이 안 왔거든. ……우리 애는 한참 전에 마을을 떠난 후로 행방을 알 수 없어."

"어머나. 그 이야기는 처음 듣네. 걱정돼."

"그 애가 마을을 떠나기 전에 제대로 이야기를 들어봤으면 좋았을 텐데……. 누군가의 동료가 되기 위해 카산 왕국의 수도에 갔다는 것만 알고 있어……."

"카산 왕국의 수도…… 그곳이라면……."

게임 세계에 온 마사토와 마마코가 처음으로 방문했던 장소이자, 와이즈와 포타를 동료로 삼았던 곳이다. 추억이 어려 있는 장소인 것이다.

그러고 보니…….

'어라? ……거기서 엘프를 만났었잖아…….'

그렇다. 마사토와 마마코는 만났다.

마사토 일행의 동료가 되고 싶다며 응모를 했던 엘프 소녀가 있었던 것이다.

이름은 사리테. 인간 나이로 환산하면 열아홉 살이었다. 그리고 기도를 올리는 것이 삶의 보람 같은 느낌의, 가능하면 얽히고 싶지 않은 종교인 타입 엘프 신관이었다.

유감이지만, 마마코의 엄마 면접을 통과하지 못했는데…….

"……저기, 샤리레 씨. 샤리레 씨의 자제 분은 어떤 애인가요?"

"으음…… 엄마인 내가 이런 말을 하는 것도 좀 그렇지만, 참 괜찮은 애란다. 솔직하고, 남을 배려할 줄 아는 아이지. 자랑스러운 딸이야."

"그렇군요……. 누구와도 금방 마음을 터놓게 되는 타입이구나……. 그럼 사람을 잘못 본, 아니, 엘프를 잘못 본 것 같네……."

男・女
?
?

"그 아이의 이름은 사리테야. 나이는 인간으로 환산하면 열아홉 살이란다."

"푸읍?!"

마사토는 입안에 있던 된장국을 힘껏 뿜었다. 「마 군, 괜찮니?!」, 「으, 응. 괜찮아」, 「나는 괜찮지 않거든?!」 반사적으로 와이즈를 향해 고개를 돌린 덕분에, 그녀 이외에는 피해를 입은 이가 없었다. 세이프.

된장국 범벅이 된 현자가 마사토의 어깨를 주먹으로 때렸지만, 지금은 그런 걸 신경 쓸 때가 아니다.

"으음, 샤리레 씨? 혹시 따님의 현재 직업이라든가, 종교에 빠져 있다던가 같은 건 전혀 아는 바가 없죠?"

"연락이 없어서 그런 건 잘 모르지만, 아마 괜찮을 거야. 똑부러지는 아이거든."

"그, 그런가요……."

다행인지 불행인지, 샤리레는 딸이 지금 어떤 상황인지 모르는 것 같았다.

그렇다면, 지금 주의해야 할 상대는 바로…… 마마코다.

'엄마가 눈치를 채고 이상한 소리를 했다간, 큰일 날 거야!'

샤리레의 딸에게, 면접을 통해 불합격의 낙인을 찍은 이가 다름 아닌 마마코다.

물론 그럴 만한 사정이 있지만, 그걸 알 리가 없는 샤리레로서는 당연히 재미가 없을 것이다. 불만을 느낄 것이다. 분노에 사로잡혀도 이상할 게 없다.

자기 딸이 불합격을 당한 것을 안 순간, 마마코와 샤리레는 악연으로 얽힌 사이가 되는 것이다.

어머니들 간의 평온한 대결이, 피로 피를 씻는 참극으로 뒤바뀔 가능성도?

무슨 수를 써서라도, 그 일은 숨겨야만 한다!

"마 군, 왜 그래? 얼굴이 새빨개졌네. 몸이 안 좋은 거야?"

"아, 아냐! 멀쩡하거든?! ……으음…… 샤리레 씨! 따님을 빨리 찾을 수 있으면…… 아, 지금 바로 찾으면 곤란할 테니…… 대회가 끝날 즈음에 찾을 수 있으면 좋겠네요!"

"응. 나도 그렇게 되기를 기대하고 있단다. 내가 대회에 나가고, 그게 전 세계에 알려진다면, 그 애가 다시 마을에 돌아올지도 모르잖니. 그게 내가 이 대회에 참가한 가장 큰 이유야. 우후후."

"어머, 그렇다면 더욱 활약해야만 하겠네. 우리 둘 다 힘내도록 해. 우후후."

두 어머니는 서로의 건투를 빌며 함께 빙긋 웃었다. 마마코는 사리테를 까맣게 잊은 것 같았다.

그리고 당시에는 아직 동료가 되지 않았던 메디는 물론이고, 와이즈와 포타도 눈치채지 못한 것 같았다.

결국 마사토만 위가 욱신거렸다.

'이 대회가 무사히 끝나고, 그 후에도 평온한 나날이 계속되기를…… 신이여! 제발 부탁드립니다!'

마사토가 마음속으로 깍지를 끼며 성심성의를 다해 기도하다 보니…….

마마코에게 물어볼 게 있었다는 생각 자체가 그의 머릿속에서 깨끗하게 사라졌다.

준비를 마친 후, 일행은 출발했다.

"다들, 빠뜨린 물건은 없지?"

"그런 걸 확인해야 하는 사람은 바로 엄마라고. 우리는 시합을 관전할 뿐이니까……."

"아, 잠깐만 있어봐! 우리는 자원봉사 스태프잖아!"

"스태프증을 깜빡하면 안 되죠. 관계자라는 점을 이용해서 관객석보다 더 좋은 위치에서 관전하기 위해 필요해요. ……그 스태프증은……."

"걱정하지 마세요! 제가 가지고 있어요! 자요!"

"마마코 씨도, 마사토 군 일행도 준비를 마쳤나 보네. ……나도 마찬가지야."

연두색 가죽가방을 짊어진 샤리레도 준비를 마친 것 같았다.

"좋아. 그럼……."

""가자! 오~!""

"그 말 할 줄 알았어. 게다가 두 사람이 동시에 하는 거냐. 역시 엄마는 엄마네."

마사토 일행은 두 어머니의 뒤를 따르며 이동을 개시했다. 여관을 나선 후, 대회장을 향해 길을 따라 직진했다.

곧 대결을 펼치게 될지도 모르는데도 마마코와 샤리레는 느긋해 보였다. 서로의 마음을 잘 아는 친구 사이처럼, 즐겁게 이야기를 나누며 걸음을 옮기고 있었다.

그에 비해, 뒤를 따르고 있는 마사토 일행의 표정은 약간 딱딱했다.

"하아…… 두 사람 다 긴장감이 너무 없네."

"강자의 여유일 거야. 부럽네. ……하지만, 우리는……."

"리벨레 사천왕 중 두 명이 발견됐으니 방심할 수 없겠죠. 어처구니없는 스타일로 잠입하기는 했지만, 강적인 건 틀림없으니까요."

"저도 회복 아이템을 잔뜩 준비했어요! 맡겨만 주세요!"

"그 뿐만 아니라 나한테는 개인적인 걱정거리도 있거든……. 속이 쓰려 죽겠다고."

마사토는 목에 건 스태프증을 손가락으로 만지작거리면서 주위를 둘러보았다.

이 길은 사람들로 넘쳐나고 있었다. 인간족을 비롯해 엘프, 수인, 거인, 요정, 안드로이드 등, 수많은 판타지 종족이 줄지어서 대회장으로 향하고 있었다. 그들 대부분은 관객일 것이다. 안내를 맡고 있는 직원도 곳곳에 있으며, 다들 순조롭게 이동하고 있었다.

마사토 일행 쪽을 쳐다보는 이들도 상당수 존재했다. 당연할 것이다. 이 대회에서 가장 주목받고 있는 선수가 바로 마마코니까 말이다.

'그리고 용사인 나는 거의 주목 받지 못하네…… 하하…….'

마사토는 가능한 한 그런 생각은 하지 않으려고 했다.

주위를 둘러보면 빈번하게 다른 사람들과 시선이 마주쳤기에, 마사토는 앞만 쳐다보았다.

그러자 샤리레의 뾰족한 귀가 눈에 들어왔다.

'엘프의 귀…… 멋지네……. 어떤 감촉일까…….'

마사토가 그런 생각을 하면서 멍하니 쳐다보자…….

어느새 멈춰선 샤리레가 뒤를 돌아보았다.

"마사토 군은 내 귀가 신경 쓰이나 보네."

"예? 아~ 으음…… 예. 솔직하게 말하자면, 엄청 관심이 가요."

"그렇구나. 그럼 만져볼래?"

"그래도 돼요?!"

"응. 물론이지……. 단, 마사토 군이 내 아들이 된다는 조건이 붙지만 말이야. 우후후."

"뭐어어어엇?!"

화들짝 놀라며 고함을 지른 이는 마사토가 아니라 마마코였다.

"샤리레 씨?! 마 군을 아들로 삼겠다는 게, 무무무무, 무슨 소리야?!"

"말 그대로의 의미야. 마사토 군은 요리를 하는 어머니를 도울 뿐만 아니라, 이렇게 대회에 나간 어머니를 응원하러 와주는 멋진 아이잖아. ……저기, 마사토 군. 내 아들이 되지 않겠니?"

"그……."

"저기, 마 군! 마 군, 마 군, 마 군! 잠깐 나 좀 봐!"

마사토가 대답을 하기도 전에, 마마코가 부리나케 말을 걸었다.

그리고 머리카락을 귀 뒤편으로 쓸어 넘기며 귀를 드러냈다.

"자, 마 군! 어떠니?! 엄마의 귀야! 응?!" 쑤욱!

"대체 뭐하자는 거냐고. 응?"

마사토가 자기한테 들러붙는 어머니를 밀어내고 있을 때였다.

와이즈를 비롯한 다른 여자애들이 어이없다는 투로 입을 열었다.

"저기, 마사토~. 좀 이해해주는 게 어때? 샤리레 씨가 방금 너한테 한 말을 듣고, 마마코 씨가 질투를 하는 거야."

"뭐? 질투? 너 지금 무슨 소리를 하는 거야?"

"마사토 군은 벽창호인가요……. 위험하네요……. 마마코 씨는 엄마 특수 스킬 【어머니의 질투】를 발동시킬 거예요. 그건 차지 타입의 기술이죠. 일정량의 질투가 쌓이면, 엄청난 기술을 펼치게……."

"이봐, 메디. 말도 안 되는 소리 좀 하지 말아줄래? 그런 스킬이 있을 리 없거든?"

"그렇지 않아요! 마마 씨라면 충분히 가능하다고요!"

"윽…… 화, 확실히 엄마라면 그런 스킬을 지녔을지도 모르지만…… 그래도……."

"자, 마 군! 엄마의 귀야! 어떠니?! 응?! 어때?!" 쑤욱!

"하아, 정말! 시끄럽네! 딱히……!"

관심 없다고 마사토가 외치려던 바로 그때였다.

"찾았다! 오오스키 마마코가 저기 있어!"

누군가가 먼저 고함을 질렀다. 여성의 목소리였다. 정확하게는 엄마의 목소리?

길가에 줄지어 있는 높은 건물의 지붕 위를 눈에 보이지 않는 속도로 달리더니, 「영차!」 엄청난 각력을 선보이며 점프한 누군가가 마사토 일행의 앞에 착지했다.

상대는 인간 중년 여성과 별반 다르지 않은 외모를 지녔다.

하지만 머리에 뾰족한 귀가 달렸으며, 엉덩이에는 털이 풍성한 꼬리가 달렸다. 보아하니, 개의 귀와 꼬리 같아 보였다.

그리고 등에 세 명, 복부에 두 명, 총 다섯 명의 어린 아이를 포대기로 안고 있었다.

"다쳐도 이상하지 않을 높이에서 저렇게 뛰어내리다니…… 당신은……?"

"나는 수인 엄마야! 그리고……!"

그 수인 어머니의 뒤를 잇듯, 「와아~!」, 「날았어~!」, 「대단해~!」, 「한 번 더!」, 「해줘~!」 아이들의 목소리가 들려왔다. 조그마한 꼬리를 격렬하게 흔들어대고 있었으며, 겉보기에도 시끄러워 보이는 애들이었다.

"그래. 나중에 해줄게. 엄마는 인사를 좀 해야 한단다……. 저기, 스태프증을 목에 건 여자애들. 너희는 이 대회의 스태프지? 우리 애들 좀 맡아주렴."

""""어?""""

수인 어머니는 얼이 나가 있는 와이즈에게 두 명「어어?!」, 메디에게도 두 명「너무 느닷없네요!」, 포타에게도 한 명「우왓?!」, 이렇게 다섯 명의 아이를 전부 맡겼다.

"휴우. 이제 됐네. ……자, 그럼 인사를 나눠볼까!"

아이들을 맡긴 수인 어머니가 마마코를 향해 돌아선…….

바로 그때였다.

"어머, 오오스키 마마코 씨네! 인사라도 해둘까!"

길 한편에서 물기둥이 솟구치더니, 거대한 물방울이 그대로…….

마사토에게 명중했다.「나, 나, 죽는 거야?!」하지만 그 물방울은 부드러워서 무사했다.

안아들 수 없을 정도로 커다란 물방울의 중심에는 몽환적인 형태를 지닌 생물이 있었다. 상반신은 인간 여성, 하반신은 물고기였으며…….

복부에는 어린아이가 들어있는 커다란 포대기를 차고 있었다.

"혹시 이쪽 분은…… 알이 꽉 찬 열빙어 인어…… 같은 것일 리가 없죠! 아하하하……!"

"아니, 맞아. 나는 열빙어 인어이자, 자식을 둔 엄마란다."

"맙소사…… 진짜로 알이 꽉 찬 열빙어인가요……."

“아, 거기 있는 빨간 머리 직원 분. 마침 잘 됐어. 내가 오오스키 마마코 씨와 이야기를 나누는 동안, 이 아이를 맡아주지 않겠어?”

“어어?! 나?! 자, 잠깐만! 나는 아기 돌보미가 아니거든?! 그런 건 질색인데다, 이제 질렸다고나 할까…… 잠깐…… 아아아…….”

수인 아이들에게 사랑받고 있던 와이즈는 인어 아이 한 명도 돌보게 됐다. 「교교~!」, 「엄청 퍼덕대네!」 조그마한 꼬리에 왕복 따귀를 맞는 와이즈의 모습이 왠지 재미있었다.

바로 그때였다.

“잠시 실례할게. 하마터면 으깨질 뻔 했네.”

마사토가 걸친 셔츠의 가슴 호주머니에서 꽃으로 된 모자를 쓴 조그마한 사람이 튀어나왔다.

「우왓?! 왜 그런 곳에 있는 거야?! 대체 어느새……?!」 그 사람은 바로 몸집이 손바닥만 하고, 등에 나비 날개가 달린 요정 여성이었다. 그리고 아이를 데리고 있었다.

“엄마는 라이벌에게 인사를 하고 올게. 보육 담당인 분들 곁에서 얌전히 있으렴.”

“네! 다녀오세요, 어머니!”

“보육 담당…… 어엇?! 저인가요?!”

검지만한 크기의 어린이 요정이 메디의 머리 위에 살며시 착지했다.

그리고…….

"와아~! 오오스키 마마코 씨가 있네~! 엄마들끼리 인사를 나눠야지~!"

거인 모녀지간이 땅을 뒤흔들며 즐거운 발걸음으로 뛰어왔다. 키가 3미터 가량 되는 듯한 여자애 거인을 데리고 있는, 5미터 급의 어머니 거인이다. 왠지 어머니 쪽의 머릿속에 꽃밭이 펼쳐져 있는 것 같았다.

"엄마는 인사를 나누고 올게~! 아이 돌보미 분들과 사이좋게 놀고 있으렴~!"

"알았어. 조그마한 언니와 놀고 있을게."

"어어엇?! 조그마한 언니라면, 저 말인가요?!"

키가 130센티미터 정도 되는 포타가 3미터 급 여자애 거인을 돌보게 된 것이다. 「놀자」, 「아, 예! 같이 놀아요!」 그런데도 저 아이를 열심히 돌보는 포타가 참 대단하다는 생각이 들었다.

아무튼, 정말 난리도 아니다. 그야말로 엉망진창이다.

"차례차례…… 우왓?! 또 누가 왔어?!"

또 왔다. 더 나타날 것 같았다.

하늘에 신성한 마법원이 그려지더니, 아이를 안고 있는 천사가 강림했다.

건물 사이의 그늘진 곳에서 어둠이 뿜어져 나오더니, 노출도가 어마어마한 섹시 의상을 입은 악마가 나타났다.

머나먼 저편에서 드래곤 또한 나타났다. 그 드래곤의 머리 위에는 용인(龍人) 어머니와 아이 같은 존재가 있었다.

그리고 근처에서 연기가 피어오르더니, 자식을 데리고 있는 닌자가 모습을 드러냈다.

어쩌지…….

“상대는 하나같이 본선에 진출한 어머니들이겠지……. 다들 엄마와 인사를 나누고 싶어 하는 것 같아. 그렇다면……!”

마마코가 빨리 인사를 나눠서, 이 사태를 수습한다. 그것뿐이다!

“엄마! 이 소동을 수습하기 위해, 저 사람들과 빨리 인사를……!”

“저기, 마 군! 엄마의 귀를 잘 봐! 만져 봐도 돼!” 쑤욱!

“아직도 그런 소리를 하는 거야?! 이럴 때가 아니거든?!”

다른 어머니들은 안중에 없다는 듯이, 마마코는 여전히 질투심에 사로잡혀 있었다.

우선, 질투 엄마부터 처리해야만 한다. 그렇다면…….

마사토는 마마코의 귓불을 손으로 잡고, 만지작거렸다.

“저기, 마 군. 어때?”

“아~ 응. 감촉이 참 좋네요. 엄마의 귀는 이렇구나.” 만지작 만지작

“그래. 이게 마 군 엄마의 귀야. 잊지 마.”

"응, 알았어. 이제 마음이 풀렸지? 그럼 이제 이동하시죠. 빨리 가라고."

"마 군은 정말…… 엄마의 마음을 눈곱만큼도 알아주지 않는다니깐……. 그래도 어쩔 수 없네. 지금은 시합에 나가야 하니까 말이야."

아직 불만이 남은 것 같지만, 마마코는 마음을 다 잡으며 달려갔다.

마마코가 향한 곳은 본선 대회장의 뒤편에 있는 출전 선수용 출입구였다. 이제부터 싸움이 펼쳐질 장소이자, 아까 이곳으로 몰려왔던 어머니들이 기다리고 있는 그곳으로…….

마마코는 대량의 과자 선물을 안아들고 뛰어갔다.

"기다리게 해서 미안해. 그럼 우선…… 편지를 보내주신 분들에게 답례부터 해야겠네. 내 아들인 마 군이 발견한 과자인데, 참 맛있어."

"어머나, 참 친절한 분이네……. 어…… 내가 보낸 건 도전장이었거든?"

"그게 무엇이든 간에, 무언가를 받았다면 답례를 한다…… 그게 인간관계의 기본이잖아? 그 정도는 어머니에게 있어 기본이라고 생각해."

"게다가 은근슬쩍 자기 아들의 성과라는 걸 어필하다니……. 역시 어머니로서 빈틈이 없네."

"바로 한 방 먹었어. 하지만 시합에서는 지지 않을 거야. 후후후."

각종 어머니들이 모여서, 한손에 과자를 들고 즐겁게 이야기를 나누고 있지만…….

마사토는 그쪽에 관심을 보이지 않았다. 시선을 떼면서 고개를 돌렸다.

“엄마들이 모여 있는 장소는 아이에게 있어 마계거든. 만약 얽힌다면 따끔한 맛을 보게 될 거야.”

이럴 때는 아이의 이점을 최대한 활용해야 한다. 즉, 무관심을 관철하는 것이다.

마사토는 마음을 다잡으려 하며 입을 열었다.

“엄마들은 대회장에 들어갔어. 이제 시합이 시작될 때까지 기다리기만 하면 되는데…… 이제부터 우리는 어떻게 하지……. 관객석에서 느긋하게 구경하고 싶지만, 우리는 자원봉사 스태프잖아……. 이제부터 우리가 해야 할 일을 누가 설명…… 알려줄 사람이 있으면 좋겠는데 말이야.”

마사토가 농담 투로 그렇게 말한 순간…….

“흐음, 저를 찾으시는 거군요.”

“우왓?!”

정체불명의 수녀를 자처하는 사람이 마사토의 옆에 홀연히 나타났다. 「어느새……?!」, 「눈치채지 못하도록, 뒤편에서 몰래 다가왔습니다」 그런 민폐스러운 짓을 아무렇지 않게 하는 바로 그 사람, 시라아세다.

“실은 마사토 군에게 지금 바로 부탁드릴 일이 있습니다. 참고로 저는 대회 실행위원이라는 높은 지위의 사람이며, 마사토 군은 일개 스태프죠. 그러니 마사토 군에게는 저의 지시를 거부할 권리가 없습니다."

"완전 직장내 괴롭힘이네요. ……저보고 뭘 하라는 거죠?"

"마사토 군은 저와 함께 본선 대회장으로 가죠. 곧 열릴 개회식에 참가해주셨으면 합니다."

"개회식을 돕는 건가요? ……뭐, 어차피 행사 보조 일일 테니까…… 좋아요. 알았어요. 그럼 가죠."

마사토가 걸음을 옮긴…… 바로 그때였다.

"마~사~토~. 너, 적당히 해."

어딘가에서 원념으로 가득 찬 와이즈의 목소리가 들린 것 같았다.

기분 탓일까? 기분 탓일 것이다. 틀림없겠지? 틀림없다. 마사토는 그렇게 생각하며 걸음을 내디…….

"좋아, 죽여 버리겠어. ……스파라 라 마지아……."

"마법으로 날 죽이려고 하지 마! 진정 좀 하라고!"

마사토가 허둥지둥 돌아보니…….

난리법석을 피우고 있는 수인 어린아이를 옆구리에 끼워든 채, 어마어마~하게 언짢은 표정을 짓고 있는 와이즈의 모습이 눈에 들어왔다.

그 옆에는 쉴 새 없이 움직이고 있는 인어 어린아이를 안아 들고, 머리 위에 있는 요정 어린아이에게 머리장식을 빼앗긴 채, 어마어마~하게 무표정한 얼굴을 하고 있는 메디가 있었다.

포타는 그런 두 사람의 뒤편에 있었다. 장난감 인형처럼 거인 여자아이에게 안긴 채, 자장가를 들으며 쓴웃음을 짓고 있었다.

"마사토. 너, 이렇게 고생하고 있는 우리를 전심전력을 다해 못 본 척 했지?"

"함부로 얽혔다간 자기까지 휘말릴지도 모른다…… 그렇게 생각하며 이 자리에서 도망치려고 하는 거죠? 동료를 버리려는 거죠?"

"으, 으음…… 저기, 좀 도와주시면 좋겠어요……."

"죄송합니다! 정말 죄송합니다! 자기 안위만 생각한 저를 용서해 주십시오!"

정말 악랄한 녀석도 다 있다.

"나는 말이지?! 진짜로, 진~짜~로~ 애 보는 건 무리야! 사과 할 시간 있으면, 빨리 다른 사람을 불러와! 지금 바로! 안 그러면 연속마법으로 한 2천 번 정도 죽여 버릴 거야!" 버럭~!

"저희에게 사과할 마음이 있다면, 마사토 군이 책임지고, 한시라도 빨리, 이 상황을 개선해주세요. ……이 요구를 들어주지 않을 경우, 저도 제가 마사토 군에게 무슨 짓을 할지 알 수 없어요. 적어도, 마사토 군이 상상하는 짓은 전부 할 거예요." 고오오오…….

"마사토 씨……. 부탁이에요……. 저희를, 구해주세요……." 훌쩍훌쩍.

"그, 그래! 알았어! 나만 믿어! 반드시 너희를 구해줄게! ……그럼 실행위원으로서 결정권을 지닌 시라아세 씨!"

"흠…… 아이들도 잘 따르는 것 같고, 어머니란 존재에 대해 배울 좋은 기회일 테니까요……. 와이즈 양, 메디 양, 포타 양, 세 분은 이대로 보육 담당을 맡아 주세요."

"""어어어어어어어어엇?!"""

더욱 악랄한 사람이 있었다.

결정이 뒤집히지 않은 채, 대회의 막이 올랐다.

그리고 그 전에…….

"시라아세 씨의 결정이니 어쩔 수 없어……. 내 잘못이 아냐……. 부탁이야. 이해해줘……. 나도 동료들을 구하고 싶어……. 진짜라고……."

변명을 늘어놓으면서 볼일을 마친 마사토는 관계자용 화장실을 나섰다.

그리고 통로로 나선 순간, 누군가와 마주쳤다.

"응? 아, 엄마?"

언뜻 본 순간, 무심코 그렇게 말했지만…….

그 사람은 검은색 원피스를 걸친 여성이었다.

키와 몸집은 마마코와 똑같았다. 표정이 어둡기는 하지만, 얼굴 생김새 또한 마마코와 똑같았다.

하지만 다른 사람이다.

"아, 죄송해요! 그게 아니라……! 으, 으음…… 여기는 선수와 스태프만 들어올 수 있는 장소니까…… 혹시 본선에 진출하신 분인가요?"

마사토가 허둥지둥 질문을 던지자…….

"……."

검은색 원피스 차림의 여성은 아무 말 없이 슬며시 손을 들어올렸다.

그리고 마사토의 머리카락을 가볍게 다듬어준 후, 아무 말 없이 사라졌다.

"뭐, 뭐야? ……그것보다, 엄마를 너무 닮았네……."

멍하니 서서 그 여성의 뒷모습을 멍하니 쳐다보던 마사토는……「아, 큰일 났다! 개회식이 곧 시작될 거야!」 우선해야 할 일이 있다는 걸 떠올렸다. 그래서 일단 저 여성에 대한 생각은 일단 제쳐두기로 했다.

천하제일 모도회 본선 대회장. 그곳은 선택받은 어머니들의 전장이다.

관객석이 주위를 둘러싸고 있으며, 중앙에는 일반적인 가정의 풍경을 이미지해 꾸며진 정사각형의 무대가 설치되어 있었다.

또한, 관객석과 무대 사이에는 아이들이 자유롭게 뛰어놀 수 있는 키즈존이 설치되어 있었다. 무대에서 싸우고 있는 어머니들이 아이들의 모습을 항상 확인할 수 있는 것이다. 또한 아이들의 응원도 어머니에게 전해질 것이다. 가족 친화적인 설계다. 보육 담당이 상주하고 있기에 더욱 안심이 됐다.

보육 담당은 물론, 아이들에게 휘둘리고 있는 저 세 사람이다.

"큭! 여기가 시합을 코앞에서 지켜볼 수 있는 최고의 관전 장소라는 게 더 열 받아!"

"하지만, 이렇게 많은 사람들이 지켜보는 가운데, 다른 이의 아이들을 돌봐야 하는 거군요……. 이렇게 가혹한 싸움이 이 세상에 존재해도 되는 걸까요……."

"어버버버……. 손님 여러분이 저희를 주목하고 있어요오오오……."

이것은 어머니들의 대회다. 관객들 대부분이 어머니인 것이다. 엄격한 시선이 와이즈, 메디, 포타 세 사람을 향하고 있었다. 여자들의 싸움은 이미 시작된 것이다.

그리고 관객석에 설치된 방송석에는 마사토와 시라아세가 있었다.

"……저기, 시라아세 씨. 제가 왜 여기 있는 거죠?"

"개회식 관련으로 도움을 받기 위해서입니다. 그리고 겸사겸사 해설과 실황중계도 부탁드립니다."

"그게 겸사겸사 할 일인가요?! 아니거든요?!"

마사토가 격렬하게 항의하자, 시라아세는 마사토를 응시했다. 그리고 지그시 쳐다본 후…….

시라아세는 아무렇지도 않게 마이크의 스위치를 켰다.

"관객 여러분, 오래 기다리셨습니다. 지금부터 개회식을 시작하겠습니다."

"잠깐만요오오오오?! 멋대로 시작하지 말라고요!"

"그럼 선수 입장. 박수로 맞이해주시길."

팡파르가 울려 퍼지더니, 선수들이 등장용 출입구를 통해 한 명씩 무대로 입장했다.

가장 먼저 모습을 드러낸 이는 마마코였다.

"어머나, 손님들이 이렇게 잔뜩…… 아! 마 군이야! 방송석에서 엄마를 응원해주는 거구나! 마~ 군~! 마~ 군~!" 와아~!

마마코가 마사토를 향해 열심히 손을 흔들었다. 그리고 껑충껑충 뛰자, 엄마의 커다란 가슴도 격렬하게 흔들렸다. 출렁출렁.

"이봐! 바로 눈치채지 말라고! 호들갑 떨지 마! 아들의 이름을 외치지 말란 말이야!"

"참고로, 마사토 군의 마이크도 켜져 있습니다만……."

"앗~?!"

아들의 비명이 대회장 전체의 웃음을 유발시켰고, 또한 마마코를 칭송하는 성원으로 이어졌다.

「마마코 씨~!」, 「기대할게~!」, 「아들 분도 힘내~!」, 「나는 응원 안 해도 되거든?!」 마마코의 아들이라는 게 대번에 탄로 난 마사토는 부끄러워서 죽을 지경이었다.

"이제 싫어……. 그만하라고……. 나 좀 내버려둬……."

"괴로워하고 있을 때가 아닙니다. 자, 마사토 군. 우선 해설

을 해주세요. 앞에 놓여 있는 원고를 읽기만 하면 되는, 간단한 일…… 아니, 용사의 사명이죠."

"엄마가 무대에 서있고, 용사인 나는 방송석에서 해설이나 하는 거냐고…… 크흑. ……아, 아무튼 사명을 완수하겠어요!"

마사토는 눈물이 어린 눈으로 원고를 보면서 방송을 시작했다.

"으음…… 그, 그럼 천하제일 모도회를 시작하겠습니다. 지금부터 시작될 본선은 토너먼트 방식을 채용하고 있습니다. 하나같이 뛰어난 실력을 지닌 열여섯 명의 어머니들이, 어머니의 정점에 서기 위해 뜨거운 대결을 펼칠 겁니다."

"시합 방식은 직전의 추첨으로 결정됩니다. 취사, 세탁, 청소 등의 일반적인 집안일 이외에도 전투가 벌어질 수도 있습니다."

"그럼 선수를 소개하겠습니다. 어제 펼쳐진 예선의 순위 순서로 각 선수가 등장할 예정입니다. 그럼 예선을 1위로 통과한 건……."

"마 군의 엄마야~! 힘낼게~!" 꺄아~!

"그러니까 호들갑 좀 떨지 말라고 했지?! 진정 좀 하란 말이야!"

"마마코 씨는 유명인이니 소개가 필요 없을 것 같군요. …… 그럼 마사토 군, 다음 분을 소개해주십시오. 시간이 없으니 빨리 감기로 부탁합니다."

"『서두르라』는 거죠?! 알았어요! 휙휙 넘어가주죠!"

마마코의 뒤를 이어, 선수들이 차례차례 무대에 올라왔다. 마사토는 그들을 서둘러 소개했다.

"예선 제2위! 머나먼 서쪽 땅에 있는 신비의 숲에서 온, 숲의 현자라 칭송되는 엘프족의 어머니! 샤리레 씨!"

"누구나 익히 알고 있는 엘프의, 알려지지 않은 어머니의 힘…… 똑똑히 보여주겠어. 우후후."

뾰족한 귀, 금발, 연둣빛 옷이 트레이드마크인, 판타지를 대표하는 어머니다.

"예선 제3위! 취사의 불, 세탁의 물, 청소의 흙, 장보기의 바람…… 집안일을 관장하는 사대원소가 결집한, 정령족의 어머니! 에테리아 씨!"

"다들, 가자!", "알았어!", "지금이야!", "쿼드러플 정령 합체!"

네 개의 에너지체가 모이자, 여신처럼 아름다운 존재가 현현했다. 몽환적인 어머니다.

"예선 제4위! 차갑고 딱딱한 육체에 따뜻하고 부드러운 어머니의 마음이 깃든, 오버 테크놀로지의 총아(寵兒) 아닌 총모(寵母)! 안드로이드 어머니! 메카테 씨!"

"마더 시스템, 올 그린. 어머니로서의 미션을 수행하겠습니다."

다수의 고기동 비행형 비트를 거느린, 글래머러스하고 메커니컬한 어머니가 등장했다.

"예선 제5위! 바람 부는 대로, 마음 가는 대로, 문뜩 정신을 차리고 보니 옆에 있다! 조그마한 몸집을 얕보지 마라! 요정족 어머니, 님파 씨!"

“승패는 그때그때의 운에 달려 있어. 어디로 튈지 모르는 어린애와 같아. 그러니 나름대로 즐겨주겠어.”

꽃모자를 깊이 눌러쓰며 입에 문 파이프로 비눗방울을 날리고 있는 조그마한 어머니가 폼을 잡으면서 쿨한 목소리로 그렇게 말했다.

“예선 제6위! 아이를 안아들며 단련한 완력으로는 누구한테도 지지 않을 자신이 있다! 모성을 마음껏 드러내며 날뛰는 수인족 어머니! 가코 씨!”

“그 어떤 집안일이든 다 해주겠어! 세계제일의 엄마는 바로 나야! 아우~!”

개 타입 수인인 어머니가 털이 풍성한 꼬리를 호쾌하게 흔들어댔다.

“예선 제7위! 어머니란, 가족을 몰래 떠받치는 자…… 즉, 닌자! 칼날 아래에 어머니의 마음을 숨긴, 인간족 어머니! 쿠노 이치코 씨!”

“오늘은 닌자의 본분을 잊고, 이 큰 무대 위에서 최선을 다하겠소이다! 닌닌!”

펑 하는 소리와 함께 피어오른 연기 안에서 등장한 이는 닌자라는 설정에 집착하는 듯한 설정충 어머니였다.

“예선 제8위! 그 누구도 거부할 수 없는 유혹으로 우승마저 손에 넣을 것인가! 성인등급으로 지정되어야 할 악마족, 서큐버스 어머니! 인비 씨!”

“사양하지 않아도 돼. 이 섹시한 엄마와 즐거운 걸 하자. 우후~.”

속옷이나 다름없는 섹시한 의상으로 보는 이들을 뇌쇄시키는, 과다노출 어머니다.

그리고 아직 절반 이상 남았다.

마사토는 가볍게 한숨을 내쉰 후, 시라아세 씨가 은근슬쩍 건네준 물을 한 모금 마셨다.

‘아직 여덟 명이나 남았어……. 꽤 힘드네……. 게다가…….’

다음으로 등장한 이는 은색 복면 로브 차림의 인물이다.

“으음…… 예선 제9위! 미스터리어스라고 표현하면 듣기 좋아 보이지만, 그냥 수상쩍기 그지없는 거동 수상자! 인간족 어머니! 소렌테 씨!”

“그그그, 그렇지 않거든~?! 하나도 수상하지 않거든~?!”

“평범한 어머니에 불과하다는 걸 일일이 설명해야 알아먹는 거야?!”

마사토가 애드리브를 섞어서 소개하자, 그 수상한 인물은 뜨끔한 것처럼 몸을 부르르 떨었다. 그리고 안에 있는 두 사람이 필사적으로 잡아뗐지만…….

적어도 지금 바로 일을 벌이려는 것 같지는 않았다. 「마사토 군, 빨리 감기로 해주세요」 시라아세 씨도 재촉을 했기에, 마사토는 계속 소개를 이어갔다.

“예선 제10위! 하늘나라에서 아이를 데리고 강림한, 금방이라도 신탁을 내려줄 듯한 존재! 한 폭의 그림 같은 고귀한 천사족 어머니! 마마리엘 씨!”

"아이를 재우면서, 대충 드러누워 과자 같은 걸 먹기도 하지만…… 뭐, 이미지를 우선해도 돼."

신성한 외모와 달리 털털한 분위기를 지닌, 꽤 솔직담백해 보이는 어머니다.

"예선 제11위! 동화와 전설을 통해 수없이 회자된 존재! 이번에도 전설을 만들어낼 것인가! 푸른색으로 빛나는 비늘이 마치 보석처럼 아름다운, 인어족 어머니! 나카사오 씨!"

"지금 이 자리에서 애 딸린 인어의 전설이 탄생할 거야! 기대해줘!"

종족은 열빙어이며, 마법의 물방울을 타고 육상이동을 하고 있는 수중형 어머니다.

"예선 제12위! 좋아하는 사자성어는 『만한전석』! 브레스 타입 공격의 트레이너로서도 활약 중인 용인족 어머니! 사모한 씨!"

"용인족이 아니라도 노력하면 불을 뿜을 수 있다해! 내 사천요리를 먹으면 말이야해!"

입에서 화르르륵! 하고 불을 뿜고 있는 이는 드래곤의 뿔과 꼬리를 지닌 중화풍 어머니다.

"예선 제13위! 라그나로크라 불리는 종말전쟁에서 활기차게 살아남은, 머릿속에 꽃밭이 펼쳐진 대단한 사람! 이 싸움도 룰루랄라~ 콧노래를 부르며 가볍게 헤쳐 나갈 것인가! 거인족 어머니! 카이데 씨!"

"큼지막한 엄마야~! 다들 응원 부탁해~! 아하하~!"

커다란 몸집으로 흥겹게 걸음을 내디디며 지진을 일으키고 있는, 엄청 BIG한 어머니다.

이제 세 사람 남았다. 끝이 보이기 시작했다!

"예선 제14위! 언뜻 보기에는 심약한 듯한 어머니! 하지만 벗으면 엄청나다! 모친식 격투술로 궁극의 경지에 오른, 인간족 어머니! 카토 씨!"

"아, 안녕하세요. 으음…… 아이들을 위해서라도…… 최, 최선을 다하겠어요!"

겉보기에는 평범해 보이지만, 실은 복근이 어마어마한 무도가 어머니다.

이제 두 명 남았다!

"예선 제15위! 유서 깊은 혈족이 이곳에 등장! 살며시 당신에게 다가가, 찬란히 빛나는 새하얀 치아를 보여주는, 흡혈귀족 어머니! 칸고시 씨!"

"건강한 육체는 건강한 치아에서 비롯돼! 내가 우승한다면 가족 다함께 양치질을 이 세계의 룰로 지정할 거야!"

치아가 더러워지기 때문에 피를 거의 빨지 않는다는 간호사복 차림 흡혈귀 어머니다.

자, 라스트!

마지막을 장식할 선수가 출입구를 통해 천천히 걸어왔다.

검은색 원피스 차림의, 표정이 어두운 어머니다.

'어라…… 아까 그 사람이잖아.'

아까 화장실 앞에서 마주친, 마사토의 머리를 만져줬던 그 사람이 틀림없다. 마사토는 소개를 시작했다.

“예선 제16위! 마지막으로 다크호스가 등장! 경력을 비롯한 모든 것이 수수께끼의 베일에 감싸인 사람! 인간족 어머니! HAHAKO 씨!”

“…….”

마마코를 닮은 그 사람은 공허한 눈길로 마사토를 지그시 쳐다보고 있었다…….

아무튼 소개는 이걸로 끝났다.

이 열여섯 명의 토너먼트 전으로 세계제일의 어머니가 결정된다.

어머니들이 무대에 줄지어 서자, 관객들이 열띤 성원을 보냈다. 모든 어머니가 자신만만한 표정을 지으며 그 성원에 답하기 위해 손을 흔들었다. 대회장 안은 흥분의 도가니가 되었다.

한편, 마사토는 마이크를 끄더니 테이블에 그대로 넙죽 엎드렸다.

“이게 무슨 간단한 일이야……. 피곤해 죽겠네…….”

“피곤하신 건 압니다만, 부탁을 하나 더 드리겠습니다. 마사토 군만이 지닌 능력…… 예의 어머니 식별 스킬을 사용해서, 선수들이 진짜 어머니가 맞는지 확인해 주세요.”

“참가자격이 있는지 확인하라는 건가요? 그건 저만 할 수 있는 거니까, 하긴 하겠는데…… 아, 맞다. 저기…… 소렌테라는 사람은 확인해볼 필요도 없어요. 저 사람의 정체는 아만테와 소레라거든요.”

“그런 것 같군요. 말투만 들어봐도 바로 짐작이 됩니다.”

"그렇죠? 그럼 안전을 고려해 쟤들은 일단 지켜보기로 하고…… 다른 사람들을 확인해볼게요."

마시토는 무대 위에서 성원에 답하고 있는 어머니들을 향해 「아, 마 군이 이쪽을 보고 있어! 엄마는 여기 있어~!」 고개를 돌리자마자 그의 시선을 바로 눈치채고 난리법석을 피우는 사람이 있었지만, 그냥 무시하기로 했다.

'내가 익힌, 안타까운 특수 스킬…… 『자성』…… 발동!"

마사토의 눈에 힘이 깃들더니, 눈에 보이는 세계에 선명한 변화가 발생했다.

무대 위가 카네이션 색깔의 빛으로 가득 찼다. 어머니로서의 레벨이 높은 이들이 한 자리에 모여 있기 때문이다. 각자의 몸에서 방대한 양의 빛이 뿜어져 나오는 것은 당연할지도 모르지만…….

좀 이상한 사람이 있었다.

우선, 복면 로브 차림의 소렌테다. 빛의 색깔이 좀 이상했다.

'주위의 빛을 반사하고 있는 것 같아……. 저 은색 로브가 반사하고 있는 걸까?'

아니면 아만테가 지닌 반사 스킬 때문일지도 모른다. 아무튼, 일단 제쳐두기로 했다.

그 외에도 신경 쓰이는 사람이 한 명 더 있었다.

'아…… HAHAKO 씨도 빛나지 않아…….'

마마코와 흡사한 외모를 지닌 정체불명의 어머니는 전혀 빛을 뿜고 있지 않았다. 그렇다면……?

마사토가 생각에 잠기자, 시라아세가 그에게 말을 걸었다.
"마사토 군, 어떻죠?"
"으음…… HAHAKO 씨말인데, 반응이 전혀 없어요."
"그런가요……. 흠……."
마사토의 스킬에 반응하지 않는다. 그렇다면, 상대는 어머니가 아닌 것이다.
출전 자격을 충족시키지 못했으니, 실격을 시켜야 마땅하겠지만…….
"HAHAKO 씨는 반응이 없어도 괜찮습니다. 이대로 계속 대회에 참가하게 두죠."
"예? ……괜찮겠어요?"
"그녀에 대해 알 좋은 기회니까요. 이 시합을 통해, 그녀에 대해 충분히 조사하도록 하겠습니다."
"조사……."
"알려드릴 수 있는 단계가 되면, 알려드리겠습니다. 그러니 그때까지 참아주시길. ……잘 참는다면, 나중에 과자를 드리죠."
"와아~. 나, 그럼 열심히 참을래…… 같은 소리 할 줄 알았어요?! 놀리지 좀 말라고요!"
"다른 분들에게 문제가 없다면 참가자격의 확인을 마칠까 합니다만, 어떤가요?"
"다른 사람들은 반응이 있으니, 참가자격이 충분한 것 같네요!"
"알았습니다. 감사합니다."

시라아세가 정보를 제공해줄 줄 알고 약간 기대하고 있던 마사토는 실망했다.

한편, 시라아세는 마이크를 켜더니 다시 아나운스를 시작했다.

"그럼 시합 순서를 정하는 추첨을 하겠습니다. 토너먼트표와 추첨 박스의 준비를…… 키즈존에 있는 스태프 여러분, 부탁드려도 될까요?"

그곳에 있는 이는 보육 담당인 와이즈와 메디, 포타다. 「잠깐만, 너무 부려먹는 거 아냐?!」, 「악독하네요……」, 「히, 힘낼게요!」 사방팔방으로 뛰어다니는 아이들을 잡으려고 무대 주위를 뛰어다니고 있는 그녀들에게 일거리가 추가됐다.

와이즈는 자신의 다리와 등에 매달린 애들을 그냥 내버려 둔 채, 추첨 박스를 들고 있는 역할을 담당했다.

메디는 아이들에게 휘둘리면서, 어머니들이 뽑은 번호 볼을 확인하는 역할을 맡았다.

그리고 포타는 거인족 아이에게 들어 올려 달라고 부탁하며, 토너먼트표에 어머니들의 이름을 기입하는 역할을 담당했다.

세 사람의 숭고한 희생 덕분에, 토너먼트표가 완성됐다. 1회전은 아래와 같다.

·제1시합 【용사의 어머니·마마코】 VS 【수인 어머니·가코】

·제2시합 【인어 어머니·나카사오】 VS 【악마 어머니·인비】
·제3시합 【무도가 어머니·카토】 VS 【안드로이드 어머니·메카테】
·제4시합 【용인 어머니·사모한】 VS 【엘프 어머니·샤리레】
·제5시합 【수상한 어머니·소렌테】 VS 【흡혈귀 어머니·칸고시】
·제6시합 【요정 어머니·님파】 VS 【거인 어머니·카이데】
·제7시합 【정체불명의 어머니·HAHAKO】 VS 【정령 어머니·에테리아】
·제8시합 【천사 어머니·마마리엘】 VS 【닌자 어머니·쿠노이치코】

선수들은 대기실로 돌아갔고, 준비가 시작됐다. 시합 내용은 시합 직전에 정해지며, 어떤 승부든 전부 가능하도록 조리기구, 청소도구, 세탁용품, 그리고 무기 등, 지참한 물품을 정성들여 손질하고 있었다.

많은 어머니들이 바쁘게 움직이는 가운데, 마마코도 준비에 착수했다.

"이럴 때는 역시 승부 앞치마를 입어야겠지. 마 군이 선물해준 이 특제 앞치마를 오늘 걸칠래. 우후후."

예전에 마사토가 가챠로 뽑은 앞치마를 평소 장비 위에 걸치자, 이걸로 준비는 완료됐다. 마마코는 두근거리는 가슴을 안고, 시합이 시작될 때까지 기다렸다.

그런 마마코를 응시하고 있는 이가 있었다. 수상한 어머니, 소렌테다.

좀 떨어진 곳에 있는 소렌테가 네 개의 눈동자로 마마코를 응시하고 있었다.

“드디어 본선이 시작되네~. 좀 긴장돼~.”

“맞아. 하지만 첫 난관은 이미 돌파했어. ……선수를 소개할 때, 오오스키 마사토는 어머니를 식별한다는 스킬을 썼을 거야. 하지만 그 정도는 뻔히 예상했지. 몸에서 뿜어지는 빛으로 식별한다는 것도 알고 있으니까, 반사재로 만든 이 복면 로브를…….”

“쓸데없이 설명할 필요 없어~. 그것보다~ 빨리 걷기나 해~.”

“아, 알았어. ……이곳에 있는 어머니들 안에 특이한 존재가 있는지 신경 쓰이지만…… 우선 오오스키 마마코를 노리자.”

수상한 어머니 소렌테가 행동을 개시했다.

아래편에 있는 사람은 앞이 잘 보이지 않는지, 「아, 죄송해요~」, 「……」 정체불명의 어머니 HAHAKO와 부딪칠 뻔 하면서…….

수상한 어머니 소렌테는 마마코에게 다가갔다.

“저기~ 잠시 실례할게요~.”

“어머, 무슨 일이야? ……당신은…….”

“소렌테라고 해~. 우리는 일면식도 없으니까~ 개의치 마~. 그냥 평범하기 그지없는 평범한 엄마야~.”

“어머, 그렇구나……. 목소리가 귀에 익지만, 내 착각인가

보네."

"차차차, 착각 맞거든~?! 잘못 들은 거야~. 그런 건 신경 쓰지 마~. 그, 그것보다~!"

수상한 어머니 소렌테는 몸을 꼼지락거리더니, 홍차빛깔의 액체가 담긴 조그마한 병을 꺼냈다.

"이걸 마마코 씨에게 줄게~. 아까 다른 사람이 과자를 나눠줬거든~ 이건 답례야~. 지금 바로 마셔~."

"그럴 필요 없는데, 고마워. 마침 목이 마르던 참이니까 잘 마실게."

마마코는 전혀 의심하지 않으면서 병을 건네받더니, 내용물을 마셨다.

그 순간, 복면 로브 안에 있는 두 사람이 주먹을 힘껏 말아 쥔 것은 비밀이다. 「그럼~ 시합 잘 치러~」 수상한 어머니 소렌테는 그렇게 말하면서 마마코의 곁을 벗어났다.

그리고 마마코에게서 충분히 멀어진 후, 다시 주먹을 말아 쥐며 기뻐했다.

"으흐흐~! 우리 생각대로 됐네~!"

"그래. ……그건 그렇고, 너무 순순히 마신 것 같은데……."

"마사토 군에게 받은 선물 때문에 들뜬 걸지도 몰라~. 하지만~ 그런 건 아무래도 상관없어~. 아까 그 액체를 마시면 그걸로 끝이잖아~."

"훗. 그래……. 그건 효과가 천천히 발생하는 독이야. 그걸 마시면 서서히 체력이 깎여 나가고……."

"왕창 약해졌을 때, 우리가 한꺼번에 습격하는 거지~. 으흐흐~!"

"혹시나 해서 말해두겠어. 우리는 오오스키 마마코를 두려워하지 않아. 그냥 싸워도 이길 자신이 있어. 하지만 멀쩡한 상태의 오오스키 마마코와 싸우는 건 힘들 것 같다고나 할까, 무모 그 자체라고나 할까, 가능하면 우리가 무조건 이길 수 있는 상황에서만 싸우고 싶다고나 할까……."

"우리의 본심까지 털어놓지 않아도 돼~. 아만테는 입 좀 다물고 있어~."

흉악하기 그지없는 사천왕 두 사람은 어느새, 자신감이라고는 눈곱만큼도 없는 태도가 어울리는 애가 된 것 같았다.

각종 준비가 완료된 후, 본선이 시작됐다.

"자, 마사토 군. 드디어 시작되는 군요."

"저와 시라아세 씨가 방송석에서 계속 중계를 하는 건가요……."

가능하면 사양하고 싶은데 말이다.

무대 주위의 키즈존을 쳐다보니, 뚜껑이 완전히 열린 듯한 와이즈가, 눈의 동공이 한껏 확장된 메디가, 슬픔으로 가득 찬 눈길을 머금은 포타가, 아무 말 없이 마사토를 응시했다.

세 사람이 필사적으로 아이들을 돌보고 있는데 마사토만 다 때려치우고 도망쳤다간, 동료 간의 유대와 그의 목숨이 박살나고 말 것 같았다.

"그럼 마사토 군이 자기가 처한 상황을 이해한 것 같으니, 시작해볼까요."

"예! 실황이든 해설이든, 전부 즐겁게 하겠어요! 방송 만세! ……관객 여러분, 오래 기다리셨습니다! 이제부터 제1시합을 시작하겠습니다!"

눈물로 범벅이 된 대본을 손에 쥔 마사토가 마이크를 향해 그렇게 외치자, 대회장 안의 흥분으로 가득 찼다.

제1시합에 임하는 마마코와 수인 어머니 가코가 입구를 통해 무대로 올라왔다.

"그럼 가코 씨. 잘 부탁해." 빙긋

"드디어 이 순간이 찾아왔네! 마마코 씨, 각오해!" 크아~!

두 사람 다 열의가 넘쳤다. 열띤 승부를 기대할 수 있을 것 같았다.

그럼 바로 시합 방식을 결정하기로 했다.

"으음~ 그럼…… 아이들을 돌보느라 바쁘신 와중에 이런 말씀 드려 죄송합니다만…… 와이즈, 시합용 추첨 박스를 준비해줘."

"좋아! 하면 될 거 아냐! 으으~ 마사토 때문에 짜증나 미치겠어!"

"왜 나한테 그러는 거야?! 내가 정한 게 아니거든?!"

토너먼트 추첨 때와 마찬가지로, 애들에게 둘러싸인 와이즈가 추첨 박스를 준비했다. 「마마코 씨, 뽑아!」, 「응, 고마워」 예선 순위가 높았던 마마코가 제비를 뽑았다.

마마코가 뽑은 시합방식은……….

【청소(위험도 MAX)】

제1시합의 방식은 위험천만한 청소 대결이다.

"어~ 첫 시합의 방식부터 엄청난 것 같습니다만…… 시라아세 씨, 이건 어떤 승부인가요?"

"준비된 장소를 청소하면서 중요한 물건을 찾아내고, 동시에 위험한 물건을 회피하는 승부입니다. ……우선 무대를 보시죠."

마사토를 비롯해, 관객들이 일제히 무대를 쳐다보자…….

바닥재가 깔린 무대에 마법원이 생겨나더니…… 책상과 의자, 침대와 책장 같은 다양한 가구가 차례차례 소환됐다.

출현한 가구는 마마코와 수인 어머니 가코의 주위에 균등하게 설치됐다.

"아하. 방안을 청소하는 요령으로 하는 거네요. ……하지만 보아하니 가구들이 하나같이 깨끗해 보이는데요……."

"겉보기에는 그렇게 보일 겁니다. ……하지만……."

무대에 선 두 어머니는 청소를 해야 할 부분을 재빨리 파악하고 있는 것 같았다.

"선반 사이의 좁은 틈에 먼지가 쌓여 있네……. 어머나, 침대 아래편의 안쪽에도 먼지가 있어. 침대 뒷면도 마찬가지야."

"청소를 하면서도 놓치기 쉬운 곳이야! 그런 곳을 깔끔하게 청소하라는 거구나! 재미있는걸!"

"우후후. 맞아. 엄마의 실력을 뽐낼 기회네."

마마코도, 수인 어머니 가코도 열의가 넘치는 것 같았다. 앞치마의 끈을 동여매고, 손가락의 관절을 푸는 모습을 보니 두 사람 다 엔진에 시동이 걸린 것 같았다.

바로 그때, 마사토는 문뜩 눈치챘다.

"어라? 기분 탓인가……. 가구의 배치 같은 것이 왠지 눈에 익은데……."

"참고로, 무대 위에 준비된 방은 어머니 동반으로 모험 중인 용사의 현실세계에서의 방을 재현한 것입니다."

"……예?"

"이제부터 두 선수가 할 것은 자식 방 청소입니다. 청소를 하면서, 부모에게 보여줘야만 하는데도 숨겨둔 물건을 회수하고, 또한 발견하지 않는 편이 나은 물건은 그냥 가만히 둔다고 하는 어머니로서의 기량을 시험하는 승부죠. ……숨겨둔 물건 또한, 현실에 입각해 재현했습니다."

"어? 어? 어? 잠깐만? 잠깐만 기다려봐. 기다려 보라고오오오오오오!"

"기다리지 않고 시작하겠습니다. ……준비…… 엄마!"

시라아세의 신호에 따라, 시합의 막이 올랐다.

먼저 행동을 시작한 이는 수인 어머니 가코였다. 그녀는 우선 청소부터 시작했다.

"좁은 틈과 복잡한 장소는 청소하기가 어려워? 흥! 수인족인 나한테 그런 건 아무것도 아니거든?! 나한테는…… 이게, 있으니까 말이야!"

가구 사이의 좁은 틈 앞에 선 수인 어머니 가코는 뒤돌아서더니…….

엉덩이에 달린 털이 풍성한 꼬리를 그 틈에 밀어 넣었다.

그리고 잠시 동안 꼼지락거린 후에 꼬리를 빼자…….

"하하~! 봤지~?! 깨끗해졌어!"

틈에는 먼지 한 톨 없을 정도로 깨끗했다! ……그 대신, 꼬리는 먼지로 범벅이 되었지만 말이다…….

이것이 수인족의 신체적 특징을 살린 수인 어머니 스킬【꼬리DE청소】다!

하지만 큰 문제가 있다.

"어어어어어?! 뭐하는 거야아아아아앗?!"

마사토는 무심코 방송석에서 몸을 쑥 내밀더니, 수인 어머니 가코에게 항의했다. 당연했다. 한 마디 안 할 수가 없었다.

"마사토 군, 갑자기 왜 그러는 거야?"

"아니, 그게…… 뭐하는 거예요?! 그렇게 멋진 꼬리를 청소도구로 쓰면 어쩌냐고요! 용서받지 못할 짓이라고요!"

"어, 그래?"

"그래요! ……잘 들어요. 꼬리라는 건 특별한 기호품이에요. 지그시 응시하며 아껴줘야 할 대상이자, 부드럽게 매만지며 감동해야 할 대상이며, 볼에 비벼보면 천국에라도 온 듯한 기분을 맛보게 해주는, 그야말로 숭고한……!"

"편리하게 이용할 수 있는 걸 그저 이용했을 뿐이거든? 딱히 닮는 것도 아니고 말이야."

자기 물건을 멋대로 쓴 상대에게 불평을 했더니, 별것 아닌 일이라는 듯이…….

닮는 것도 아니라는 소리를, 했다.

"우아아아앗! 우아아아아앗! 엄마라는 사람들은 정마아아아알!"

마사토는 방송석 테이블을 몇 번이나 두드리면서 분통을 터뜨렸지만, 「아하하. 기운이 넘치네」 수인 어머니 가코는 전혀 당황하지 않았다. 아이들의 이런 반응에 익숙하기 때문이다.

수인 어머니 가코는 탁상시계 뒤편, 침대 밑, 그리고 곳곳에 꼬리를 집어넣어서 손쉽게…… 아니, 꼬리쉽게 청소를 했다.

"좁고 복잡한 장소도 간단히 청소할 수 있어! 꼬리를 자유롭게 움직일 수 있거든! ……자, 마마코 씨! 당신은 이 꼬리 청소를 넘어설 수 있을까?! 뭐, 꼬리가 없는 당신에겐 무리겠지만 말이야! 후하하핫!"

수인 어머니 가코는 의기양양한 목소리로 도발하는 듯한 발언을 입에 담았다.

한편, 마마코는…….

"어, 어머? ……어떻게 된 거지……. 몸 상태가……."

마마코는 꼼짝도 못하고 있었다. 손으로 배를 감싸고 있었으며, 낯빛도 좋지 않았다.

입구 뒤편에서 상황을 지켜보고 있던 수상한 어머니 소렌테가 히죽거렸다. 하지만 아무도 소렌테의 반응을 눈치채지 못했다. 그럴 상황이 아닌 것이다.

수인 어머니 가코도, 마사토와 시라아세도, 아이들도, 아이들을 돌보고 있는 이들도, 관객들도, 다들 망연자실한 표정으로 마마코를 쳐다보고 있었다. 그리고…….

"……윽…… 으으으……."

마마코가 결국 무릎을 꿇더니, 몸을 웅크렸다. ……마마코가 고통스러워했다.

그 순간, 마사토는 방송석에서 뛰쳐나갔다.

"저, 저기…… 엄마? ……어, 엄마?! 왜 그래?!"

"괘, 괜찮아……. 엄마는 괜찮아……. 정말 괜찮, 아."

"뭐가 괜찮다는 거야?! 엄청 괴로워하고 있잖아!"

모르겠다. 뭐가 어떻게 된 건지 정말 모르겠다. 머릿속이 새하얗게 된 마사토는 마마코를 향해 뛰어가더니, 금방이라도 울음을 터뜨릴 듯한 표정으로 어머니를 불러댔다. 그러자…….

마마코의 머리에, 빨간색 털과 파란색 털에 감싸인 컬러풀한 삼각형 귀가 쫑긋 자라났다.

그리고 슈르르륵 하는 소리와 함께, 마마코의 엉덩이에서 빨간색 털과 파란색 털로 뒤덮인 꼬리 두 개가 슈르륵 자라났다.

"……어?"

자라났다. 짐승의 증표가 자라났다.

귀와 꼬리×2가 자라난 비스트 마마코가 몸을 벌떡 일으켰다.

"어머? 몸이 갑자기 편해졌네. 어떻게 된 거지……. 아, 멍하니 있을 때가 아니지. 시합 중이니까 빨리 청소를 해야 해!"

"아니, 저기, 엄마……?"

"마 군, 잘 보렴! 엄마, 힘낼게! ……그럼 청소도구…… 어머? 틈새 청소에 딱 적당해 보이는 꼬리가 내 몸에 달려 있네! 써먹어봐야지!"

꼬리의 실용성을 한눈에 간파한 비스트 마마코가 청소를 시작했다.

만물의 어머니인 대지의 성검과 흡사한 색깔을 지닌 꼬리가 오른편으로 뻗어나갔다.

만물의 어머니인 바다의 성검과 흡사한 색깔을 지닌 꼬리가 왼편으로 뻗어나갔다.

"그럼…… 에잇!"

마마코가 빨간색 꼬리를 가구 틈새에 집어넣고, 쑥 빼내자…… 틈새의 먼지가 깨끗하게 제거됐다!

그와 동시에 파란색 꼬리를 침대 아래편에 집어넣어서 그대로 수평으로 휘둘렀다. 그러자 먼지가 단숨에 제거되며 바닥이 반짝거렸다!

비스트 마마코는 거침없이 청소를 이어갔다. 「여기도 먼지가 있네! 아, 저기에도 있어!」 좁은 틈새, 가느다란 틈새, 가구 아래편, 복잡한 장소, 그 모든 곳을 꼬리로 청소했다.

"청소는 이제 끝났네. ……그래도 기왕이면 한 번 더 청소해야지!"

일반청소가 전체청소에 2회 청소!

마마코에게 할당된 청소 구역이 완벽 이상으로 청소됐다!

"이 정도면 됐겠지. 우후후."

"크…… 엄마까지 꼬리를 청소도구로 쓰고 있어……."

"이, 이럴 수가……. 꼬리 두 개로 청소를 하다니……. 나는 절대 쓸 수 없는 기술이야……. 하지만, 아직 멀었어! 이 승부는 청소만으로 결판이 나지는 않거든!"

그렇다. 청소는 어디까지나 서막에 지나지 않는다. 아이들의 방에 있는 위험물을 회피하며, 중요한 물품을 회수하는 것이 이 승부의 열쇠다. 수인 어머니 가코는 마음을 다잡으며 짐승 같은 속도로 움직였다.

응원하는 목소리에도 열기가 어렸다.

"침대 밑을 뒤져봐! 틀림없어! 거기에 뭔가 있을 거야!"

"책장을 살펴봐요! 평범한 책으로 위장해둔 뭔가가 있을 거예요!"

"없어! 없다고! 외야에 있는 두 사람은 입 좀 다물어줄래?!"

마사토는 키즈존에 있는 와이즈와 메디의 입을 막기 위해 출동했다. 하지만 한 발 늦었다.

수인 어머니 가코가 카펫 구석을 쳐다보며 생각에 잠겼다.

"어라. 약간 불룩하네……. 아래편에 뭔가 있어……. 하지만 잡지처럼 두껍지는 않아……. 그렇다면, 간다!"

"아앗?! 거기에는……!"

수인 어머니 가코가 카펫을 걷었다. 그러자 그곳에는……!

미소녀 캐릭터가 그려진 책받침이 있었다. 그리고 특수한 방식으로 만든 건지, 보는 각도에 따라 옷이 사라지면서 실오라기 하나 걸치지 않은 모습이 보였다! 에로틱했다!

부모는 존재조차 몰라도 되는 물건이니, 물론 아웃이다.

"맙소사……. 봤다는 사실을 숨겨야 할 뿐만 아니라, 우리 애가 2차원 여자애에게만 흥미가 있을지도 모른다는 불안을 어머니가 느끼게 만드는 위험물이야……."

"아, 아니에요……. 그런 게 아니라고요……. 제가 산 게 아니라, 드래곤매거진이라는 잡지의 부록인데…… 믿어주세요……. 부탁이에요, 믿어줘요……."

수인 어머니 가코는 고개를 푹 숙였다. 하지만「진짜로 똑같이 재현한 거냐……」마사토는 꽤 진심으로 죽고 싶을 지경이었다.

하지만 지금은 죽을 때가 아니다. 비스트 마마코도 행동을 개시했다.

"마 군, 안심해! 엄마는 알고 있어! 책장에 있는 백과사전은 절대 건드리지 않을게!"

"응! 그래주면 고맙겠…… 어, 어라? 잠깐만 있어봐."

"괜찮아! 엄마의 눈으로, 엄마가 봐도 되는 물건만 찾아낼게!"

"어, 어어, 엄마?! 뭘 하려는 거야?!"

비스트 마마코는 정신을 집중하면서 재현된 아들의 방 안을 주시했다.

가능하면 그냥 관뒀으면 좋겠지만, 어쩌면 이 세상 모든 엄마가 지니고 있을지도 모르는 자식의 방 탐색용 엄마 특수 스킬 【어머니 서치】가 발동!

차분히 쳐다보고, 차분~히 응시한 후, 「……앗! 저기야!」 비스트 마마코는 책상으로 뛰어가서 서랍을 빼더니, 그 아래편에 손을 집어넣었다.

거기서 나온 것은…… 학교에서 하는 보호자 참관 알림이었다.

이것은 부모에게 꼭 보여줘야만 하는 것이며, 어머니가 자식의 방에서 찾아내야 하는 물건이다.

"어머, 마 군도 참. 엄마를 배려해준 걸까. 마 군을 위해서라면 참관일이 아니라도 학교에 갈 텐데 말이야."

"그런 사람이니까 보여주고 싶지 않았던 거라고! 항상 가장 먼저 학교에 오잖아! 그리고 엄마가 오면 남학생, 여학생뿐만 아니라 선생님들까지 할리우드 스타가 온 것처럼 야단법석을 피운다고! 그래서 싫은 거야!"

마사토 나름대로 숨겨야만 하는 이유가 있는 것 같기는 하지만…….

아무튼, 이것으로 승패가 갈렸다.

"두 개의 꼬리로 청소를 하고, 이렇게 완벽하게 물건을 찾아내다니…… 정말 대단한 사람이야……. 분하지만, 내가 졌어!"

수인 어머니 가코는 고개를 푹 숙이면서 자신의 패배를 인정했다.

"이 승부는 마마코 씨의 승리로 끝났습니다. 축하드립니다."

방송석에 있는 시라아세가 그렇게 선언하자, 팡파르가 울리면서 관객들이 기립박수를 했다. 승자인 비스트 마마코를 향한 축복만이 아니라, 지기는 했지만 건투를 한 수인 어머니 가코에게도 아낌없는 박수를 보내고 있었다.

"가코 씨, 감사해요."

"나야말로 너와 싸워서 정말 즐거웠어. 고마워."

대결을 마친 두 어머니는 악수를 나눴다. 서로의 건투를 치하하는 모습이 참 아름다웠다.

하지만 이 상황을 그런 미담으로 끝낼 수 없는 소년이, 드디어 나섰다.

"자, 그럼 나와 이야기 좀 해……. 꼬리를 함부로 이용한 것뿐만 아니라, 내 취급에 대해서도 말이야!"

마사토는 분노를 터뜨려야 직성이 풀릴 것만 같았다. 하지만, 바로 그때…….

"어어어어어어~?! 자, 잠깐만, 잠깐만 있어봐~?! 독을 먹였는데~ 왜 저렇게 된 거야~?!"

"헉?! 그러고 보니 오오스키 마마코의 장비품에는 상태이상을 완벽하게 막아주는 기능도 있다던데……. 그래도 왜 짜기라도 한 것처럼 귀와 꼬리가 자라난 건지……."

"아~! 그러고 보니~ 상황을 자기한테 유리하게 바꾸는~ 그런 말도 안 되는 스킬도 가지고 있잖아~!"

"뭐?! 그렇게 된 거구나!"

마사토가 고함을 지르기 직전, 누군가가 설명조로 그렇게 외쳤다. 그 목소리는 입구 쪽에서 들려왔지만……「아차! 도망치자!」, 「우에에엥~……?!」 그쪽을 쳐다보니, 아무도 없었다.

1회전 제1시합이 끝난 후…….

청소 승부를 위해 소환된 가구의 철수가 서둘러 이뤄질 예정이었지만…….

무대 위는 순진무구한 세력들에게 점거되었다.

"그림책이야!", "누나~ 읽어줘!", "읽어줘~!", "빨리~~!", "읽어줘~!"

"그림책이나 읽어줄 때가 아니거든?! 무대에서 내려가야 한단 말이야! 저기, 이 언니의 말을 들어주렴! 부탁이야!"

보육 담당인 와이즈는 수인족 다섯 아이에게 휘둘리며 금방이라도 울음을 터뜨릴 듯한 표정을 짓고 있었다.

"우와아~ 날~아~가~겠~어~."

"아앗?! 요정족 어린이가 바람에 날려서……!"

"침대다~! 커다란 침대야~! 와아~! 와……아……." ……부들부들…….

"꺄아아앗?! 안 돼요! 인어가 침대에서 자다간, 몸의 수분을 전부 잃고 말 거예요!"

어떤 아이는 바람에 날아가고 있고, 다른 아이는 침대 위에서 축 늘어진다고 하는 긴급한 사태에 직면한 메디는 허둥대고 있었다.

"언니. 인형놀이하자."

"으, 으음…… 제가 인형 역할인가요……."

거인족 아이가 포타를 번쩍 들어서 의자에 앉히자, 그녀는 어쩌면 좋을지 모르겠다는 듯한 표정을 지었다.

아이들은 지칠 줄을 모르는 것만 같았다. 시합 전보다 시합 후가 더 전장에 가까웠다.

하지만 필사적인 보육 담당과 달리, 관객들이 즐거워하고 있었다. 「아가씨들, 힘내렴~!」, 「지지 마~!」 보육에 힘쓰는 소녀들을 보며 환한 미소를 지은 관객들이 힘찬 성원을 보내고 있었다.

시합과 시합 사이의 짤막한 시간에도 관객들을 즐겁게 해주는 멋진 대회다. 「이제 다 싫어~!」, 「누가 좀 도와주세요! 도와주세요!」, 「저, 울고 싶어요……」 정말 멋진 대회다.

자…….

한편, 방송석에서는 시라아세, 꼬리와 귀가 사라진 마마코, 마사토, 그리고 수인족 어머니 가코가 모여 있었다. 인터뷰 시간인 것이다.

"제1시합에서 멋진 대결을 펼쳐주신 두 분의 이야기를 들어볼까 합니다. ……우선 마마코 씨. 멋지게 승리를 거두셨습니다만, 승리의 요인은 무엇이었다고 생각하시죠?"

"그야 물론 마 군의 응원이야. 마 군은 참 효자거든. 마 군 덕분에 나는 항상 힘이 샘솟는다니깐. 우후후."

"나는 그런 버프 스킬은 안 가지고 있고, 응원을 한 적도 없는데……."

"그렇지 않아! 아까 마마코 씨가 안 좋아 보일 때도 걱정을 하며 뛰어왔었는걸! 엄마를 정말 아끼는 효자네!"

수인 어머니 가코는 단언을 하면서 마사토의 등을 찰싹찰싹 소리가 나게 때렸다. 「저기, 아픈데요……」, 「사양하지 마! 아하하!」 점점 줄어들고 있는 마사토의 HP는 개의치 않는 호쾌한 어머니다. 기세가 참 끝내줬다.

"역시, 엄마의 힘은 자식이 있어야 발휘되는 거구나……. 그게 승부를 갈랐어……. 아, 그렇다면…… 마사토 군이 내 자식이 된다면, 다음에는 내가 이길 수 있을 것 같네……. 좋아. 이렇게 하자! 마사토 군, 네가 내 아들이 되는 거야!"

"잠깐만, 갑자기 무슨……."

"괜찮지 않아? 아, 그래. 마사토 군은 꼬리를 좋아하지? 그럼…… 자."

수인 어머니 가코가 마사토의 얼굴을 향해 복슬복슬한 꼬리를 내밀었다. 시합이 끝난 후에 손질을 한 건지, 먼지나 티끌이 전혀 없는 최고의 복슬복슬 꼬리다.

"젊은 수인족들은 함부로 꼬리를 만지면 「꺄아~!」, 「변태!」 같은 소리를 하지만, 나는 엄마거든. 아무렇지도 않아. 자, 마음껏 만져도 돼."

"어…… 정말이에요?"

"물론이지! 만져! 자, 어때?!"

복슬복슬한 꼬리가 마사토를 유혹했다…… 이리 오렴? 만져도 된단다. 부비부비해도 돼. ……최고의 감촉이 눈앞에 있었다.

'아아, 큰일 났다……. 꼬리의 유혹에 질 것 같아…….'

마사토가 무심코 손을 내밀더니, 그 끝내주는 행복을 접하려…… 한 바로 그때였다.

누군가가 마사토의 뒷덜미를 잡더니, 그대로 휙 잡아당겼다.

덕분에 정신을 차린 마사토가 돌아보니…….

"마 군도 참! 엄마, 삐칠 거야!" 부우~!

마마코가 볼을 한껏 부풀리며 삐친 듯한 반응을 보이고 있었다. 질투를 하고 있는 것이다. 마사토가 다른 어머니에게 유혹을 당하자, 마마코는 질투를 하고 있다.

특수 스킬 【어머니의 질투】가 발동하면서, 에너지가 축적되었다…….

하지만 벽창호인 아들은 눈치채지 못했다.

"저기, 엄마. 그만해. 나이도 먹을 만큼 먹어놓고, 애처럼 볼을 부풀리며 화내지 말아주세요. 제발 부탁이야. 작작 좀 하라고."

"엄마, 삐쳤어!" 부우——!

"더 부풀리지 말라고! 왜 그러는데?! 진짜 우리 엄마는 어떻게 되어먹은 거냐고!"

"역시 사이가 좋은 모자지간이네. 부러워……. 마사토 군이 더 탐이 나는걸."

"어머나. 마사토 군은 인기가 참 좋군요."

"어?! 나, 인기 폭발 중이야?! 하지만 하나도 기쁘지 않네?!"

"그럼 인터뷰를 비롯해, 1회전 제1시합을 마치도록 하겠습니다. 승리한 마마코 씨는 내일 2회전 제1시합에 참가하셔야 하는 점, 잊지 마시길."

"저기, 시라아세 씨! 모르는 척 하지 말고, 엄마들 좀 어떻게 해달라고요!"

"도움을 받아야 하는 건 그쪽이 아니라 이쪽이거든?! 이 애들 좀 어떻게 해봐!"

"살려주세요! 뭐든 다 할게요! 와이즈 씨가, 뭐든 다 할 거예요!"

"으, 으음…… 저는 이대로 있다간, 옷도 갈아입혀질 것 같은데요……."

마사토는 친어머니와 다른 어머니 사이에서 이리저리 휘둘리고 있었다.

그리고 무대 위에 있는 와이즈 일행은 보육 담당으로서 분투, 아니, 사투 중이었다.

언제 끝날지도 모르는 싸움이 이어지는 가운데, 어찌어찌 첫날 일정이 종료됐다.

마마코는 1회전을 승리로 장식하며, 2회전에 진출했다.

다른 시합의 결과는 아래와 같다.

·제2시합 ×【인어 어머니·나카사오】VS ○【악마 어머니·인비】

장보기 승부. 인어 어머니 나카사오는 생선가게에서 엄청난 눈썰미를 발휘하며 우위를 점했지만, 서큐버스의 매력으로 점원을 유혹해서 물건 가격을 왕창 깎아버린 악마 어머니 인비가 승리했다.

"애 딸린 인어의 전설이, 이렇게 막을 내리고 말다니……."

"악마 엄마의 매력은 그 누구도 거부할 수 없거든. 우후후~."

·제3시합 ×【무도가 어머니·카토】 VS ○【안드로이드 어머니·메카테】

바느질 승부. 무도가 어머니 카토는 뛰어난 근육을 이용해 두꺼운 청바지에 바느질을 했지만, 다수의 비행형 비트를 구사해 초고속 재봉틀 바느질을 선보인 안드로이드 어머니 메카테가 승리했다.

"근육이 한탄하고 있어요……. 하지만 최선을 다한 결과이니, 받아들일 수밖에 없겠군요."

"당신이 지닌 모친 에너지의 수치는 매우 높습니다. 그 점에 경의를 표하며, 엄마 친구로서 그룹 등록을 하겠습니다. 기회가 된다면 또 대결하죠."

·제4시합 ×【용인 어머니·사모한】 VS ○【엘프 어머니·샤리레】

"왜야?! 용인 어린이는 매운 음식을 좋아한다해! 이 결과는 받아들일 수 없다해!"

"숲의 은총은 모든 종족에게 평등해. 숲과 함께 살아가는 엘프로서, 이 결과를 자랑스럽게 받아들이겠어."

요리 승부. 용인 어머니 사모한이 특기인 매운 사천요리를 선보였다. 맛 자체는 정말 최고였다.

하지만 유감스럽게도 너무 매워서 평범한 아이는 먹을 수 없었고, 버섯을 그 자리에서 재배해서 조리한 엘프 어머니 샤리레가 승리를 거머쥐었다.

·제5시합 ○【수상한 어머니·소렌테】 VS ×【흡혈귀 어머니·칸고시】

청소 대결. 흡혈귀 어머니 칸고시는 청소에 자신이 있는 것 같지만, 어찌된 건지 평소 실력을 발휘하지 못했다.

"말도 안 돼……. 나는 흡혈귀인데, 이빨도 안 들어가다니……."

"에게게~? 겨우 이거밖에 안 되는 거야~? 진짜 쓸모없는 엄마네~. 으흐흐~."

컨디션 난조인 상대를 비웃으며, 느긋~하게 청소를 한 수상한 어머니 소렌테가 승리했다.

·제6시합 ×【요정 어머니·님파】 VS ○【거인 어머니·카이데】

"랄랄라~! 아하하~! 간단히 이겼네~! 와아~!"

애완동물(개) 산책 승부. 체격 차이가 승부를 갈랐다. 거인 어머니 카이데는 애완동물이 만족할 정도의 거리를 가벼운 발걸음으로 이동했다.

한편, 요정 어머니 님파는…….

"어머, 실례할게. 바람이 부르고 있어. 져서 도망치는 게 아니니까, 오해하지 마."

상대의 발걸음에 의해 발생한 바람에 휘날리면서 그대로 어딘가로 날아가 버리고 말았다.

현재, 행방을 수색 중이다.

·제7시합 ○【정체불명의 어머니·HAHAKO】VS ×【정령 어머니·에테리아】

"……."

"실질적으로 4대 1로 싸운 건데…….", "패인은?", "제비뽑기 운.", "그래……."

학부모회 출석 승부. 학부모회란, 맡으면 고생을 바가지로 하게 되는 임원을 선출하는 자리이기도 했다. 네 가지 힘의 집결체인 정령 어머니 에테리아는 임원 네 명의 일을 떠맡게 되면서 항복했다.

정체불명의 어머니 HAHAKO는 어두운 표정으로 입을 꾹 다물고 있었기에, 아무도 말을 걸지 않았다.

·제8시합 ×【천사 어머니·마마리엘】VS ○【닌자 어머니·쿠노 이치코】

아이의 등하교 승부. 천사 어머니 마마리엘은 아이를 안아 들고 날개로 하늘을 날며 별 어려움 없이 제1 체크포인트에 도착했다. 하지만 천사가 강림하는 모습을 목격한 사람들의 숭배의 대상이 되면서 발목이 묶인 바람에 그대로 탈락했다.

그 결과, 닌자 질주로 지정장소를 전부 돈, 닌자 어머니 쿠노 이치코가 승리했다.

"지기는 했지만, 그래도 괜찮아. 돌아가서 아이들과 천사의 고리 던지기라도 하며 놀아줘야지."

"어머니이자 닌자! 최강의 조합이올시다! 아, 닌자답게 은신해야 해."

천하제일 모도회는 출전자들 전원이 어머니이기에, 세탁물 취급과 저녁 장보기 등을 고려해 오후 세 시 삼십 분 전에 모든 일정을 소화하며 첫날 행사를 마쳤다.

비스트 마마코

MOTHER'S STATUS2

주요 스킬
SKILL

꼬리DE청소
먼지나 티끌을 발견하면 즉시 꼬리로 바로 청소. 매우 편리.

꼬리DE육아
손으로 다른 일을 하고 있을 때도, 꼬리로 아이를 달랠 수 있다.

장점

편리한 꼬리가 청소 및 육아 면에서 대활약을 한다. 엄마의 복슬복슬한 꼬리에, 마사토 또한 무심코 눈길이 간다.

단점

육식파의 호쾌한 성격이 부여되면서, 갈비 통구이 같은 와일드한 요리를 주로 만들게 된다. 신체능력이 비약적으로 상승하기 때문에, 세탁물을 손으로 빨 때 힘을 너무 줘서 천이 손상된다.

스테이터스
STATUS

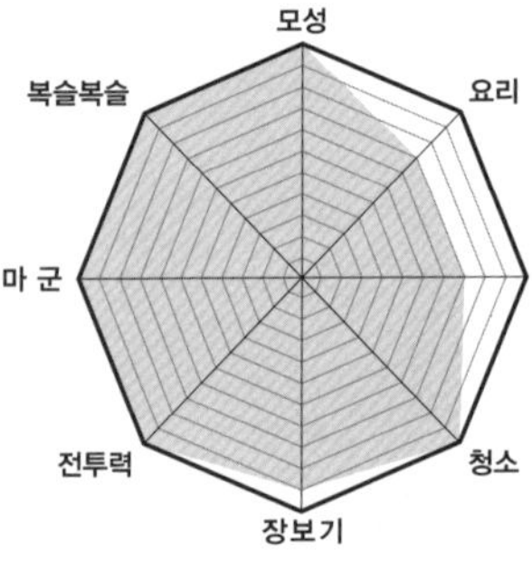

스테이터스

모성 100 / 요리 70 / 세탁 70 / 청소 100
장보기 90 / 전투력 120 / 마 군 100

오리지널 복슬복슬 100

제3장
선수보다, 잡일 담당이 더 격렬하게 싸우는 데다, 피해 또한 막대하다. 어째서일까.

천하제일 모도회, 2일차. 오늘도 날씨가 화창했다.

여관의 앞뜰에도 아침부터 찬란한 햇빛이 쏟아지고 있었다. 빨래하기 참 좋은 날씨다.

"그럼 세탁물을 널자. ……마사토 군. 좀 물러나줄래?"

"아, 예."

엘프 어머니 샤리레는 지면에 조그마한 씨앗을 뿌렸다. 그러자 곧 싹이 트면서 무럭무럭 자라났고…….

곧 나뭇가지 부분이 옷걸이 형태를 한 커다란 나무가 생겨났다.

"우와아……. 엄청 신기한 모습을 하고 있네요. ……이게 대체 뭐죠?"

"세탁물을 널기 위한 나무란다. 처음 보니?"

"생전 처음 봐요. ……건조대까지 직접 길러서 사용하는 건가요……. 엘프 어머니들은 엄청나네요……. 어, 어라? 이 나무, 살아있지 않나요?"

"응, 살아있단다. 엘프 마을은 숲속에 있는데, 햇빛이 드는 곳이 많지 않으니까…… 이런 식으로 이용해."

마사토의 셔츠, 그리고 누구의 것인지 알 수 없는 여성용 속옷 같은 세탁물을 널자…….

건조대로 쓰이는 나무가 뿌리 부분을 다리처럼 놀리며 걸음을 옮기더니, 햇볕이 드는 곳으로 이동했다. 「어때? 편리하지?」, 「확실히 편할 것 같네요」 저런 나무라면 한 집에 하나씩 있어도 좋을 것 같다.

하지만 지금은 느긋하게 그 광경을 쳐다볼 때가 아니다.

"마사토 군! 나도 좀 도와주렴!"

"아, 예! 알았어요!"

수인 어머니 가코가 마사토를 불렀다. 동그랗게 만 이불을 어깨에 짊어지고 있었다. 「이불을 널만한 곳은……」, 「여기 널면 돼. 하앗!」 수인 어머니 가코가 주먹으로 지면을 후려치자, 땅이 갈라지면서 암반이 튀어나왔다.

"자, 이불을 널어볼까! 오늘은 날씨가 맑으니까 뽀송뽀송하게 잘 마를 거야!"

"그, 그런가요……. 지하의 암반을 쪼개서 이불을 널 장소로 이용하다니…… 수인 어머니도 장난 아니네요……."

"아, 맞다. 님파 씨는 이 근처에 없으려나? 오래간만에 이불 빨래를 했으니까, 가능하면 도움을 받고 싶은데……."

"나를 찾았어?" 빼꼼.

"우왓?! 또 내 호주머니에서……?!"

마사토의 가슴 호주머니에서 얼굴을 내민 요정 어머니 님파는 나비 날개를 펄럭이며 날아올랐다.

그리고 세탁물 안에 들어가서 몸을 비비더니, 이불에도 몸을 비볐다. 「……뭐하는 거예요?」, 「냄새를 맡아보면 알 수 있을 거야」 요정 어머니 님파가 몸을 비빈 세탁물의 냄새를 맡아보니, 이럴 수가!

"오오! 엄청 좋은 향기가 나! 고급 유연제 향기야!"

"요정 어머니가 있으면, 옷과 방에서 꽃향기가 나. 방향제가 필요 없어."

"하루하루가 엘레강트! 요정 어머니, 최고!"

"고마워. 아들에게 그런 말을 들으니, 빈말이라도 기분이 좋네."

"아, 빈말이 아니라…… 어…… 어라? 요정 어머니가 나를 아들로 여겼어?"

일을 마친 요정 어머니 님파는 마사토의 머리에 착지해서 쉬었다. 「저기, 아들이라니……」 그리고 비눗방울을 입으로 불며 시치미를 뗐다.

아무튼, 이걸로 작업은 끝났다.

아들 한 명과 어머니 세 명이 나란히 서서 바람에 흔들리는 세탁물과 이불을 쳐다보았다.

"으음~. 어머니 여러분, 수고하셨어요."

"마사토 군이 도와준 덕분에 금방 끝났어. 고마워."

"아뇨. 저는 그다지 도움이 안 됐어요……. 이종족 어머니들의 엄청난 실력에 압도되기만 했네요."

"겸손할 필요 없어! 이른 아침에 일어나서 엄마의 일을 돕다니, 참 대단하네! 정말 훌륭한 아들이야!"

"아무도 할 수 있는 일이 아냐. 마사토는 참 착한 아이야. 멋져."

"고, 고마워요……. 실은 그럴 만한 사정이 있지만요. 하하."

마사토가 이른 아침에 일어나서 어머니의 일을 돕는다고 하는 평소 안하던 짓을 한 이유는 바로…….

그 즈음, 여관의 내부에서는…….

아수라장이 펼쳐지고 있었다.

"하아, 정말! 제발 부탁이야! 부탁이니까, 옷 좀 갈아입자! 응?! 부탁할게!"

"싫어~!", "옷 안 입을 거야~!", "누나 빤쭈는 분홍색~!"

"여러분이 이렇게 야단법석이니까, 여러분을 돌봐야 하는 이 언니들도 옷을 갈아입을 수가 없어요! 그러니까, 우선 옷을 갈아입죠! 예?!"

"이 누나는 흰색 빤쭈~!", "빤쭈~!", "빤…… 꼴깍."

"아앗?! 인어 아이가 말라버렸어요! 세면대로 옮겨서 물을 끼얹어줄게요!"

"포타 누나는 토끼 팬티네!", "귀여워~!", "귀여워~!"

이른 아침에 쳐들어온 수인 어머니 가코가 세탁물을 한꺼번에 가져간 결과…….

수인 아이들과 인어 아이, 그리고 요정 아이가 벌거벗은 채

여관 복도를 뛰어다니고 있었다.

한편, 잠옷을 강탈당해서 속옷 차림이 된 와이즈와 메디와 포타는 옷을 걸칠 짬도 없이 아이들을 쫓아다니고 있다 한다.

그런 공간에 마사토가 있을 수 있을 리가 없다. 무리 그 자체다.

여자애들의 속옷 차림을 봐선 안 된다, 같은 신사적인 이유 때문이기도 하지만…….

애들 돌보는 일에 절대 휘말리고 싶지 않기에 허둥지둥 탈출해서 마당으로 가보니, 세탁물을 널고 있는 어머니들과 마주쳤다, 라는 것이 이 사태의 진실이다.

하지만, 이것은 어디까지나 비밀이다.

아무튼, 마당의 세탁물 에어리어에서는 현재…….

마사토가 다른 종족의 어머니들과 이야기를 나누고 있었다.

"하지만 어젯밤에 가코 씨가 느닷없이 나타나서, 『오늘부터 여기에 묵을 거야!』 하고 말했을 때는 정말 놀랐어요."

"그건 이해를 해줬으면 해. ……나는 시합에 져서 원래 묵던 여관에서 쫓겨났거든……. 하지만 그렇다고 마을로 돌아가는 것도 좀 내키지 않더란 말이야."

"하다못해 대회를 끝까지 지켜보고 싶지 뭐야. 그래서 여관을 찾아보고 있었는데, 우연히 대회 실행위원인 시라아세라는 사람과 마주쳐서……."

"아~. 그 사람이 손을 쓴 거군요. 그럼 납득이 돼요."

"다른 어머니들 몇 명도 이곳에 온 것 같아. ……자, 저쪽을 봐."

엘프 어머니 샤리레가 가리킨 곳은 여관 건물의 모퉁이였다.

어딘가에서 본 듯한 중년 여성이 물뿌리개를 손에 들고 마사토 쪽을 쳐다보고 있었다.

"아, 저 사람은…… 무도가인…… 카토 씨, 맞죠?"

"아, 예! 그래요! 좋은 아침이에요!"

마사토가 말을 걸자, 무도가 어머니 카토가 그를 향해 힘차게 뛰어왔다.

그리고 마사토를 향해 물뿌리개를 내밀었다.

"마, 마사토 군! 괜찮다면, 지금부터 같이 수행을 하지 않겠어요?!"

"예? 수행? ……이 물뿌리개로요?"

"예! 저희 가문에 전해져 내려오는 격투술은 우선 집안일을 하면서 육체를 단련하는 방식인데…… 마사토 군이라면, 분명 강해질 수 있을 거예요! 틀림없어요!"

"저도 강해질 수 있다고요?! 알았어요! 지도를 부탁드릴게요!"

그 말에 낚인 마사토는 바로 수행을 시작했다.

마사토는 정원의 화단 앞에서 다리를 어깨 넓이로 벌리며 허리를 낮춘 후, 팔을 앞으로 쭉 내밀었다. 그리고 물이 가득 들어있는 물뿌리개를 천천히 기울이며, 물을 줬다.

"크…… 팔도, 다리도, 꽤나 힘들지만…… 이 정도라면……."

"좋아요. 정말 소질이 있어 보이는군요."

"정말인가요?! 이야, 실은 저도 그런 느낌이 들긴 했어요."

"마사토 군은 소질이 있어요……. 마사토 군이 제 딸과 결혼해 제 아들, 아니, 사위가 되어서 도장을 이어받아준다면 참 좋겠네…… 하고 진심으로 생각할 정도로요."

"제가 그 정도로 소질이 있나요?! 그랬군요! 아하하!"

그럼 진짜로 격투가가 되는 걸 목표로 정진해볼까~ 같은 생각이 마사토의 머릿속을 스쳤다.

바로 그때였다.

"잠깐만 기다려!"

수인 어머니 가코를 비롯해, 지금까지 웃으며 지켜보고 있던 어머니들이 진지한 표정을 지으며 마사토에게 몰려왔다.

"방금 그 이야기는 그냥 넘어갈 수 없네."

"맞아. 카토 씨만 마사토 군을 아들로 삼고 싶어 하는 건 아니거든."

"마사토가 이미 내 아들이라는 걸 모르나 보네."

"으, 으음, 저기…… 여러분?"

느닷없이 마사토 군 쟁탈전의 공이 울렸다! 땡~!

"역시 귀가 뾰족한 엘프 엄마가 좋지?" 쫑긋쫑긋.

"자, 마사토 군! 꼬리야! 네가 좋아하는 꼬리!" 복슬복슬.

"마사토. 항상 네 곁에 있는 휴대가 간편한 엄마야." 꼼지락꼼지락.

"철저하게 단련한 엄마의 아이가 되어주세요!" 우락부락.

"뭐야?! 어떻게 된 거지?! 여러 여성이 나한테 애정을 표시하고 있는데, 전원엄마?! 대체 뭐가 어떻게 된 거야?!"

전통과 격식 있는 귀를 지닌 어머니. 복슬복슬한 꼬리를 지닌 어머니. 가슴 호주머니 안에 항상 있는 어머니. 큼지막한 알통이 있는 어머니. 어머니들이 각자의 세일즈 포인트를 과시하며 자기 아들이 되라고 유혹을 하자, 정말…… 정말……!

만물의 어머니인 대지가 가만히 있지 않았다.

"어? 지면이 흔들리네? 발치에서 느껴지는 이 미묘한 진동은…… 설마……?!"

아들이 있는 곳을 찾아내서, 그곳에서 펼쳐지는 상황을 막무가내로 중단시키는 엄마 특수 스킬…….

【어머니의 송곳니】다.

다음 순간, 마사토와 어머니들 사이의 지면이 단숨에 솟아나더니 「우와앗?!」 그들을 갈라놓는 흙으로 된 첨탑이 생겨났다. 이런 짓을 벌인 사람은 물론…….

"아아, 마 군! 여기 있었구나! 마 군의 엄마가 지금 갈게!"

무심코 엉덩방아를 찧은 마사토의 뒤편에서, 대지의 성검 테라디마도레를 쥔 마마코가 전속력으로 뛰어왔다. 예, 그럴 줄 알았어요. 이 일을 벌인 사람은 바로 이 사람이다.

"어, 엄마! 느닷없이 뭐하는 거야?! 다른 분들이 놀라……!"

"이게 그 소문이 자자한, 어머니의 걱정 기술이구나." 음음.

"하긴, 엄마니까 어쩔 수 없을 거야." 음음.

"아들을 빼앗기고 싶지 않을 때 편리하겠지." 음음.

“기척을 감지하는 감각도 대단해요.” 음음.

하나같이 손꼽히는 어머니들답게, 마마코를 행동에 바로 납득했다.

한편…….

“자, 잠깐만?! 무슨 일이야?!”

“이건…… 마마코 씨의 【어머니의 송곳니】군요.”

“저, 깜짝 놀랐어요!”

여관방의 창문에서 속옷 차림의 여자애들이 허둥지둥 몸을 내밀며 「정말! 깜짝 놀랐잖아!」, 「내 잘못이 아우읍?!」 마사토를 향해 베개를 던졌다. 너무해.

아무튼, 마마코가 이 자리에 도착했다.

“마 군, 좋은 아침! 마 군의 엄마가 이렇게 왔어!”

“알았으니까, 내 엄마라는 걸 강조 안 해도 돼. 응? ……엘프도 아니고, 수인도, 요정도, 근육질도 아닌…… 엄청 동안이라는 점만 빼면 평범하기 그지없는 엄마네.”

“좋아! 마 군이 바란다면, 엄마는 엘프에 수인에 요정에 근육질인, 그런 특별한 엄마가 되겠어! 잘 봐!”

“뭐?”

마마코가 뭔가를 시작했다. 손을 꼭 말아 쥐면서 「으으응~!」 온몸에 힘을 주더니, 그 힘을 「에잇!」 하면서 해방하자……!

마마코는 전혀 달라지지 않았다.

“으음, 이상하네……. 마 군을 향한 이 마음만 있으면, 엄마는 뭐든 다 될 수 있을 줄 알았는데…… 엄마, 훌쩍훌쩍.”

"나로서는 그런 말도 안 되는 초인 엄마가 아니라서, 오히려 안심했어……."

"어머나, 마마코 씨가 기운이 없네. ……그런 마마코 씨는 차마 못 보겠어. 좋아, 적에게 도움의 손길을 내밀어야겠네."

그렇다. 라이벌의 약점을 노리는 게 아니라, 역경에서 벗어날 수 있도록 도우려는 것이다.

엘프 어머니 샤리레가 품속에서 연둣빛 액체가 들어있는 조그마한 병을 꺼냈다.

"이건 평범하기 그지없는 녹차야." 빙긋.

"흐음, 그런가요. 절대 평범하지 않은 거겠네요."

"우후후. 솔직하게 말해줄게. ……이건 엘프의 비약이야. 이걸 마시면 엘프 모습으로 변할 수 있어. 세계 각지에서 배포되고 있는 안전한 약이야. 참고로, 이걸 만든 건 마을의 지역진흥과 분들이야."

"지역진흥과……."

"엘프 마을도 인구 감소가 극심하거든……. 젊은이들이 마을을 떠나는 바람에…… 어느 마을이나 일손이 부족해. ……그래서 주민을 늘리기 위해, 고육지책 삼아……."

"그런 각박한 이야기는 듣고 싶지 않아요. 판타지한 이야기를 해주세요."

"그, 그래? 그럼 어두운 이야기는 관둘게. ……저기, 마마코 씨. 엘프가 되어보지 않겠어?"

"물론 되겠어! 마 군이 기뻐해준다면 말이야!"

마마코는 엘프의 비약을 단숨에 들이켰다.

그 순간, 마마코의 온몸에서 연두색 빛이 뿜어져 나왔다. 그리고 귀가 뾰족해지고, 머리카락이 금색으로 물들더니…….

마마코가 엘프로 변했다!

"오오?! 엄마가 진짜로 엘프가 됐잖아?!"

"어머나, 와아! ……저기, 마 군. 어떠니?! 네가 보기에 지금의 엄마는 어때?!"

"어, 어떠냐니……!"

금색 머리카락과 뾰족한 귀…… 마사토가 사랑해마지 않는, 판타지 세계의 특별한 종족이 지닌, 신성한 귀다!

그런 귀를 마음껏 뽐내고 있는 엘프 마마코는……!

"으음…… 그래봤자 결국은 친엄마니까, 딱히 감동적이지는 않네."

"뭐?!" 두둥~!

역시 어머니는 어머니다. 그 점만큼은 절대 변하지 않는다. 어찌할 수 없는 진실인 것이다.

시끌벅적하게 아침을 보낸 후, 그들이 향한 곳은 대회장이다.

어제와 마찬가지로, 길은 관객들로 붐비고 있었다. 다양한 종족의 사람들이 웅성거리면서 줄지어 이동하고 있었다.

많은 이들이 마사토 일행을 쳐다보았지만, 그것도 어쩔 수 없다. 눈에 띄는 게 당연하니까 말이다.

마사토 일행의 구성원 자체가 엄청났다. 이 대회에서 가장 주목을 받고 있는 선수인 마마코를 비롯해, 2회전에 진출한 엘프 어머니 샤리레, 1회전에서 마마코와 대결했던 수인 어머니 가코 등, 유명한 어머니들이 전부 모여 있었다.

게다가 마사토 또한 주목을 모으고 있었다.

마사토의 머리 위에는 찬란히 빛나는 고리가 떠있었다. 등에는 새하얀 날개가 달려 있으며, 오른손에는 불, 왼손에는 물, 발에는 흙과 바람의 힘이 깃들어 있다.

몸 곳곳이 조명장식을 한 것처럼 빛나고 있으니, 주목을 모으지 않을 리가 없었다.

"역시 하늘의 선택을 받은 용사답네. 천사의 고리와 날개가 잘 어울려."

"정령의 힘을 깃들게 해줄게.", "이건 엄청난 일이야.", "틀림없어.", "마사토 군은 용사야."

"그런 말을 들으니 기쁘긴 하지만…… 저기, 이러지 말아주시면 안 될까요?"

"사양할 필요 없어. 천사에게 힘을 받는 건, 용사의 특권인걸. ……이대로 하늘나라에 있는 우리 집까지 인도해서, 확 아들로 삼아버릴까. 아, 농담이야."

"지금 이 자리에서.", "정령의 아들로 인정된 마사토 군에게.", "우리의 힘을.", "내려주겠어."

"용사다운 일이라 기쁘긴 하지만…… 그래도, 이러지 말아주세요."

이동 중에 마주친 천사 어머니 마마리엘, 그리고 정령 어머니 에테리아가 마사토를 마음에 들어 한 결과, 이런 사태가 벌어졌다. 「마 군?! 마 군의 엄마는 여기 있어!」 마마코도 허둥지둥 끼어들면서 사태가 걷잡을 수 없을 정도로 골치 아파졌다. 괴롭다.

마사토는 전부 내팽개치고 도망치고 싶은 심정이지만…….

"누나, 저거 뭐야?", "보러 갈래~!", "가자~!"

"함부로 돌아다니면 안 돼! 자, 손잡아! 응?!"

"언니, 안아줘~.", "안아줘~.", "머리에 올라탈래! 에잇!"

"왜, 왜 저희를 이렇게 따르는 거죠?! 자, 여러분의 어머님이 저기 있거든요?! 어머님들을 찾아가도 괜찮아요!"

"엄마한테 갈래!", "가자~!", "누나와, 정령 합체하자!", "와아~!"

"아앗! 무도가 아이 씨! 천사 아이 씨! 정령 아이 씨들도……! 가면 안 돼요! 마사토 씨가 더 곤란해질 거라고요!"

와이즈와 메디, 포타는 아이들을 돌보느라 정신이 없을 정도로 바빴다. 금방이라도 비명을 지를 것 같았다.

그런 그녀들에게서 눈을 뗀 마사토는 너희도 참 고생이 많네, 하고 생각했다.

'이게 우리의 모험…… 대체 얼마나 혹독해야 직성이 풀리는 거냐고…….'

엄마 동반의 모험은 가혹하다. 그것은 지금까지의 경험을 통해 알고 있다.

하지만 다른 부모자식과 동반을 하는데다, 그 부모와 자식이 자유분방할 뿐만 아니라 방임주의라면, 모험의 난이도가 천정부지로 치솟는 것이다.

남들이 보는 앞에서 울음을 터뜨리고 싶을 지경이었다.

'……게임의 신이시여……. 저는 평범하게 몬스터와 싸우는 모험이 하고 싶어요…….'

마사토는 진심에서 우러난 소망을 마음속으로 중얼거렸다.

그러는 사이, 일행은 목적지에 도착했다.

대회장 뒤편에 있는 선수 및 관계자용 출입구 앞에서, 시라아세가 기다리고 있었다.

"아, 여러분. 다 같이 오셨군요."

"그 덕분에 고생도 바가지로 했어요. 빨리 구제조치를 해주세요. 지금은 진짜로 여유가 없어요. 부탁이에요."

"그렇군요. 인사 삼아 마사토 군을 놀리고 싶었습니다만, 그랬다간 주먹으로 두들겨 맞을 분위기군요. ……그럼 바로 안내하도록 할까요."

시라아세는 약간 아쉬워하면서 자신의 업무를 수행했다.

"우선 마마코 씨, 샤리레 씨. 두 분은 시합에 참가하셔야 하니 대회장의 대기실로 향해 주십시오."

"알았어요. ……그럼 마 군! 마 군의 엄마는 이만 가볼게!"

"응. 그렇게 일일이 주장 안 해도 돼. 잘 다녀와. 그리고 몸 조심해."

"저기, 마사토 군. 엘프 어머니에게는 아무 말도 안 해줄 거야?"

“샤리레 씨도 힘내세요! 지인으로서 응원할게요!”

“어머나, 차여버렸네. 아쉬워. 우후후.”

샤리레는 은근슬쩍 자신의 귀를 강조하면서 대회장 안으로 들어갔다. 마마코도 지지 않겠다는 듯이 귀를 「경쟁 안 해도 돼!」 정말 못 말리는 어머니도 배웅했다.

그 후, 시라아세는 1회전에서 진 어머니들을 쳐다보았다.

“가코 씨, 님파 씨, 카토 씨, 그리고 마마리엘 씨, 에테리아 씨는 본선 진출자를 위한 자리를 특별히 준비해뒀습니다. 자제 분들을 데리고 관객석으로 가시죠.”

“자자자자, 자제 분들을?!”

“데리고 가시는, 거군요!”

“저, 똑똑히 들었어요! 시라아세 씨가 분명 그렇게 말했어요!”

그 말에 누구보다 먼저 반응한 이는 바로 세 소녀였다. 진정으로 구원을 받은 것처럼, 기쁨의 눈물을 흘리고 있었지만…….

바로 그때, 수인 어머니 가코가 불쑥 이렇게 말했다.

“관객석에 자리를 마련해준 건 고맙지만…… 우리 애들은 아직 어려서, 자리에 앉아서 조용히 시합을 관전하지는 못할 거야.”

“어…… 그, 그럼 말이야! 가코 씨가 애들을 돌보면 되잖아!”

“그건 그런데…… 나도 시합에 몰두할 것만 같거든……. 아이들이 자유롭게 뛰놀 수 있는, 안전한 장소가 있으면 좋겠는데…….”

“그런 장소는 아마 없을 거예요! 그래요, 분명 없어요! 틀림없다고요!”

"아, 그러고 보니 무대 주위에 키즈존이 있었지……."

"으음, 으음…… 아, 아이들은 어머니와 함께 있는 편이 좋을 것 같아요!"

불길한 느낌을 받은 와이즈, 메디, 포타가 필사적으로 저항했다. 진심이 느껴졌다. 단 한 걸음도 물러서지 않았다!

그런 소녀들을 힐끔 쳐다본 수인 어머니 가코는…… 씨익 웃었다.

"안심해. 너희한테 애들을 떠넘길 생각은 없어. ……내가 원하는 건 간단해. 나도 키즈존에서 관전하겠다는 거야."

"그래. 그러면 아이들이 자유롭게 뛰어놀 수 있을 뿐만 아니라, 시합도 관전할 수 있을 거야."

"예! 정말 좋은 생각이에요! 저도 그러고 싶어요!"

수인 어머니 가코가 그런 아이디어를 내놓자, 요정 어머니 님파와 무도가 어머니 카토가 찬성했다. 천사 어머니 마마리엘과 정령 어머니 에테리아도 고개를 끄덕였다.

어머니들이 키즈존에 간다면, 보육 담당도 힘든 업무에서 해방된다.

와이즈도, 메디도, 포타도, 감격한 나머지 수인 어머니 가코를 꼭 끌어안았다.

"가코 씨, 말 한 번 잘했어! 이 시대의 참된 엄마야! 가코 엄마라고 부를래!"

"감동했어요! 감사해요! 저도 가코 씨를 어머니라고 부르겠어요!"

"가코 씨는 대단한 엄마예요! 존경할 것 같아요!"

"뭐야. 너희는 내 아이가 되고 싶은 거야? 그래. 좋아. 나는 애가 다섯이나 있으니까, 한둘, 아니 세 명 정도 늘어나봤자 별반 달라질 것도 없거든. 아하하!"

호탕하기 그지없는 수인 어머니는 몇 명이든 덤벼보라는 듯이 호쾌하게 웃음을 터뜨리며 말을 이었다.

"그럼 세 명 다 내 아이니까, 같이 키즈존에 가자."

"""어?"""

꿀 먹은 벙어리가 된 세 사람이 『뭐?』, 『무슨 소리야?』 같은 표정을 지었다.

그리고 망연자실한 세 소녀를 수인의 초인적인 완력으로 꽉 안아든 수인 어머니 가코는 바로 걸음을 옮겼다. 「엄마!」, 「안아줘!」, 「나도!」 수인 아이들도 어머니의 뒤를 따랐고, 다른 어머니와 자식들도 그 뒤를 따르며 대회장으로 들어갔다.

"거기에 갔다간 또 애들을 돌보게 되겠지만…… 다들, 힘내."

마사토는 합장을 하면서 그들을 배웅했다.

2회전 대진은 아래와 같다.

·제1시합 【용사의 어머니·마마코】 VS 【악마인 어머니·인비】

·제2시합 【안드로이드 어머니·메카테】 VS 【엘프 어머니·샤리레】

·제3시합【수상한 어머니·소렌테】VS【거인 어머니·카이데】

·제4시합【정체불명의 어머니·HAHAKO】VS【닌자 어머니·쿠노 이치코】

열여섯 명의 선수로 치러지는 토너먼트는 4회전으로 구성된다. 그리고 2회전은 준준결승인 것이다.

이번에 이긴다면 준결승에 진출한다. 그리고 다음 시합에서 이기면 결승에 올라가며, 결승에서 승리를 하면 우승을 거머쥔다. 『승리』라는 단어가 항상 머릿속을 감돌면서, 긴장감을 자아내고 있다.

대기실에 모인 어머니들은 긴장을 풀 방법을 필사적으로 모색하고 있었다.

마마코만 제외하고 말이다.

"저기, 샤리레 씨. 오늘 아침에는 시간이 좀 있어서 쿠키를 구워봤어. 맛이라도 좀 보지 않겠어?"

"시, 시합 직전에 과자를 만든 거구나……. 여유가 넘치네. 정말 대단해."

마마코는 언제나 평소와 다름없었다.

그런 모습을 떨어진 곳에서 지켜보고 있는 어머니가 있었다. 은색 복면 로브를 걸친 수상쩍은 사람, 수상한 어머니 소렌테다.

로브 안에 있는 두 사람이 몰래 이야기를 나눴다.

"이번에는 제대로 해야지~. 어제처럼 실패하지 않을 거야~."

"그래. 상태이상에 대한 완전 방어를 깜빡한 건 우리의 실수야. ……이번에는 좀 더 물리적인 방법을 쓰자. 오오스키 마마코의 자유를 빼앗은 다음에 우리가 공격을 가한다고 하는, 내가 생각한 거지만 정말 최고의 작전을……."

"알았으니까~ 괜한 소리는 그쯤 하고~ 출발~."

수상한 어머니 소렌테가 행동을 개시했다. 엘프 어머니 샤리레가 음료를 준비하기 위해 잠시 자리를 비운 틈을 타서, 마마코에게 재빨리 다가간 것이다.

"마마코 씨~. 잠깐 나 좀 봐~."

"어머, 당신은…… 소렌테 씨, 구나. 어제 줬던 차, 정말 맛있었어. 고마워."

"별거 아냐~. 기대했던 결과로 이어지지 않아서~ 유감이었어~. ……그것보다~……."

수상한 어머니 소렌테는 로브 안에서 펜던트를 꺼냈다.

헤드 부분에 『母』라는 글자가 거꾸로 새겨져 있는, 불경스러운 펜던트다.

"이건 말이야~. 마사토 군이 마마코 씨에게 주는 선물이야~."

"마 군이, 나한테……?!" 쑤욱!

"우와, 엄청 반응이 뜨겁네~! 너무 들러붙지 마~!"

"그야 마 군이 주는 선물이니까 말이야! ……하지만, 이걸 왜 당신이……."

"건네주는 걸 깜빡했다지 뭐야~. 그리고 마사토 군은 방송을 해야 하잖아~? 바빠서 여기까지 올 수 없으니까~ 대신 전해달라고~ 나한테 부탁했어~."

"마 군도 참. 직접 건네주면 좋을 텐데……. 하긴, 마 군은 부끄럼쟁이니까 어쩔 수 없을 거야. 우후후."

"맞아~. 그렇게 생각하면 돼~. ……아무튼~ 받아~."

"응. 고마워."

마마코는 펜던트를 받더니, 전혀 의심하지 않으면서 그것을 목에 걸었다. 「어머? 이 마크…… 왠지 눈에 익은데……」, 「기분 탓일 거야~. 그럼 안녕~」 수상한 어머니 소렌테는 그렇게 말하며 그 자리를 벗어났다.

대기실로 이어지는 통로까지 후퇴하자, 작전이 종료됐다.

"으흐흐~. 바라던 대로 됐네~."

"그래. 오오스키 마마코는 눈치채지 못했어. ……그 펜던트에 우리가 포획한 사령(死靈)이 봉인되어 있고, 그게 해방되는 순간에 자기가 꼼짝도 못하게 된다는 걸……. 물론, 가르쳐줄 생각은 없지만 말이야."

"사령을 해방시키는 타이밍을 주의해야겠지만 말이야~. 으흐흐~."

"이걸로 오오스키 마마코에게는 깔끔하게 손을 썼어. 이제…… 어느 엄마가 정체불명의 특이한 존재인지 빨리 파악해야 하는데……."

"유감이지만~ 조사를 할 분위기는 아니네~. ……대체 누구일까……."

수상한 어머니 소렌테 안에 있는 두 사람이 긴장감으로 가득 찬 대기실 안을 둘러보았다.

그런 두 사람의 뒤편에 어느새 나타난 정체불명의 어머니 HAHAKO가 그녀들을 지그시 쳐다보고 있지만, 둘은 눈치채지 못했다.

시합이 시작되기 직전, 장외난투가 벌어졌다.

"야, 마사토! 너, 또 동료를 버렸지?!" 으그그극!

"이봐?! 목을 조르지 마…… 으으읍……?!"

"한숨이 절로 나는 군요. 무심코 체벌을 가하고 싶을 정도예요." 꾸우욱!

"자, 잠깐만! 거기는 엉덩이…… 아————?!"

"마사토 씨……." 훌쩍.

"어어엇?! 포타가 울려고 해?! 울지 마! 이제 괜찮아! 다들 여기에 있어도 돼! ……시라아세 씨, 그래도 되죠?!"

"세 분 대신 마사토 군이 보육 담당을 맡아준다면 말이죠."

"아, 그것만은 사양할게요." 단호.

아까 수인 어머니 가코에게 끌려갔다가 겨우 도망친 와이즈, 메디, 포타를 방송석에서 맞이한 후…….

스탠바이. 마이크 스위치 온.

"그럼 대회 2일차를 시작하겠어! 분위기 한 번 띄워보자!"

"오늘은 제2회전 시합이 치러집니다. 어머님들의 뜨거운 대결을 기대해주시길."

"어머니들을 열렬히 응원해 주세요! 저도 응원할 거예요!"

"오오, 바로 마이크를 빼앗겼네……. 동료란 정말 멋진 존재라니깐."

여자애들이 아나운스를 하자, 대회장 전체의 분위기가 뜨거워졌다.

바로 그때, 키즈존에서 귀여운 목소리가 들렸다. 「누나다~!」, 「누나~!」, 「자, 알아보지 못해도 돼~」 귀를 쫑긋쫑긋, 꼬리를 살랑살랑, 날개를 퍼덕거리며, 아이들이 방송석 앞까지 몰려왔지만, 그녀들은 아이들을 돌보지 않았다.

키즈존에는 1회전에서 패배한 어머니들이 모여 있다. 지금은 어머니들 간의 수다에 푹 빠져 있지만, 아이들을 돌보는 일은 적임자에게 맡기기로 했다.

드디어 시간이 됐다.

와이즈 일행에게서 마이크를 회수한 마사토가 말했다.

"제1시합! 선수 입장! 단, 오오스키 마마코 선수는 지나치게 들뜨지 않으며 차분히 입장해 주십시오! 차분하게 입장하시길 부탁드립니다!"

중요한 점이기에, 마사토는 두 번 말했다.

"마 군도 참. 평소처럼 『엄마』 하고 불러주면 되는데 말이야! 역시 부끄럼쟁이야! 우후후!"

아들이 이름을 불러준 것만으로도, 마마코의 텐션은 MAX가 됐다. 「마~ 군~! 마 군의 엄마 선수라고 불러줘~!」, 「차분하게 입장하라고 내가 두 번이나 말했잖아!」 깡충깡충 뛰느라 가슴이 출렁거리고 있는 마마코가 무대에 올라갔다.

그 뒤를 이어 대전 상대인 악마 어머니 인비가 입장했다.

"어머나, 여봐란 듯이 과시하고 있네……. 좀 분하니까…… 마사토 군을 유혹해서, 확 내 아들로 만들어버릴까? 으흥~."

입술을 핥는 혀의 움직임이 정말 음란했다. 이 어머니는 음란한 악마다.

머리에는 뿔, 등에는 박쥐 날개, 그리고 엉덩이에는 여왕님의 채찍 같은 꼬리가 달려 있다. 마마코 못지않은 섹시한 어머니 보디가 SM 느낌 물씬 나는 옷에 감싸여 있었다.

그야말로 범죄적인 모습으로 등장한 악마 어머니 인비는 마사토를 향해 손 키스를 날렸다. 「어, 어엇?!」 무심코 얼굴을 붉히고 만 마사토는 좀 분했다.

외설적인 어머니의 옆에서 마마코가 쪽쪽쪽쪽~ 하고 연속으로 손 키스 공격을 마사토에게 날리고 있지만, 완전히 관심을 껐다.

두 선수는 무대 위에서 마주섰다.

"으음~ 그럼 시합 방식을 결정하도록 하겠습니다. ……담당하실 분은……."

"제가 할게요!", "마사토가 해.", "마사토 군이 하면 되겠네요."

"수적 열세에 의해 제가 직접 담당하게 되었습니다."

방송석에서 쫓겨나다시피 한 마사토는 추첨 박스를 들고 무대에 올라갔다.

제비를 뽑아서 시합 방식을 정하는 건, 예선에서 순위가 높

았던 사람이다. 그러므로…….

"그럼 오오스키 마마코 선수…… 어라?"

마마코의 앞에 선 마사토는 문뜩 눈치챘다.

마마코는 기묘한 펜던트를 착용하고 있었다. 마사토가 본 적이 없는 물건이다. 어울리지도 않고…… 펜던트의 헤드 부분에 새겨진 기묘한 마크도 신경 쓰였다…….

하지만…….

"마 군도 참. 그렇게 서먹한 호칭으로 부르지 않아도 되잖니. 엄마는 마 군의 엄마니까, 평소처럼……." 쑤욱.

"드, 들러붙지 마! 나는 일하고 있는 중이라고! 괜한 소리 그만하고, 빨리 제비나 뽑아!"

관객들이 쳐다보고 있으니 일단 일을 우선하기로 했다. 신경 쓰이는 점도 신경 쓰지 않기로 한 것이다.

추첨 결과는…….

【장보기+α】

장보기지만, 평범한 장보기는 아닌 것 같았다.

방송석에 있는 여성들의 말에 따르면…….

"저기, 시라아세 씨. 【장보기+α】가 뭐야?"

"일정금액을 소비해서 생활필수품을 사는 승부입니다. 싸고 질이 좋은 것을 구입하는 건 물론이고, 그 이상의 무언가를 얻어야 할 필요가 있죠."

"그 이상의 무언가, 라면……."

"혹시, 덤 말인가요?!"

"정답입니다. 돈을 지불하고 장을 보면서, 추가로 무언가를 얻어야 하는 겁니다."

이리하여…….

"또한, 이 종목은 대회장이 아니라 미마 마을 상점가에서 치러집니다. 그러니 동행해서 실황을 해줄 분이 필요합니다만……."

"제가 할게요!", "마사토가 하면 되겠네.", "마사토 군에게 맡기죠."

"저도 마사토 군이 적임이라 생각합니다. 그럼 마사토 군, 준비 부탁드립니다."

이렇게 됐다. 「큭…… 당연한 듯이 일을 떠넘기지 말라고……」 마사토를 그만큼 신뢰하고 있는 것이다. 그렇게 여기고 싶다.

"아, 맞아. 마 군에게 고맙다는 말을 해야겠네."

"응? 그게 무슨……."

"자, 마사토 군. 잡담이나 나눌 때가 아니거든? 목적지에 도착했으니까 말이야."

마사토는 마마코와 악마 어머니 인비를 데리고 미마 마을의 상점가에 도착했다.

그곳은 전형적인 상점가였다. 좁은 길 양쪽에는 식품과 생활 잡화를 파는 가게가 줄지어 있었다. 가게 앞에 서있는 점원들도 살가운 미소를 짓고 있으며, 옛날 정취가 물씬 나는 편안한 장소다.

"여기구나……. 아~ 방송석, 방송석. 내 말 들리지?"

『똑똑히 들려~.』

『무대 위에 생겨난 커다란 스크린으로 그쪽 상황을 볼 수 있어요!』

"흐음~ 그렇게 됐구나. ……혹시 특수한 마법을……."

『아뇨. 동영상 사이트와 마찬가지로, 평범하게 생중계하고 있을 뿐입니다. 여기는 게임 세계니까, 그 정도는 얼마든지 가능하죠.』

"설령 그렇더라도, 마법을 쓴 걸로 해달라고요! 분위기를 중요시하면 덧나기라도 해요?!"

『또한, 코멘트도 입력할 수 있습니다.』

하늘을 올려다보니, 오른편에서 왼편으로 문자가 흘러가고 있었다. 【마사토 군, 방금 마마코 씨의 가슴을 쳐다봤어요】 「메디의 코멘트야?! 아, 안 봤어! 우연히 시야에 들어왔을 뿐이라고!」 사실 마마코의 펜던트가 신경 쓰여서 쳐다보기는 했지만, 앞으로는 조심하는 편이 좋을 것 같았다.

어느새 시간이 되었다.

"의욕이 바닥을 치지만…… 두 사람 다 준비는 됐나요?"

"응! 엄마는 괜찮아! 마 군이 곁에 있어준다면, 엄마는 얼마든지 힘을 낼 수 있어!"

"나도 문제없어. 장보기는 내 특기거든. 질 리가 없어. 으흥~."

두 사람 다 친환경 장바구니를 들고 있다는 것을 확인한 후…….

"그럼 두 분 다 제자리에, 준비…… 어…… 엄마!"

엄청 부끄러운 호령에 맞춰, 승부의 막이 올랐다.

먼저 움직인 사람은 악마 어머니 인비였다. 「가자, 마사토 군!」, 「우왓?!」 날개를 펼친 악마가 마사토를 낚아채면서 목적지를 향해 고속으로 비행했다.

두 사람이 향한 곳은 채소 가게였다. 중년 아저씨가 가게를 보고 있었다.

"자, 어서 오세…… 우왓?! 다다다, 당신은……?!"

"안녕~ 채소가게 아저씨. 어제는 신세 많이 졌어."

악마 어머니 인비가 가게 앞에 착지하자, 채소 가게 아저씨는 허둥지둥 무를 손에 쥐었다. 채소를 무기삼아 싸우려는 듯한 모습이었다. 쌍심지를 켜고 있었다.

"엄청 경계하고 있는 것 같은데요……?"

"나는 1회전 때도 장보기 승부를 했어. 이곳 상점가에서 장을 봤는데, 엄청~ 서비스를 많이 받았거든. 으흥~."

"어제는 유혹에 넘어가버렸지만, 오늘은 지지 않을 거다!"

악마 어머니 인비와 채소가게 아저씨의 리벤지 매치가 발발했다.

덤을 받는 건 고사하고 금방 쫓겨날 듯한 분위기지만, 악마 어머니 인비는 태연하게 장을 보기 시작했다. 가게 앞에 줄지어 놓인 다양한 채소를 살펴보더니…….

불쑥 손에 쥔 것은 바로 여주였다.

“어머, 괜찮네. ……두툼하고, 단단한데다, 도톨도톨한 게…… 아앙, 정말 끝내줘……. 나, 이상해질 것만 같아. 쪽.”

악마 어머니 인비는 여주의 표면을 매만지더니, 음란한 입술로 가볍게 입맞춤을 했다. 「안 돼…… 보면 안 된다고……」 마사토는 그렇게 생각하면서도 눈을 뗄 수 없었다.

채소가게 아저씨는 몸을 엉거주춤 앞쪽으로 숙이고 있었다.

“오, 오늘밤 반찬은 그걸로 할 거지?! 그럼 돈을 내놔! 158 맘이다!”

“응~ 받아…… 앗.”

악마 어머니 인비는 자기 발에 걸린 것처럼 휘청거리더니, 채소가게 아저씨의 팔을 잡고 매달렸다.

그리고 밀착시켰다. 음란한 악마 어머니의 가슴을, 참을 수 있으면 참아보라는 듯이, 꼬옥, 하고 말이다.

“우와아아아아아앗?! 자자자, 잠깐만, 이 감촉으으으으은?!”

“어머, 미안해. 나, 빈혈이 좀 있어.”

“비, 빈혈?! 그, 그럼 영양분을 왕창 섭취해야겠네! 자, 이것도! 이것도 가지고 가!”

채소가게 아저씨는 손에 쥐고 있던 무, 그리고 근처에 있던 가지와 오이도, 악마 어머니 인비의 장바구니에 집어넣었다.

“어머나, 이렇게 잔뜩 주는 거야? 오늘도 서비스해줘서, 고, 마, 워.” 쪽.

“하으으으으응?! ……으으…….”

귀에 키스를 당한 채소가게 아저씨가 그대로 함락되고 말았다.

악마 어머니 인비는 여주 하나를 158맘에 구입했다. 그리고 무와 가지, 오이 등, 약 500맘 정도 되는 덤을 획득했다.

한편, 채소가게에서는 「당신! 또 저렇게 덤을 잔뜩 준 거야?!」, 「여보, 미안해!」 아저씨가 무릎을 꿇고 아내에게 사과를 하고 있었다.

아무튼, 아연실색한 마사토에게 악마 어머니 인비가 에로틱한 걸음걸이로 다가가면서 말했다.

"이게 바로 악마 어머니의 스킬인 【유혹 쇼핑】이라는 거야. 어떠니?"

"그, 글쎄요……. 좀 문제가 있는 건 틀림없지만…… 그래도, 정말 대단하네요. 우선 인비 씨가 리드하고 있는……."

"정말, 그런 게 아니라……. 마사토 군은 이런 엄마를 어떻게 생각하니?"

악마 어머니 인비가 마사토의 팔을 꼭 끌어안으며 몸을 밀착시켰다. 「하으읔?!」 친어머니가 아니라 남의 어머니의 가슴 이이이이잇!

"앗! 마 군! 거기 있었구나!"

"우와앗?! 아니에요! 오해예요!"

마사토는 반사적으로 악마 어머니 인비에게서 떨어지더니, 그대로 무릎을 꿇으며 용서를 빌었다. 「헉! 나, 지금 뭐하는 거야?!」 채소가게 아저씨가 무릎을 꿇는 것을 보고, 무심코 따라했다.

"으음, 엄마……가 아니라, 오오스키 마마코 선수…… 아니, 그냥 귀찮으니까 그냥 평소처럼 엄마라고 부를래."

"그래! 엄마는 마 군의 엄마니까 말이야!"

"인비 씨는 이미 장을 보고 덤까지 손에 넣었어. 엄마는 어떻게 할 거야?"

"그야 엄마도 힘낼 거야! 잘 봐!"

마마코는 장바구니를 들고 채소가게로 향했다.

한편, 대회장에서는…….

"하아, 마사토는 대체 뭘 하고 있는 거야……. 아, 포타. 쿠키 먹을래?"

"예! 먹을래요! 잘 먹을게요!"

"시라아세 씨도 드세요. 마마코 씨가 아침에 구운 쿠키예요."

"호오. 마마코 씨의 수제 쿠키인가요. 잘 먹겠습니다."

차와 과자를 즐기며 느긋하게 티타임을 즐기고 있는 방송 담당들은 제쳐두기로 하고…….

무대 위의 스크린에는 채소가게를 향해 뛰어가는 마마코의 모습이 나오고 있었다.

그 순간, 출입구 뒤편에서 상황을 지켜보고 있던 수상한 어머니가 행동을 개시했다.

"지금이야! 지금 바로 펜던트에 봉해둔 마물을 활성화시키는 거야!"

"그렇게 일일이 말 안 해도 돼~! 간다~!"

복면 로브 안의 두 사람 중 위에 있는 사람, 동시에 백만 마리나 되는 언데드 계열 몬스터를 사역할 수 있는 그 사람의 능력이 발동되자…….

채소가게 앞에 선 마마코에게, 느닷없이 이변이 발생했다.

"어머? ……어머어머?"

목에 건 펜던트에서 몇 개나 되는 촉수가 뻗어 나오더니, 마마코의 몸을 휘감았다.

그 촉수는 마마코의 앞치마, 갑옷, 원피스를 벗기더니…… 브래지어와 팬티까지 벗긴 후…….

장비품을 단정히 개어서 마사토에게 건넸다. 자, 받으세요.

"아, 감사합니다…… 같은 소리나 할 때가 아니잖아! 뭐가 어떻게 된 거지?!"

일단 마사토는 가장 위에 놓여 있던 엄마의 갓 벗은 브래지어와 팬티를 원피스 안에 집어넣었다. 그러는 사이…….

촉수의 침식이 시작됐다. 마마코의 가슴과 하복부 등의 중요부위만 가리더니, 그 매끄러운 피부에 스며들기 시작했다.

게다가 머리에는 뿔 같은 것이 달렸고, 등에는 날개가 생겨나려 하고 있었다.

이대로 있다간, 마마코가 전혀 다른 존재가 되어버릴 것만 같았다…….

상황을 살펴보고 있던 악마 어머니 인비가 중얼거렸다.

"이건…… 상대방의 자유를 빼앗은 후에 그대로 악마로 바꿔버리는 사령이네. 세계각지에 흩어져 있는 악마의 산물이야. 참고로 저걸 만든 건 악마족의 지역진흥과야."

"또 지역진흥과?! 왜 저렇게 민폐스러운 걸 만든 건데요?!"

"악마도 저출산 문제로 골머리를 썩이고 있거든……. 그래서 동료를 늘리려고……."

"악마들도 고생이 많은 것 같지만, 다른 종족에게 폐를 끼치지 않는 방법을 찾아봐주시면 안 될까요?!"

아무튼, 악마족의 말이니 틀림없을 것이다.

"맙소사…… 그럼 엄마가 악마로 변하는 거예요? ……어, 엄마?!"

"어머나. 펜던트가 응석을 부리네. 자, 착하지? 얌전히 있으렴~." 쓰담쓰담.

"펜던트를 쓰다듬기나 할 때가 아니거든?!"

아니, 그 손길의 효력은 어마어마했다.

울음을 터뜨린 아이를 어르듯, 마마코가 펜던트를 상냥하게 쓰다듬어주자…….

촉수의 침공이 갑자기 중단됐다. 깊은 잠에 빠져든 것처럼 완전히 정지되더니, 마마코의 겉모습 또한 지금 상태에서 고정됐다.

마마코의 몸을 감싸고 있는 건 옷이 아니다. 속살과 촉수의 비율은 98대2 정도이며, 마치 에로틱한 보디페인팅을 한 것만 같았다.

버리의 뿔과 등에 달린 날개는 탈피 도중인 매미의 날개처럼 뭉툭했다.

그런 모습인데도 불구하고 평소처럼 빙그레 미소 짓고 있는 데빌 마마코가 눈앞에 존재했다!

"엄마…… 어째서 그런 모습이……."

"이건…… 아, 이제 알겠다! 인비 씨에게 지지 않도록, 엄마도 대담한 의상으로 승부를 해줬으면 하는 거구나!"

"어? 이 사람, 무슨 소리를 하는 거야?"

"좀 부끄럽지만, 그래도 마 군의 선물이잖아! 엄마는 이 모습으로 힘내보겠어!! 그럼 다녀올게!"

"어엇?! 내 선물?! 그게 무슨 소리야?! 아니, 잠깐만 기다려! 그런 옷차림으로 장을 봤다간…… 아앗!"

마사토는 말리려고 했지만, 한 발 늦었다. 데빌 마마코는 돌격을 개시한 것이다.

한편, 채소가게는 새로운 악마의 습격을 눈치채고 전력을 다해 경계태세를 취하고 있었다. 「뒷일은 나한테 맡겨!」, 「그, 그래! 잘 부탁해!」 이번에 나선 이는 채소가게 아주머니였다.

"이번에는 내가 상대해주겠어! 얼마든지 덤벼봐!"

"어머, 양배추가 100맘 밖에 안 하네. 정말 싸. 양배추 하나만 주세요."

"그래! 양배추 한 통이면 되는 거지?!"

장바구니에 양배추가 들어갔고, 「계산 부탁해요」, 「그래!」 100맘이 전달됐다.

"그럼 이만 실례할게요." 빙긋.

"응! 또 와!" 빙긋.

데빌 마마코와 채소가게 아주머니는 미소를 지으며 작별인사를…… 「어, 잠깐만 있어봐!」 채소가게 아주머니가 데빌 마마코를 잡았다.

"저기, 덤도 요구 안 한 데다 양배추 한 통만 사서 가는 거야?! 그러면 안 되잖아!"

"어머, 뭐가 잘못됐나요?"

"당연히 잘못됐지! 애초에 이건 덤을 얼마나 많이 받아내느냐로 승패가 걸리는 승부라고 들었어. 게다가……!"

그 아주머니의 시선이 마사토를 향했다.

"저기 있는 남자애는 당신 아들이지? 당신을 『엄마』라고 불렀잖아!"

"예, 맞아요! 저 애가 제 아들인 마 군이에요!"

"에로 악마 같은 모습으로 아들을 소개하지 말아줄래?! ……으, 으음…… 안녕하세요. 아들이에요."

"역시 그랬구나. ……한창 성장기인 아들이 있는데 겨우 양배추만 사서 돌아가다니…… 그러면 안 되잖아. 영양분이 부족할 거야! 그러니까……!"

채소가게 아주머니는 가게 앞에 놓여있는 당근과 감자, 토마토 같은 채소를 대충 골라서 데빌 마마코의 장바구니에 넣었다.

"어머나, 이렇게 잔뜩…… 좀 무겁네."

"아, 그럼 내가 들게. 장바구니를 넘겨줘."

"고마워. 부탁할게."

이러는 편이 나을 듯한 생각이 든 마사토가 마마코에게서 장바구니를 넘겨받았다. 물건이 가득 들어서 그런지 꽤나 무거웠다.

언뜻 봐도, 악마 어머니 인비가 받은 덤의 두 배 이상 될 것 같았다.

"그럼 계산을……."

"무슨 소리를 하는 거야 방금은 채소가 멋대로 날아갔을 뿐이야! 채소가 멋대로 그런 거니까, 내가 돈을 받을 이유는 없어!"

"어? ……하지만……."

"됐어! ……저기, 사모님. 상점가의 가게를 얕보면 안 돼. 우리는 말이지. 돈이 아니라 정으로 장사를 해. 사람이 좋아서 장사를 하는 거란 말이야! ……모자지간이 같이 장을 보러 와서, 애가 은근슬쩍 짐을 들어주는…… 그런 멋진 광경을 본다면…… 다들, 안 그래?"

채소가게 아주머니가 마사토와 마마코의 뒤편을 쳐다보며 그렇게 말했다. 뒤를 돌아보니…….

방수 앞치마와 장화 차림의 아저씨, 고소한 튀김 냄새가 나는 아주머니, 반찬이 들어있는 팩을 손에 든 할아버지들이 일제히 몰려왔다.

“효심 깊은 아이구나! 자, 우리 가게의 생선도 가져가!” 휘익.

“엄마를 도와드리는 거니? 참 착하구나. 자, 우리 정육점의 특제 크로켓이야!” 휘익.

“착한 아이는 많이 먹고 쑥쑥 자라야지! 자, 사양하지 말고 가져가거라!” 휘익.

“어, 잠깐…….”

장바구니에 다 들어가지 않을 만큼 많은 음식과 식재료가 장바구니에 우겨넣어졌고…….

마지막으로…….

“당치도 않은 복장을 한 엄마지만…… 그래도, 항상 사이좋게 지내렴.”

채소가게 아주머니가 마사토의 어깨를 두드려준 후, 가게 앞으로 돌아갔다. 「하아, 결국 왕창 서비스를 해준 거냐」, 「괜한 짓 한 거야?」, 「아니, 나는 당신의 그런 면을 좋아하거든」 채소가게 부부의 금슬은 꽤 좋아보였다. 오랫동안 행복하시길.

그럼 결과를 발표하겠다.

마마코가 양배추 한 통을 100맘으로 구입한 결과…….

감자, 당근, 토마토, 양상추, 전갱이 같은 생선, 크로켓, 조림 등, 적게 잡아도 2000맘을 호가하는 덤을 손에 넣었다.

한편, 악마 어머니 인비는 500맘 가량의 덤만 손에 넣었다. 이렇게 됐으니 마마코가 승리했다, 고 말하고 싶지만…….

마사토는 표정을 굳히며 생각에 잠긴 후, 연락을 취했다.

“저기, 시라아세 씨. 제 말 들리나요?”

『잘 들릴 뿐만 아니라, 상황도 전부 파악하고 있습니다.』

“그럼 따로 설명을 할 필요는 없겠군요. ……부모와 자식이 함께 왔다는 이유로 덤을 받아선 안 되겠죠?”

『괜찮습니다. 자식이란 어머니에게 있어 필수불가결한 요소이니까요.』

“아니, 하지만…… 저는 실황 중계 담당으로 같이 온 거니까…… 인비 씨도 납득하지 못할 것 같은데요…….”

“마사토 군. 괜찮아.”

바로 그때, 악마 어머니 인비가 입을 열었다.

남을 유혹해 착취하는 악녀 타입의 어머니였던 이 사람은 씌었던 마귀가 떨어져나간 것처럼, 개운한 표정으로 미소 짓고 있었다.

“이 승부에서 이긴 건 마마코 씨…… 아니, 당신들 모자지간이야.”

“……괜찮겠어요?”

“그래. ……나도 자식과 친하지만…… 함께 장을 본 적이 한 번도 없어. 매번 엄마와 함께 장보러 가는 건 부끄럽다지 뭐야.”

“뭐, 자식 입장에서는 부모가 아까 같은 행동을 하는 걸 본다면 부끄럽긴 하겠죠.”

“하지만 마사토 군은 악마 모습이 된 마마코 씨를 아무렇지 않게 받아들였을 뿐만 아니라, 자기가 자식이라는 것도 밝혔어. ……대체 어떻게 하면 이렇게 효심 깊은 아이가 자라는 걸까? 내가 졌어."

"저도 밝히고 싶지는 않았거든요?! 저의 인내력에 감동하고 있거든요?!"

이제야 터져 나온 눈물을 닦은 마사토가 혼신의 목소리로 그렇게 외쳤다.

아무튼, 시합은 끝났다.

방송 심의에 아슬아슬하게 저촉되지 않으며 펼쳐진 승부 【장보기+α】는 마마코의 승리로 막을 내렸고 「이번에야말로 습격을…… 어?! 묶여 있지 않잖아?!」, 「응?」, 「작전이 실패했어~! 빨리 철수해~!」 방금 엄청 재빠른 은색의 무언가가 이쪽으로 뛰어왔다가 그대로 내뺀 것 같은 느낌이 들었지만, 아무튼 그렇게 시합의 막이 내렸다.

대회장에 돌아가자, 바로 다음 시합이 시작됐다.

원래 모습으로 돌아온 마마코는 악마 어머니 인비와 함께 키즈존으로 향했다. 그곳에 있는 다른 어머니들에게 인사를 한 후, 아이들을 자유롭게 뛰어놀게 해주면서 즐겁게 수다를 나누고 있었다.

마사토가 방송석으로 돌아가 보니, 그곳에는 텅 빈 과자 봉지가 놓여 있었다.

"……내 몫은 어디 있는 거야?"

"오래 기다렸어! 그럼 시합을 시작할게! 선수 입장!"

"이봐! 내 몫 어디 있냐고! 내 피로 회복용 당분은 대체 어디 있는 건데?!"

칼로리를 듬뿍 섭취한 와이즈의 아나운스에 따라, 제2시합이 시작됐다.

입구를 통해 두 어머니가 모습을 드러냈다.

우선 엘프 어머니 샤리레는 엘프답게 차분한 표정으로 조신하게 무대 위로 올라왔다.

그 뒤를 이어 안드로이드 어머니 메카테가 글래머러스하고 메탈릭한 보디를 찬란히 빛내면서 다수의 비행형 비트와 함께 등장했다.

숲의 현자라 불리는 종족의 어머니, 그리고 기계로 된 어머니, 사는 세계가 완전히 동떨어져 있는 어머니들이 격돌하게 된 것이다.

"2회전 제2시합은 정반대 타입의 어머니 간의 대결이군요. 정말 흥미로워요."

"자연과 과학의 싸움이네요! 저, 가슴이 두근거려요!"

"그럼 마사토 군, 추첨 준비를 부탁합니다."

"저는 완전 잡일꾼이네요……. 뭐, 좋아요. 할게요."

마이크를 여자애들에게 맡긴 마사토는 추첨 박스를 들고 무대로 향했다.

예선 순위는 엘프 어머니 샤리레가 2위였으며, 안드로이드 어머니 메카테가 4위다. 그러니 엘프 어머니 샤리레에게 추첨을 할 권리가 있다. 「샤리레 씨, 뽑으세요」, 「뭐가 나오려나」 추첨 박스에서 뽑아든 제비에 적혀있는 건…….

【청소(레벨99)】

최고 난이도의 청소 대결이었다. 마사토는 그게 어떤 건지 정확하게 알지는 못하지만 말이다.

"이봐~ 방송석. 해설 부탁해~."

"알았어~. ……저기, 시라아세 씨. 이건 어떤 승부야?"

"간단히 말해 공기 청소입니다. ……깨끗해 보이는 공기에도 감기 바이러스나 꽃가루 같은 물질이 담겨 있죠. 특히 어린아이는 그런 것에 대한 면역력이 약하기 때문에, 어린 아이가 있는 가정에서는 충분히 신경을 써야만 하죠."

"그렇군요. 이건 어머니의 역량을 가늠하기 좋은 시합이 될 것 같군요."

"정말 어려울 것 같아요! 힘내세요!"

"그럼 무대 위에만 청소 대상인 공기를 방출하도록 하겠습니다."

무대에 깔린 바닥재의 틈에서 탁한 공기가 뿜어져 나왔다. 오염물질과 실내 악취도 섞인 공기가 무대 위를 가득 채웠다.

한편, 아이들이 있는 키즈존으로 유출되지 않도록 설계되었으니 그 점은 안심해도 된다.

"그럼 시작하자!", "준비!", "엄마, 예요!"

여자애들의 외침에 맞춰 시합이 시작됐다.

이 대결에 임한 어머니들은 불쾌하다는 듯이 눈살을 찌푸렸다. 엘프 어머니 샤리레는 연두색 손수건으로 입을 막았다. 안드로이드 어머니 메카테는 금속제 방독 마스크를 자동 장착했다.

"이건…… 그래. 이런 공기를 아이들이 마시게 할 수는 없어."

"서둘러 대처해야하겠군요."

"그럼 선수 필승이네. 먼저 손을 쓸게."

엘프 어머니 샤리레는 옷 안에서 도토리 같은 나무 열매를 꺼내더니, 약간 떨어진 곳을 향해 던졌다.

그리고 바로 영창을 시작했다.

"만물의 어머니 되는 숲의 나무 열매여……. 당신도 어머니라면, 내 심정을 이해할 거야……. 사랑하는 아이들이 신선한 공기를 마시며 건강히 자라줬으면 해……. 이 마음을 이해한다면, 부디 힘을 빌려줘."

애정 넘치는 소망이 전해졌다.

그 순간, 나무 열매가 깨지면서 뿌리가 내리더니, 싹이 텄고…… 그대로 노도 같은 기세로 자라난 끝에, 눈 깜짝할 사이에 거목이 되었다. 높이가 10미터 이상 되는 어엿한 활엽수다.

느닷없이 이런 사태가 벌어지자, 관객들은 물론이고 방송석에 있는 여자애들까지 얼이 나갔다. 뭐, 시라아세는 평소와 다름없지만 말이다.

"와, 와아…… 정말 커……."

"엘프의 숲에서 자란 나무는 매우 강력한 정화작용을 지녔다고 해요. 그것을 활용해서 이 공기를 청소하려는 건가 보군요. 엘프다운 청소방법이에요."

무성한 나뭇잎이 탁한 공기를 빨아들이고, 건강한 공기를 토했다. 나무의 주위가 점점 청정 공간으로 변해갔다.

깊이 심호흡을 한 엘프 어머니 샤리레는 빙긋 웃었다.

"이것이 바로 엘프 마을의 전통이자, 엘프 어머니의 공기 청정화 스킬【어머니 되는 숲의 숨결】이야. ……메카테 씨, 어때?"

"삼림의 향기뿐만 아니라 마이너스 이온도 감지되는 군요. 매우 건강에 좋고, 흔히『맛있다』고 표현할 수 있는 공기가 틀림없습니다. 육아에 최적의 공기군요."

"그렇지? 우후후. 그럼 내가 이긴 거나 다름없겠네."

"확실히 꽤 힘든 상황이라는 건 인정하겠습니다."

안드로이드 어머니 메카테는 신비적인 거목을 올려다보며 표정을 굳혔다. 이것으로 승부가 갈린 건가…… 싶던 바로 그 때였다.

키즈존에서 나무를 올려다보던 마사토는 문득 이런 생각을 했다.

"아, 하지만…… 이렇게 커선 집 안에 들어가지 않겠네……."

""""아.""""

마사토가 별생각 없이 그렇게 중얼거린 순간, 엘프 어머니 샤리레가, 안드로이드 어머니 메카테가, 그리고 관객과 키즈존에 있는 분들, 그리고 시라아세마저도 얼이 나간 듯한 표정으로 마사토를 쳐다보았다.「어, 어라? 내가 이상한 소리를 했나……?」 딱히 이상한 소리를 한 것은 아니다.

저 나무는 육아에 힘쓰는 어머니라면 누구나 바랄 듯한 효과를 발휘하고 있지만…….

집안의 공기를 정화하고 싶을 때, 실내에 거목을 자라나게 하는 것은 무리다.

그러므로…….

"으, 으음…… 정말! 마사토 군이 괜한 소리만 안 했으면 되는데……!"

"서포트를 해준 마사토 군에게 감사드립니다. ……그럼, 반격을 시작하겠습니다."

발을 동동 구르고 있는 엘프 어머니 샤리레를 곁눈질하면서, 안드로이드 어머니 메카테가 행동을 개시했다.

"모드, 에어 클리니스."

비행형 비트가 안드로이드 어머니 메카테의 등에 도킹하더니, 최신형 선풍기를 연상케 하는 팬으로 변형됐다. 그리고 그 팬이 회전하자, 주위의 탁한 공기가 빨려 들어갔다.

옆에서 그 모습을 지켜보던 마사토는 무심코 이렇게 외쳤다.

"오오! 근미래 SF배틀 느낌이 나! 짜잔~ 하면서 엄청난 걸 날릴 것 같은 예감이 들어! 레이저 같은 걸로 단숨에 쓸어버리는 걸까?!"

틀림없다. 쏠 것이다. 어마어마한 걸 쏠 게 틀림없다.

안드로이드 어머니 메카테는 옆구리 부분의 아머를 열었다!

「열렸어! 그럼 저기서……!」 분사구 같은 형태를 한 저곳에서……!

휘잉~ 하는 소리를 내며 잔잔한 바람이 뿜어져 나왔다.

"평범한 바람이잖아?!"

"저는 공기청정기 기능뿐만 아니라 가습과 제습, 냉난방 기능도 완비하고 있습니다. 이것이 바로 기계로 된 어머니의 실력이죠. 마마 컨디셔닝 시스템, 스킬명【마마컨】입니다."

몸 안에 탑재된 필터는 고성능이며, 공기 중에 존재하는 나쁜 물질을 전부 잡아냈다. 자동세정 기능도 있기 때문에 괜한 수고를 들일 필요도 없으며, 언제 어디서나 깨끗한 공기를 만들어낼 수 있다.

어머니 본인이 공기청정기 역할을 맡고 있으니, 공간 확보면의 문제도 발생하지 않는다.

더운 날에 어머니의 곁에 가면 아이 시원해~. 추운 날에도 어머니의 곁에 가면 아이 따뜻해~.

그런 고기능을 본 엘프 어머니 샤리레는「어머나, 이래서야 내가 졌네」하고 말하며 패배를 인정했다. 이것으로 승부가 갈렸다.

"제2시합의 승자는 메카테 씨입니다."

시라아세가 그렇게 선언하자, 대회장 전체가 환성으로 가득 찼다.「양쪽 다 대단했어!」,「감동했다니깐!」키즈존의 어머니들도 힘찬 박수를 보냈다.

그리고, 마사토는…….

"엄청난 기술을 펼칠 듯한 분위기를 자아냈으면서, 결국은 에어컨이라니…… 완전 메카 속성을 낭비하는 거잖아……."

"이 자료에 따르면…… 메카테 씨는 원래 전투용 병기로 제조됐지만, 종전 이후에 어설트 타입에서 생활 지원 타입으로 개조된 것 같군요. 부흥 작업 때문에 바쁜 분들을 대신해 아이들을 보살피며, 행복하게 살아가고 있다고 합니다."

"뭐, 평화로운 게 가장 좋지만요! 그건 그렇지만…… 크윽!"

소년의 낭만을 이해하지 못하는 사람들 때문에 절망에 사로잡힌 마사토는 주먹으로 지면을 마구 내려쳤다.

감동과 분통이 채 가시기도 전에, 제3시합이 시작됐다.

"그럼 마 군, 다음 시합도 잘 부탁해." 불쑥.

"아, 응……. 어, 엄마?! 어느새 내 옆에 온 거야?!"

"다른 사람들이 아이들과 즐겁게 지내는 걸 보니, 엄마도 마 군과 같이 있고 싶지 뭐야. ……그럼 선수 입장하겠습니다! 여러분, 힘찬 박수로 맞이해주세요!"

"그리고 멋대로 아나운스까지 하는 거야?!"

마마코의 말에 맞춰, 입구를 통해 다음 시합의 선수가 모습을 드러냈다.

우선 거인 어머니 카이데가 무대에 올라왔다.

"좋아~! 힘~내야지~!"

5미터 급 거인 어머니가 룰루랄라~ 걸으면서 등장했다. 어른도 안아들 수 없을 만큼 거대한 가슴이 출렁이자, 지면 또한 흔들렸다.

그 뒤를 이어, 수상한 어머니 소렌테가 모습을 드러냈다.

"예~. 안녕하세요~. 하나도 수상하지 않은 엄마예요~."

은색 복면 로브로 온몸을 감쌌고, 키가 2미터 이상 되는 선수다.

다른 어머니들에 비해 몸집이 크기는 해도, 거인 어머니 카이데에 비하면 왜소하기 그지없어 보이지만…….

'확 카이데 씨에게 밟혀서 박살이 나도 괜찮은데 말이야.'

마사토는 나름 진심으로 그렇게 생각했다. 그것도 그럴 것이, 저 자는 적인 것이다.

마사토는 호주머니에 손을 넣어서, 아까 마마코에게서 넘겨받은 펜던트를 꺼내봤다.

펜던트의 헤드 부분에는 『毋』라는 글자가 거꾸로 새겨져 있었다.

'이제 생각났어……. 이건 반항조직 리벨레의 마크야.'

아만테와 소레라가 평소 걸치던 코트에 같은 마크가 새겨져 있었다. 그래서 이 마크가 눈에 익은 것이다. 즉 이 펜던트는 적의 아이템이다.

마사토가 주는 선물이라는 거짓말을 해서 이걸 착용한 마마코를 악마로 만들었고…… 그 덕분에 마사토는 파렴치한 모습을 한 어머니와 함께 장보기를……. 아까 일을 떠올리기만 해도 분노가 치밀지만…….

"자, 마 군. 지금은 생각에 잠겨있을 때가 아니잖니. 시합방식을 추첨해야 하잖아?"

"뭐? ……아, 응. 그래……."
"마사토가 할 일은 이제 그것뿐이잖아. 다녀와~."
"실황과 해설은 마마코 씨와 저희에게 맡겨 주세요."
"마사토 씨! 추첨, 힘내세요!"
"이미 아시겠지만, 소렌테 씨에 관해서는……."
"일단 감시만 하라는 거죠? ……이미 사고를 친 것 같지만…… 뭐, 알았어요."
상부의 지시니 어쩔 수 없다. 억지로 납득을 한 마사토는 또 방송석에서 쫓겨난 후, 추첨 박스를 들고 무대에 올라갔다.
예선의 순위는 거인 어머니 카이데가 13위, 수상한 어머니 소렌테가 9위다. 그러니…….
"……소렌테 씨, 뽑으세요."
"응~. 제비를 뽑을게~."
마사토가 언짢아 죽겠다는 표정을 지으며 추첨 박스를 내밀자, 수상한 어머니 소렌테는 느긋하게 제비를 뽑았다. 시합 방식은…….

【세탁DX】

디럭스한 세탁을 한다는 뜻일까. 마사토는 감조차 오지 않았다. 이해가 안 된다.
그래도 개의치 않았다.
"그럼 돌아가야지. 자세한 시합 방식은 시라아세 씨가 알려줄 테니까, 내 일은 끝났어."

마사토가 추첨 박스를 옆구리에 끼면서 그대로 퇴장……하려고 한 바로 그때였다.

"마사토 군~ 잠깐만 기다려봐~."

수상한 어머니 소렌테가 마사토가 걸친 재킷의 목덜미 부분을 움켜잡았다.

"……저기, 놔줬으면 하는데요."

"세탁DX라는 건~ 아무튼 엄청난 세탁을 하면 된다는 걸까~? 그렇겠지~. 그런 걸로 치고~…… 에잇~!"

"우왓?!"

수상한 어머니 소레라는 그대로 마사토의 재킷을 잡아당겨서 벗겼다.

그리고 그뿐만 아니라 셔츠를 향해 손을 뻗었다.

"뭐, 뭐하는 거야?! 하지 마! ……어, 어라? ……몸에 힘이 안 들어가서, 저항을 못 하겠어……. 설마……?!"

"으흐흐~. 자, 가만히 있어~."

아마 소레라가 지닌 능력 저하 스킬 탓이리라. 꼼짝도 못하게 된 마사토는 「에잇~」, 「꺄아~?!」 셔츠를 벗겨지고 말았다. 상반신 알몸이 되어서 부끄러워!

오늘 이리저리 뛰어다닌 탓인지, 마사토가 의 셔츠는 땀에 흠뻑 젖어 있었다. ……더럽지는 않지만 말이다.

"이 셔츠는 세탁을 해야겠네~. 그럼~ ……으음~…… 자~."

수상한 어머니 소렌테는 낮은 신음을 흘리면서 셔츠를 두

세 번 털었다.

“그럼 다음 작업에 들어가 볼까~.”

“찌꺼기의 부착력을 저하시켜서 털어낸 후, 반사효과를 부여한다고 하는…….”

“귀찮게 설명 안 해도 돼~. 입 다물고 자기 할 일이나 하란 말이야~.”

복면 로브 안에서 다른 누군가의 목소리가 들리는 가운데, 「이제 됐어」, 「그래~ 끝~」 세탁은 순식간에 끝났다.

수상한 어머니 소렌테는 의기양양하게 셔츠를 들어보였다.

“세탁이 끝났어~. 그럼 체크해봐~.”

“체크하라니…….”

“아~ 맞아~. 마사토 군에게는 어렵겠네~. ……그래도~ 실력이 좀 있는 어머니라면~ 알아보려나~? 확인 좀 해봐~.”

“어어? 나 말이야?”

마사토의 셔츠가 거인 어머니 카이데의 커다란 손바닥에 놓였다.

그 셔츠를 뚫어져라 살펴보던 거인 어머니 카이데의 낯빛이 확 달라졌다.

“이건…… 자, 잠시 확인 좀 해볼게!”

거인 어머니 카이데가 셔츠로 무대를 닦았다. 「아, 뭐하는 거예요?!」 그랬다간 마사토의 셔츠가 더러워…… 아니다.

셔츠의 표면에 묻은 먼지와 때를 털어냈다. 그러자 방금 빤 것처럼 깨끗해졌다.

"어라? 어떻게 된 거지……?"

"이 옷, 그 어떤 때나 먼지도 들러붙지 않아! 절대 더러워지지 않으니까 세탁을 할 필요도 없고, 천도 상하지 않겠네! 이건 완벽한 세탁이야!"

"딩동댕~. 으흐흐~. ……그럼~ 거인 어머니는~ 어떤 세탁으로 맞설 거야~?"

"그, 그게…… 나는, 평범한 인간 서른 명 몫의 세탁물을 단숨에 빤다고 하는 스킬밖에 없으니까…… 아무리 발버둥을 쳐봤자 이길 수 없어! 우에에에엥!"

"그럼~ 그쪽이 진 거니까~ 내 승리네~. 고마워~. 수고했어~."

거인 어머니 카이데에게서 셔츠를 낚아챈 수상한 어머니 소렌테는 그것을 들고 무대에서 내려갔다.

아직 판정은 내려지지 않았지만, 승패는 명백하게 갈렸다.

그야말로 압도적인 세탁을 본 탓인지, 대회장 안은 정적이 감돌고 있었다. 관객들은 물론이고, 손꼽히는 실력을 지닌 어머니들도 침묵에 잠겼다.

들리는 건 거인 어머니 카이데의 울음소리뿐이었다. 「엄마!」, 「울지 마. 응?」 거인 아이와 마마코가 다가가서 위로를 해줬지만, 눈물은 폭포수처럼 흘러내렸다.

하지만, 아무리 울어봤자 결과는 달라지지 않는다.

제3시합은 수상한 어머니 소렌테의 압도적인 승리로 막을 내렸다.

하지만…….

"……앗! 얼이 나가 있을 때가 아니지! 내 셔츠를 돌려줘!"

마사토가 허둥지둥 몸을 날리더니, 수상한 어머니 소렌테를 쫓아갔다.

마사토는 출입구를 통해 대기실로 뛰어갔다. 하지만 수상한 어머니 소렌테는 그곳에 없었다.

그 대신, 정체불명의 어머니 HAHAKO가 있었다. 새것이나 다름없는 깨끗한 셔츠를 손에 든 채, 어두운 표정을 짓고 있었다.

"으음…… 저기, 말이죠? 그 셔츠, 혹시 제 것 아닌가요?"

마사토가 머뭇머뭇 묻자…….

정체불명의 어머니 HAHAKO는 고개를 끄덕이더니, 대기실 구석에 놓여있는 쓰레기통을 손가락으로 가리켰다.

"아, 제 셔츠가 쓰레기통에 버려져 있었던 거죠? 큭, 그 자식들! 진짜 열 받네!"

이 빚을 어떻게 갚아주지?! 확 잡아서, 박살……나고 말겠지……. 마사토가 분통을 터뜨리려다 오히려 얼굴이 새파랗게 질렸을 때였다.

정체불명의 어머니 HAHAKO가 셔츠를 펼쳐들며 마사토에게 다가갔다. 그리고 그의 팔을 잡더니, 셔츠를 입혀줬다.

"아, 저기, 혼자 입을 수 있는데요……."

정체불명의 어머니 HAHAKO는 고개를 젓더니, 계속 입혀줬다. 단추를 잠근 후, 「저, 저기?!」 셔츠 자락을 바지 안에 넣었고, 마지막으로 옷깃도 매만져줬다.

"으음…… 저, 저기, 고마워요."

표정이 굳은 마사토가 일단 그렇게 말하자…….

정체불명의 어머니 HAHAKO는 고개를 끄덕였다. 매우 만족한 것 같았다. 좌우로 몸을 흔들어대는 모습을 보니, 왠지 즐거워 보였다.

"……아!"

그러던 정체불명의 어머니 HAHAKO는 갑자기 뭔가를 떠올린 것 같았다. 벽 쪽에 놓인 벤치로 뛰어가더니, 가장자리에 앉았다.

그리고 자신의 허벅지를 손바닥으로 두드렸다. 그것도 마사토를 쳐다보면서 몇 번이나 말이다.

"저기, 혹시…… 무릎베개를 해주겠다는 건가요?"

"……." 끄덕끄덕.

정체불명의 어머니 HAHAKO가 힘차게 고개를 끄덕였다. 마사토에게 무릎베개를 해주고 싶은 것 같았다. 「자기, 그 마음은 감사하지만……」 마사토가 정중히 거절하려고 하자, 「……」 정체불명의 어머니 HAHAKO는 고개를 푹 숙이며 훌쩍훌쩍 우는 시늉을 하기 시작했다. 마사토에게 꼭 무릎베개를 해주고 싶은 것 같았다.

어떻게 할까.

초면인 사람의 무릎을 베는 것은 말도 안 되는 짓이지만…….

'HAHAKO 씨는 정체가 뭘까…….'

시라아세는 그녀에 대해 전혀 알려주지 않았다.

이 접촉은 그녀에 대해 알 찬스일지도 모른다. 천재일우의 기회인 것이다. 그렇다면…….

"그, 그럼, 잠시만, 실례해도 될까요?"

"……!" 끄덕끄덕!

호기심과 탐구심이 수치심을 넘어섰다. 마사토는 침대에 누운 후, 정체불명의 어머니 HAHAKO의 무릎에 자신의 머리를 슬며시 올려놓았다. 그리고 느꼈다.

'오오…… 무릎베개야…….'

약간 높기는 했다. 하지만 부드럽고, 따듯하며, 또한 좋은 향기가 났다.

그리고 안도감과 함께 느껴지는 만족감이 어마어마했다. 두피를 통해, 뇌에 직접 행복이 스며드는 것만 같았다. 그리고 상대방이 상냥하게 머리를 쓰다듬어주자, 그 행복함이 몇 배로 늘어났다.

눈을 감자, 곧 수면욕이 밀려왔다……. 이건 마치…….

마마코가 지닌 어머니 스킬 【어머니의 무릎베개】와, 완벽하게 똑같았다.

"……헉?!"

마사토는 몸을 벌떡 일으키더니, 정체불명의 어머니 HAHAKO의 무릎베개를 지그시 쳐다보았다.

그것은 다른 어머니의 무릎베개다. 마마코의 무릎베개가 아니다.

하지만 마사토가 느낀 효과는, 분명…….

바로 그때였다.

『곧 제4시합을 시작하겠습니다. 오오스키 마사토 군은 지정된 위치로 돌아와 주십시오. 당신을 찾고 있는 어머니의 스킬이 금방이라도 작렬할 것 같습니다. 서둘러 돌아와 주십시오.』

느닷없이 시라아세의 아나운스가 들렸다. 【어머니의 송곳니】가 금방이라도 발동할 듯한 상황 같았다.

"우와, 서둘러서 돌아가야 해! ……그, 그렇게 됐으니, 이만 실례할게요! 감사했습니다! 다음 시합, 힘내세요!"

마사토는 정체불명의 어머니 HAHAKO에게서 돌아섰다.

방금 눈앞에 있는 존재에게서 느낀 친어머니의 기운으로부터 도망치려는 듯이, 전속력으로 내달렸다.

무대에서는 제4시합이 펼쳐지고 있었다.

이 대결에 임한 이는 여기까지 이기고 올라온 인간족 두 사람이다.

한 사람은 눈에 확 띄는 복장을 하고 있으며, 닌자의 술법을 자유자재로 사용하는 어머니, 닌자 어머니 쿠노 이치코 씨다.

"질 수는 없소이다! 「사실 엄마는 닌자란다」 하고 농담 삼아 한 말을 진심으로 믿어준 아이들을 위해, 닌자로서 이기고 말겠소이다!"

상대는 정체와 본모습이 베일에 싸여 있는 정체불명의 존재, 정체불명의 어머니 HAHAKO다.

"……."

시합 방식은 【청소(위험도MAX)】다. 마마코가 1회전 시합 때 치른 것과 동일했다.

무대 위에는 현실세계에 있는 마사토의 방이 재현되어 있었다. 이곳을 청소하면서, 부모가 꼭 봐야할 물건만 회수하는 것이 이 승부의 중요 포인트다. 보지 않는 편이 좋은 물건을 발견하면 아웃인 것이다.

시합은 벌써 클라이맥스에 치닫고 있었다. 방송석에 있는 여자애들도 뜨거운 성원을 보내고 있었다.

"책장을 뒤져보란 말이야! 다른 책으로 위장해서 숨겨놨을 게 틀림없어! 확실해!"

"학술적인 느낌이 풀풀 나는 제목의 책을 뒤져 보세요! 그럼 바로 찾을 수 있을 거예요!"

"으음…… 일부러 야한 책을 발견하게 하려는 듯한 느낌이 드오만…… 그래도, 그걸 이용해서…… 용서하시오!"

닌자 어머니 쿠노 이치코는 결심을 하더니, 커다란 백과사전을 손에 쥐었다. 그리고 펼쳐보니…….

속옷 차림의 미소녀가 그려진 달력이 꽂혀 있었다. 「오오?!」, 「좋았어!」, 「잘했어요!」 넌자 어머니 쿠노 이치코는 아연실색했지만, 여자애들은 박수갈채를 보냈다!

그런 식으로 자신의 사생활이 폭로되고 있지만…….

그 방의 주인은 매우 냉정했다.

'……아까 그건, 대체 뭘까?'

마사토는 방송석 구석에서 지그시 쳐다보고 있었다.

정체불명의 어머니 HAHAKO의 일거수일투족을 말이다.

"……."

청소를 마친 저 사람은 1회전 때의 마마코와 마찬가지로 자녀의 방 탐색용 특수 스킬 【어머니 서치】를 쓰더니, 방 구석구석까지 체크했다…….

그리고 뭔가를 발견한 것 같았다. 천천히 걸음을 옮기더니, 쓰레기통을 들어보았다. 그 밑에는…….

학교 시험 성적표가 있었다! 그 성적표에는 보호자의 확인란이 있다. 부모에게 보여줘야 하는 것이니, 부모가 꼭 봐야 할 물건인 것이다.

승패가 갈렸다.

"두 분 다 멈추세요. 제4시합은 정체불명의 어머니 HAHAKO 씨의 승리입니다."

방송석에 있는 시라아세가 선언을 하자, 대회장 전체에서 엄청난 환성이 터져 나왔다.

하지만 마사토는 그런 환성은 개의치 않으며 계속 생각했다.

'겉모습과 행동거지뿐만 아니라, 스킬도 엄마와 똑같아…….

어째서…….'

정체불명의 어머니 HAHAKO가 마사토를 쳐다보았다. 그리고 마마코가 키즈존에서 아들을 쳐다보았다. 마사토는 그런 두 사람을 번갈아 쳐다보며, 계속 생각에 잠겼다…….

대회 2일차 일정이 끝난 후, 숙소로 돌아간 마사토는 저녁때가 되었는데도 계속 생각에 잠겨 있었다.

복도에서는 「아, 누나~!」, 「언니, 여기 있었구나!」, 「들켰어?!」, 「인원수가 늘어나지 않았나요?!」, 「늘었어요~!」 긴박한 술래잡기가 펼쳐지고 있는 것 같지만, 마사토는 그 소음도 신경 쓰이지 않았다.

식당 테이블에 팔꿈치를 올려놓은 채, 차분하게 생각에 잠겼다.

"내 스킬에는 반응하지 않았는데, 어머니 스킬을…… 게다가 엄마와 똑같은 걸…… 대체 어떻게 된 거지……. 젠장! 모르겠어!"

"그럴 때는 일단 뭐라도 먹어라해! 그러면 좋은 생각이 날거다해!"

"아~ 그럴지도 모르겠네요. ……그럼 잘 먹을게요."

마사토는 눈앞에 놓인 새빨간 마파두부를 수저로 떠서 한 입 먹었다. 「아, 맛있…… 응? 매, 매워어어어어어어엇?!」 너무 매운 나머지, 마사토의 입에서 화르르륵! 하고 불이 뿜어졌다.

"오~! 멋진 불을 뿜었다해! 마사토는 브레스 계열 공격에 소질이 있다해! 내 자식이 되어서, 용의 용사가 되는 것도 괜찮을 거다해!"

"요, 용의 용사?! 왜, 왠지 멋진 것 같은데……! 그것보다, 사모한 씨는 언제 우리 여관에…… 그것보다, 매워어어어어어어엇! 히이이이이익!"

용인 어머니 사모한의 매운 사천 요리 덕분에 입 안에 난리가 났다. 타들어가고 있는 게 틀림없다.

바로 그때…….

"어머나. 마사토 군의 입안이 새까맣네. 그럼 흡혈귀 엄마와 함께 즐거운 양치질 타임을 가지자. 자, 아~ 해봐."

"어? 우으읍~?!"

마사토의 등 뒤에 어느새 나타난 이는 바로 간호사 복장을 한 흡혈귀 어머니 칸고시였다. 그녀는 마사토에게 입을 벌리게 한 후, 손에 쥔 칫솔로 이를 닦아줬다.

"어, 어우읍?! 우읍, 어푸읍!"

"사양할 필요 없어. 기분 좋지? ……마사토 군이 혹시 내 아들이 된다면 매일 같이 아침점심저녁에 엄마가 직접 이를 닦아줄게. 응? 어떠니?"

입이라고 하는 특별한 감각기관을, 어머니라는 존재에게 치카치카되자…… 왠지…… 해선 안 되는 짓을 하고 있는 느낌이 들었다. 이러면 안 된다. 「이제 됐어요!」, 「어머, 도망쳤네」 마사토는 긴급 이탈을 감행했다.

그대로 식당에서 퇴각한 그는 거실로 대피했다. 하지만 그곳에도 어머니가 있었다.

마마코다. 소파에 앉아서 마사토의 옷가지를 개고 있었다. 마침 잘 됐다.

"어머, 마 군. 좀 허둥대는 것 같은데, 무슨 일 있었니?"

"내 세탁물에 정신이 팔려서, 본체가 어떤 상황인지 전혀 눈치채지 못한 거구나……. 뭐, 됐어. 별일 아니니까 신경 쓰지 마."

마사토는 일단 마마코의 옆에 앉았다. 그리고…….

마마코의 허벅지를 지그시 쳐다보았다. 별다른 의미 없이, 조사 목적으로 말이다.

"어머나. 마 군이 무릎을 베고 싶나 보네. 좋아. 얼마든지 누워."

"따, 딱히 그런 건 아냐! 하, 하지만 엄마가 정 원한다면, 어쩔 수 없이, 베겠어! 어디까지나 확인을 위해서 말이야!"

마사토는 마마코를 향해 눕더니, 그대로 어머니의 무릎에 자신의 머리를 올려놓았다.

"확인? 그게 무슨 소리니?"

"별거 아니니까, 신경 쓰지 마."

"어머, 유감이네. ……아, 맞아! 확인이라는 말을 듣고 생각났네!"

마마코는 화들짝 놀라더니, 마사토의 셔츠를 차분히 살폈다.

마사토가 입은 셔츠는 수상한 어머니 소렌테가 완벽하게 세탁한 옷이다. 마마코도 한눈에 뭔가를 눈치챈 것 같지만……
뭐, 마사토로서는 아무래도 상관없다. 그것보다…….

눈을 감고, 친어머니의 무릎베개에 집중했다.

'……응. 엄마의 무릎베개야.'

부드럽고, 따뜻하며, 안도감과 만족감, 그리고 어찌된 건지 행복이 느껴졌다.

틀림없다. 착각할 리가 없다. 이것이야말로 【어머니의 무릎베개】다.

그와 동시에, 마사토의 머릿속에 정체불명의 어머니 HAHAKO가 떠올랐다.

'비슷한 정도가 아냐. 진짜로 똑같은 무릎베개잖아……. 대체 어떻게 된 거지?'

고개를 들자, 마마코의 얼굴이 눈에 들어왔다.

하지만 갑자기, 정체불명의 어머니 HAHAKO의 얼굴 같아 보였다.

답이 존재하지 않는 의문이 마사토의 머릿속에서 계속 맴돌았다.

그리고 오늘 쌓인 피로와 무릎베개의 효과 덕분인지, 마사토는 그대로 잠에 빠져들고 말았다.

주요 스킬

SKILL

유혹 쇼핑

가게 점원을 매료시켜서 물건 값을 깎거나 덤을 얻는 등, 특별한 서비스를 받는다.

정기 흡수

활동에 필요한 에너지를 특정 대상으로부터 흡수할 수 있다.

장점

장을 볼 때, 금전적인 면에서 최고의 퍼포먼스를 자랑한다. ……하지만…….

단점

선정적인 겉모습 때문에 마사토가 거리를 둔다. 게다가 정기 흡수 능력을 지닌 탓에 요리의 필요성이 줄어들고, 섹시 의상은 세탁이 힘들며, 옷이 얇기 때문에 청소를 하다보면 자기 몸도 더러워지는 등, 스테이터스 저하가 발생하고 만다.

스테이터스

STATUS

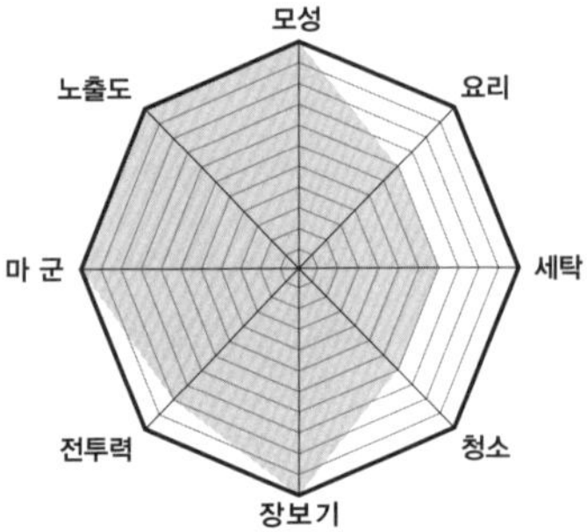

스테이터스

모성 100 / 요리 60 / 세탁 60 / 청소 60
장보기 150 / 전투력 80 / 마 군 100

오리지널 노출도 130

제4장
그 도시락을 만든 사람은 엄마지만, 엄마가 아니다.

여관방의, 침대 위에서…….

와이즈가 애타는 목소리로 졸랐다.

"저기, 마사토…… 더…… 더 세게 주물러줘."

"이, 이렇게 말이야?" 주물주물.

"더! 더 세게! 으스러질 정도로 주무르란 말이야!"

"아, 알았어. 그럼 힘껏 주무른다? ……이러면 돼?!" 꾸욱!

"하아아앙! 그래, 그거야! 정말 좋아! 아플 정도가 딱 기분이 좋거든!"

와이즈는 뜨거운 숨결을 토하더니, 고통과 쾌감에 휩싸인 채 몸을 배배 꼬았다. 무심코 마사토에게 매달리더니, 날아갈 것만 같은 의식을 필사적으로 붙잡았다.

빨갛게 달아오른 와이즈의 눈가에 맺힌 희미한 눈물이 눈에 들어왔다.

너무 아팠던 걸까…… 마사토가 손에서 힘을 빼려고 하자, 와이즈는 그러지 말라는 듯이 고개를 세차게 저었다. 이대로 계속 해달라며 갈구했다.

하지만 와이즈만 계속 신경 쓸 수는 없다. 메디도 마사토에게 호소했다.

“마사토 군. 부탁이에요. ……저한테도, 해주세요.”

“지, 진심이야?”

“예…… 제가 망가질 정도로 세게, 찔러주세요. 깊숙한 곳까지 닿도록 말이에요.”

“알았어. 그럼…… 흐읍!” 꾸욱.

“하윽?! 그, 그거예요! 거기예요! 거기를 좀 더, 세게…… 하앙!”

마사토는 엎드린 메디에게 올라타며, 더욱 체중을 실었다.

그렇게 몇 번이나 찌르자, 메디의 몸이 격렬한 반응을 보였다.

이불을 움켜쥐며, 괴로운 듯이 버둥거리더니, 온몸을 축 늘어뜨리며 침대에 쓰러졌고…… 그 상태에서 마사토를 쳐다보고 있는 메디의 얼굴에는 황홀경에 도달한 듯한 도발적인 미소가 어려 있었다. 그 정도로 기분이 좋은 걸까, 같은 생각이 들 정도였다.

마사토의 내면에서 남자의 자존심과 가학성이 샘솟았다. 그녀들이 이렇게 나온다면…….

“저기, 마사토! 나한테도 해줘! 더 해달란 말이야!”

와이즈는 더 이상 못 참겠다는 듯이 자신의 다리로 마사토의 팔을 휘감았다.

그렇다면 이번에는 와이즈에게 해주자고 생각했을 때, 메디가 마사토의 팔을 움켜잡았다.

“마사토 군, 저는 아직 만족 못했어요. 저한테 더 해주세요.”

“앗, 메디! 나도 만족 못한 건 마찬가지거든?! 내가 먼저야!”

"아뇨, 저예요. 저한테 해주세요. 부탁이에요……. 마사토 군."

"마사토! 나한테 해줄 거지?!"

몸이 달아오른 두 소녀가 마사토를 갈구했다.

그녀들이 이렇게 애타게 갈구하자, 마사토는……!

"아, 미안한데 잠시만 쉬자. ……나, 팔이 한계야."

마사토는 젖산이 쌓여서 아픈 팔을 들어 보이면서 그렇게 말했다. 이미 근육통이 난 것 같았다.

하지만 와이즈와 메디는 계속 매달렸다.

"나도 한계거든?! 겨우 아이들한테서 해방됐나 했는데, 이 여관에 애들이 다 모인 바람에 술래잡기를 하는 신세가 됐단 말이야! 다리가 탱탱 부었어!"

"저도 힘들어요. 아이들이 안아달라고 계속 졸라대는 바람에, 허리가……. 그러니까 마사토 군. 마사지를 계속 해주세요."

"빨리 마사지해줘! 종아리를 중점적으로 주물러줘!"

"저는 등과 허리를 부탁드릴게요. 등뼈의 양옆에 엄지를 대고, 꾹 눌러주세요."

뭐, 간단하게 말해…….

그들은 건전한 아침을 보내고 있었다.

창문의 커튼 너머로 스며들어오는 것은 아침 햇살과 아이들의 웃음소리다. 세탁물을 널고 있는 어머니들과 놀고 있는 것 같았다.

이 방 안에는 마사토와 와이즈, 메디, 그리고 아직 잠을 자고 있는 포타가 있었다. 「……흠냐……」, 「아, 시끄럽게 해서 미안해」 아직 이른 시간대인 만큼, 좀 더 잠을 잘 수 있도록 오빠격인 마사토가 이불 너머로 포타의 몸을 가볍게 두드려줬다.

마사토는 침대에 누워있는 두 사람에게 불만을 표시하듯, 침대 가장자리에 털썩 앉았다.

"하아. 적당히 좀 부려먹으라고……. 나도 나름대로 피곤하단 말이야. 그리고 중요한 생각을 하고 있거든?"

"중요한 생각? 그게 뭐야?"

"외설물을 숨겨둘 장소 말인가요?"

"아~ 맞다. 방을 수색당해서 전부 들통 났지."

"아냐~! 그게 아니라……! ……HAHAKO 씨에 대해 생각하고 있어."

"HAHAKO 씨…… 아, 그래. 마마코 씨를 쏙 빼닮은 사람 말이구나."

"확실히 닮기는 했어요. 인상은 완전히 다르지만 말이에요. ……그 분에게 무슨 문제라도 있나요?"

"겉모습만이 아니라, 스킬도 엄마와 똑같아. 마치 엄마를 복제한 것 같거든. 그래서……."

"또 한 명의 엄마로 삼아서, 어리광을 부리고 싶은 거구나."

"두 엄마에게 사랑받으며 러브러브한 생활을…… 건전하지 못하군요……."

"아냐~! 그런 게 아니라고! 그 사람의 정체가 뭔지, 나는 진지하게 생각하고 있는 거야!"

"아~ 그래그래. 알아. 농담했을 뿐이야. 좀 놀린 것뿐이거든?"

마사토의 말에 그런 반응을 보이며 가볍게 흘려 넘긴 후…….

와이즈와 메디는 진지한 표정을 지었다.

“그것보다, 다른 어머니에 관한 이야기는 안 하는 편이 좋지 않을까?”

“어? 이유가 뭐야?”

“마마코 씨가 눈치를 채고 질투를 하는 바람에, 큰일이 날 가능성이…….”

“아~ 그런 걱정은 안 해도 될 거야. ……엄마는…….”

마사토가 대답을 하려던 바로 그 순간이었다.

방의 문이 열리더니, 마마코가 종종걸음으로 뛰어왔다. 오른손과 왼손에 마사토의 셔츠를 한 장씩 든 채…….

“저기, 마 군! 이것 좀 봐주지 않겠니? 엄마도 마 군의 셔츠를 빨아봤어! 소렌테 씨가 세탁한 셔츠와 엄마가 애정을 담아서 빤 셔츠 중에 어느 게 더 괜찮은 것 같아?! 응?! 어느 게 더 괜찮은 것 같니?!”

이거? 아니면 이거? 하고 말한 마마코는 오른손에 쥔 셔츠를 은근슬쩍 더 내밀었다. ……아무래도 저게 마마코가 세탁한 셔츠 같았다.

아무튼…….

“엄마는 어제 저녁부터 계속 이런 상태거든. 다른 일은 전혀 머릿속에 들어오지 않는 것 같아. 그러니 걱정할 필요가 없다고나 할까, 우선 이쪽이 더 문제인 거지.”

““아~ 그렇구나.””

와이즈와 메디도 쓴웃음을 지으며 고개를 끄덕였다.

천하제일 모도회, 3일차.

대회장은 오늘도 관객들로 가득 차 있었다. 이곳에 모인 수많은 관객들이 뜨거운 대결을 갈망하고 있었다.

무대 주위의 키즈존도 북적이고 있었다. 어제까지의 멤버에 거인 어머니 카이데와 닌자 어머니 쿠노 이치코도 포함되어서, 이야기꽃을 피우고 있는 것이다.

아이들 걱정은 할 필요가 없다. 왜냐하면 오늘은 새로운 보육 담당이 왔기 때문이다.

"오빠!", "형~!" "놀자!", "놀아줘!", "안아줘~!"

"어째서야?! 어째서 이렇게 된 거지?!"

생각에 잠긴 탓에 주의력이 산만해진 마사토가 무심코 키즈존에 들어간 것이 이 모든 일의 원인이다.

와이즈를 비롯한 여자애들은 아이들에게 휘둘리고 있는 마사토를 보며 즐거워했다. 「오~」, 「힘내세요」, 「으음…… 마사토 씨! 응원할게요!」 세 사람은 사이좋게 방송석으로 향했다. 「좀 도와주면 어디 덧나기라도 하냐?!」 일전과는 상황이 정반대였다. 자업자득이다. 어쩔 수 없다.

바로 그때였다.

"마사토 군~! 나랑 놀자~! 거인 엄마와 같이, 노~는~거~야~!"

“우와아아앗?! BIG하고 활기찬 어머니가 왔어어어엇?!”

거인 어머니 카이데가 마사토를 가볍게 들어 올리더니, 그대로 꾹 안았다. 「어, 파묻혔어?!」 5미터 급 엄마의 거대하기 그지없는 가슴 계곡에, 마사토의 상반신이 완전히 파묻혔다.

“아아, 이게 뭐야……. 이런 감각은 처음이야……. 따뜻하면서도 부드러운 감촉에 완전히 휩싸여서…… 아아, 만사가 다 귀찮아져……. 어, 이럴 때가 아니잖아! 긴급 이탈! 하앗!”

마사토는 온몸을 최대한 웅크려서, 거인 어머니 카이데의 가슴 계곡에서 탈출했다. 살았다…….

아니, 아직 멀었다. 닌자 어머니 쿠노 이치코가 마사토를 막아선 것이다.

“잠깐 기다리시오! 마사토 군이 방금 쓴 건 인법, 찌찌 빠져나가기의 술법이 틀림없소이다!”

“으음~ 이런 소리를 해서 미안한데 말이죠? 당신 지금 무슨 소리를 하는 거야?!”

“마사토 군이 닌자일 줄이야……. 그럼 내 아들이 되어서 함께 수행을 하는 게 어떻겠소이까! 부모자식이 함께 닌자 마스터의 길을 걷는 것이외다!”

“매우 매력적인 제안이지만, 사양하겠어요! 실례할게요!”

마사토는 전력으로 도망치려 했다. 하지만 「물러 터졌소이다! 인법, 분신술!」 분신술로 늘어난 닌자 어머니 쿠노 이치코가 마사토를 포위했다. 도망칠 수 없다. 「어머, 즐거워 보이네」, 「나도 끼워줘!」, 「쟁탈전이구나」, 「기, 기다려?!」 게다가 마사토를 노리는 어머니가 늘어났다! 마사토, 대위기!

하지만, 그런 마사토를 깔끔하게 무시하며…….

"여러분, 좋은 아침입니다. 그럼 대본을 확인해주셨으면 합니다."

"알았어~. ……어? ……시라아세 씨, 오늘 시합은……."

"대본에 적혀 있는 대로입니다. 시간이 됐으니, 아나운스를 부탁드립니다."

"으음~ 그럼 우선…… 오래 기다렸지?! 오늘도 화끈하게 해보자!"

"지금부터 3회전, 준결승 시합을 시작하겠습니다."

"선수 여러분이 입장할 테니, 큰 박수로 맞아주세요!"

시라아세와 여자애들이 방송석에서 그렇게 말하자, 관객들의 환성이 울려 퍼졌다. 「누가 나 좀 도와줘!」 어머니들에게 쫓기고 있는 마사토의 비명은 그 환성에 가려지고 말았다.

그리고 입구를 통해 모습을 드러낸 이는…….

가장 먼저 마마코가 나왔다. 앞치마가 너무나도 잘 어울리는 어머니다. 항상 미소를 머금고 있지만, 지금은 진지하기 그지없는 표정으로 심플한 도시락 통을 들고 등장했다.

다음으로 등장한 이는 안드로이드 어머니 메카테다. 비행형 비트를 주위에 거느린 채, 마마코와 마찬가지로 도시락 통을 들고 무대에 올라왔다.

그 후에도 등장은 계속됐다. 다음 사람은 수상한 어머니 소렌테다. 은색 복면 로브로 정체를 숨긴 수상한 인물이 도시락 통을 들고 등장했다.

마지막으로 나타난 이는 정체불명의 어머니 HAHAKO다. 마마코와 너무 흡사한, 정체불명 그 자체인 인물이다. 그녀도 도시락 통을 들고 있었다.

베스트4에 남은 어머니 네 명 전원이 도시락 통을 들고 무대 위에 섰다.

선수 전원이 한꺼번에 모습을 드러내자, 관객들뿐만 아니라 방송석의 여자애들도 당혹스러워했다. 「부탁이야! 제발 누가 좀……!」, 「마사토, 시끄러워」, 「좀 조용히 해주세요」 어머니들에게서 도망치고 있는 마사토는 계속 무시하려는 방침 같았다.

"으음…… 저기, 시라아세 씨. 뭐가 어떻게 된 거죠?"

"3회전은 배틀로얄 방식으로 치러집니다. 네 명이 동시에 시합을 치른 후, 승리한 두 사람이 결승에 진출하는 거죠."

"너무 갑작스러운데…… 아, 혹시…… 대전 상대를 뒤섞음으로서, 토너먼트 방식에서 반드시 뒤따르는 제비 운에 의한 우위성을 리셋하겠다, 같은 건가요?"

"역시 메디 양은 총명하군요. 그 말이 맞습니다."

"그럼 어머니들이 들고 있는 도시락 통은 뭔가요?! 저는 저게 뭔지 모르겠으니까, 알려주시면 감사하겠어요!"

"3회전 시합 방식은 사전에 【도시락 만들기】로 정해져 있었습니다. 나눠드린 도시락 통에 엄마 특제 요리를 담아서, 그 완성도를 겨룰 겁니다. 제한시간은 30분이며, 시간 안에 완성을 못한다면 실격으로 처리됩니다."

"그럼 요리 속도도 중요하겠네."

"유감스럽게도, 그저 빠르기만 하다고 좋은 건 아니죠. …… 부엌은 어머니들의 전장입니다. 그곳에서는 다양한 사태가 발생해서, 어머니들이 골머리를 썩이게 만듭니다. 과연 무슨 일이 일어날 것인가……. 그것은 시합에 참가한 분들에게 달려 있죠."

"즉, 대전 상대를 방해해도 괜찮다는 거군요. 정말 멋져요."

미소녀 치유술사의 음흉한 발언은 못 들은 것으로 하겠다.

무대의 바닥에 거대한 마법원이 생겨나더니, 주방 공간 네 개가 소환되었다. 설치된 주방에는 조리도구와 조미료가 갖춰져 있다. 그리고 고기와 생선, 채소 같은 식재료 또한 대량으로 출현했다.

선수들은 각자의 자리로 이동했다.

마마코는 키친A이며, 맞은편인 키친B에는 수상한 어머니 소렌테가 자리했다.

마마코의 옆에 있는 키친C에는 정체불명의 어머니 HAHAKO가 있었다. 그리고 키친D에는 안드로이드 어머니 메카테가 자리했다.

각자가 준비를 마친 후…….

"그럼 시합을……."

"잠깐만?! 아이들까지 장난삼아 나를 쫓기 시작했거든?! 제발 부탁이야! 누가 나 좀 도와줘!"

"키즈존에 있는 마사토 군, 잠시 입 좀 다물어 주세요. 그런 방해공작은 환영할 수 없습니다. 시합에 방해되는 군요."

"말이 너무 심한 거 아냐?!"

"그럼 시합을 시작하겠습니다. 준비…… 엄마."

시합이 시작됐다. 방송석에 놓인 30분 타이머도 작동됐다.

시합이 시작되자마자, 의욕으로 가득 찬 마마코가 수상한 어머니 소렌테를 향해 도시락 통을 쑥 내밀었다.

"소렌테 씨! 승부야!" 두둥~!

"어어어어~?! 저저저저, 정조준 당했네~?!"

"마, 말도 안 돼?! 설마 우리 정체를 눈치챈 거야?!"

수상한 어머니 소렌테 안에 있는 이들이 격렬하게 동요한 것 같지만, 「우선 조미료부터 체크해야지!」 마마코는 요리에 집중했다.

"이, 일단~ 괜찮은 것 같네~. 휴우~."

"그래. ……그럼 이참에 손을 쓰자."

"맞아~. 효과가 없을 것 같아서~ 좀 걱정이지만~ 일단 내 스킬을 써볼게~."

"이봐, 거기 있는 수상한 사람! 방금 수상한 발언이 들렸다고! 그딴 짓을 하게 둘 것 같아?!"

"방해공작은 허용되어 있거든~? 키즈존에 있는 마사토 군이~ 보고 싶으면 얼마든지 봐도 되지만~ 좀 조용히 해줄래~? 부탁이야~."

"수상한 사람 쪽이, 말투가 더 상냥해!"

"그럼~…… 에잇~."

복면 로브 안에 있는 사람이 능력 저하 스킬을 쓴 것 같았다.

하지만 마마코의 움직임에는 전혀 변함이 없었다. 재빠르게 조미료를 체크하고 있었다.

"정말~! 역시 효과가 없네~!"

"좋아! 엄마한테는 상태 이상이 전혀 통하지 않으니까, 전혀 소용없어! ……하지만, 다른 두 사람은…… 어라?"

무심코 멈춰선 바람에 아이들에게 잡히고 만 마사토는 두 눈으로 똑똑히 봤다.

키친C에 있는 정체불명의 어머니 HAHAKO 또한, 움직임이 흐트러지지 않았다. 능력 저하 스킬에 영향을 받지 않은 것이다.

'말도 안 돼……. 그런 부분까지, 엄마와 똑같은 거야……?'

게다가 정체불명의 어머니 HAHAKO는 마마코와 똑같은 움직임을 취하고 있었다.

마마코가 간장을 손에 쥐면, 정체불명의 어머니 HAHAKO도 간장을 쥐었다. 샐러드유를 손에 쥐면, 똑같은 것을 손에 쥐었다. 동작을 완벽하게 베끼고 있는 것만 같았다.

바로 그때였다.

"경고, 경고. 자폭 프로그램이 기동됐습니다. 이 보디는 곧 자폭합니다. 주위에 있는 분은 주의해 주십시오."

안드로이드 어머니 메카테가 기계적이면서도 절박한 목소리로 그렇게 말했다.

"모드. 애크로클리니스!"

비행형 비트를 등에 장착해서 높은 곳을 청소하기 위한 비행형태가 된 안드로이드 어머니 메카테는 과학적인 빛을 뿜는 날개를 펄럭이며 긴급 발진을 했다.

키친D에서 단숨에 상공으로 날아오르너니, 과학적인 불꽃을 흩뿌리며 폭발했다.

그리고 온몸에서 연기를 뿜으며 마사토를 향해 떨어졌다. 「어?! 우왓?!」 마사토는 겨우겨우 안드로이드 어머니 메카테를 받아냈다. 팔이 부러지는 것만 같았다. 하지만, 부러지지 않았다.

"메, 메카테 씨?! 괜찮아요?! 아니, 괜찮아 보이지는 않네요! ……왜 갑자기 자폭한 거예요?!"

"저는 기능이 현저히 저하된 경우, 자폭을 하도록 설정되어 있습니다. 이건 제가 전투병기였을 적의 기능……. 적의 손에 들어가서 이용되는 것을 막기 위한 조치입니다."

"큭! 능력 저하 스킬 탓에 발동한 거구나! ……왜 그렇게 위험한 걸 해제하지 않은 거예요?!"

"해제하는 건 가능합니다. ……하지만……."

안드로이드 어머니 메카테는 파손된 고개를 돌려서 주위를 둘러보았다.

주위에는 눈동자를 반짝이며 쳐다보고 있는 아이들이 있었다. 「우와!」, 「예뻤어!」, 「한 번 더 해봐!」 안드로이드 어머니의 자폭 불꽃쇼에 감동한 것 같았다.

"아이들이 웃어준다면, 자폭을 하는 것도 나쁘지 않다…….

그렇게 판단한 결과입니다."

"자기 몸을 희생해가며 웃음을 이끌어내는 건 개그맨들이나 할 짓이라고요! 어머니면 그런 짓을 자제하라고요!"

마사토가 호소하듯 그렇게 말하자, 안드로이드 어머니 메카테는 만족한 것처럼 미소 지으면서 살며시 눈을 감았다.

시합이 시작되자마자 선수 한 명이 자폭한다는 사태가 벌어지자…….

방송석에서는 회의가 진행되고 있었다.

"느닷없이 불꽃쇼가 벌어졌는데…… 저기, 시라아세 씨. 방금 그 자폭도 트러블로 여기고 넘어갈 거야?"

"요리 도중에 자폭한다……. 안드로이드 어머니들 사이에서는 비교적 흔한 일인가 보군요."

"아, 아뇨. 그럴 리가 없다고 생각하는데요……."

"하지만 안드로이드 손님들이 고개를 끄덕이고 있어요!"

포타가 방금 말했다시피, 관객석에 있는 기계 타입 여성들이 고개를 끄덕이고 있었다. 「아이들이 기뻐해요」, 「무심코 저지르고 말죠」 안드로이드 사이에서는 흔한 일 같았다.

안드로이드 어머니 메카테가 들것으로 옮겨진 후, 시합이 속행됐다.

키친C에 있는 정체불명의 어머니 HAHAKO는 마마코의 동작을 완전히 베끼면서, 묵묵히 요리를 했다.

키친A와 B에 있는 마마코와 수상한 어머니 소렌테는 경쟁심을 불태우고 있었다.

"절대 지지 않을 거야! 나는 마 군의 엄마니까 말이야!"

"크으~! 이렇게 되면~ 할 수 있는 데까지 해보는 수밖에 없어~!"

"좋아! 이제 수단방법을 가리지 않겠어! 어떤 수를 써서라도 이길 거야! 그러니까……!"

수상한 어머니 소렌테가 갑자기 키즈존에 들어가더니 「하앗!」, 「어?」 멍하니 서있던 마사토를 무대 위로 던졌다.

마사토는 그대로 무대 위를 구르며, 마마코의 발치에 도착했다.

"어머, 마 군. 엄마와 같이 있고 싶어서 온 거니?"

"아냐~! 불가항력이었어! ……이봐, 소렌테라는 사람! 이게 무슨 짓이야?! 무슨 속셈인 거냐고!"

"무슨 속셈이라니~……. 무슨 속셈일까~?"

"간단해. 능력 저하 스킬로는 오오스키 마마코의 행동을 방해할 수 없어. ……그러니까, 주위에 있는 인간이 그녀를 방해하게 하는 거지. 괜찮은 아이디어 아냐?"

"아하~. 마사토 군이~ 발목을 잡게 하는 거구나~."

"이봐! 그딴 이유인 거냐?! 헛소리 하지 마!"

"짐덩이는 많을수록 좋겠지~. 그러니까~ ……와이즈 양과~ 포타 양과~…… 좀 내키지는 않지만~…… 메디 양도~ 이쪽으로 와~!"

수상한 어머니 소렌테가 그렇게 말했다.

그리고 이 발언에 대한 방송석 측의 판정은…….

"바보가 바보 같은 소리를 늘어놓네……. 시라아세 씨, 저딴 소리는 무시해도 되지?"

"아뇨, 수용하겠습니다."

"예? 수용하는 건가요?"

"아이가 자기를 도와주겠다고 나서줘서 기쁘지만, 요리에 방해가 되고 만다. 흔한 일이죠. 이것도 요리 중에 발생할 수 있는 트러블이라고 생각합니다. 그리고 어머니라면 그런 트러블도 극복해야만 할 겁니다."

시라아세는 바로 허락을 했다.

그리고 마이크를 손으로 가린 후, 여자애들을 향해 작은 목소리로 말했다.

"마마코 씨와 대결하는 만큼, 상대가 강경수단을 쓸 가능성도 있습니다. 이 제안을 이용해서, 그에 대항할 인원을 한곳에 모아두도록 하죠. 여차할 때는 임기응변으로 대처해주시기 바랍니다."

"아하~. 그런 뜻이구나."

"상대가 어떻게 나오느냐에 따라, 전투로 감수한다는 거군요."

"저, 저도 전력을 다해 서포트하겠어요! 아이템 지원은 저한테 맡겨주세요!"

"좋아! 그럼 가자!"

와이즈 일행은 방송석을 뛰쳐나갔다.

관객들은 아이들의 참전을 환영하는 것 같았다. 「열심히 도와드리렴!」, 「짐덩이해버려!」, 「그런 명령형은 처음 듣거든?!」 아무튼 만장일치로 허락됐다.

마마코의 주위에 동료들이 전원 집결했다.

그리고 VS 수상한 어머니 소렌테의 막이 본격적으로 올랐다.

"마 군과 너희가 도와준다니, 정말 든든하구나! 최선을 다하자!"

"미리 말해두겠는데, 나는 절대 짐덩이가 안 될 거야!"

"마사토는 짐이 될지도 모르지만, 나는 마마코 씨에게 도움이 될게!"

"마사토 군과 와이즈 양은 짐이 될지도 모르지만, 저야말로 도움이 되겠어요!"

""메디야말로 자제해!""

"으, 으음, 저도 열심히 도울게요!"

"다들 의욕이 넘치나 본데~. 과연 뜻대로 될까~? ……어엿한 짐덩이가 되도록~ 전력을 다해~ 스킬을 중첩해서 걸어줄게~. 에잇~."

느긋~한 목소리로 그렇게 말한 수상한 어머니 소렌테가 천천히 두 팔을 벌렸다.

최대급의 능력 저하 효과가 마사토 일행을 덮쳤다. 역시 마마코에게는 효과가 없었지만, 「큭!」, 마사토의 능력이 현저하게 저하됐다. 「하아, 정말!」 와이즈도 능력이 극단적으로 저하됐다. 「너무하군요!」 메디도 비참할 만큼 능력이 저하됐다.

게다가, 포타도 능력이 저하됐다.

"아앗?! 아이템 작성과 감정 스킬의 성공률이 엄청 낮아졌어요!"

"뭐?! 포타는 전투직이 아니니까, 원래라면 영향을 받지 않아야 하는데……!"

"으흐흐~. 최강 디버프의 위력을 이제 똑똑히 깨달았지~?"

"이걸로 짐덩이가 네 명……. 하지만, 상대는 오오스키 마마코니까……."

"조심 또 조심하는 의미에서~ 대 어머니용 초필살 마법도 선보여야지~! 하나~ 둘~ 셋~!"

""……스파라 라 마지아 펠 미라레…… 모봉인(母封印, 시지로 마드레)!""

수상한 어머니 소렌테 안에 있는 두 사람이 한 목소리로 외쳤다. 마법의 표적은 바로 마마코다.

"대 어머니용 마법이라고?! 대체 어떤…… 아니, 그 어떤 효과가 있더라도, 엄마한테는 통하지 않으니까 상관없어……!"

하지만 바로 그때, 마마코가 뭉게뭉게 피어오른 연기에 휩싸였다.

"응?"

마사토가 반사적으로 쳐다보니, 그곳에는…….

엄청 진지한 표정을 짓고 있는, 조그마한 마마코가 있었다.

전체적으로, 조그마했다. 축소된 게 아니라, 어려졌다. 나이는 다섯 살 정도로 보였다. 키가 작아졌고, 얼굴도 앳되어졌다. 옷도 아동용 사이즈로 변했다.

"으…… 음?"

마마코를 두 번 쳐다본 마사토는 동료들을 둘러본 후, 다시 자신의 어머니를 쳐다보았다. 그래도…….

마사토의 눈앞에는 어려진 엄마가 있었다.

마마코는 느닷없이 어려지더니, 로리 마마코가 되었다!

"어…… 어어어어엇?! 뭐가 어떻게 된 거야아아아아앗?!"

마사토는 콧물을 흘릴 정도로 경악했다. 「잠깐만, 이게 뭐야?!」 와이즈도 바보처럼 입을 쩍 벌리며 경악했다. 「어? 어? 어?」 메디는 믿기지 않는다는 듯이 눈을 깜빡였다. 「어려진 마마 씨는 참 귀엽네요!」 포타는 약간 기뻐했다.

수상한 어머니 소렌테는 환성을 지르며 기뻐했다.

"만세~! 성공했어~!"

"어머니가 아니게 만들면, 어머니의 힘을 발휘할 수 없을 거다……. 그런 아이디어에 따라, 단련을 거듭해 겨우 완성한 필살마법이야. 오오스키 마마코라도 이 마법을 막아낼 수는 없나 보네."

사천왕 두 명이 힘을 합쳐 펼친 마법은 마마코의 장비품이 지닌 방어 효과를 능가한 것이다.

"자, 잠깐만 있어봐! 아무리 그래도 이건 너무 심하잖아! 완전 반칙이라고!"

"어머니라면, 그 어떤 트러블도 극복하며 요리를 한다며~?

그런 시합인 걸로 아는데 말이야~."

"그, 그건……."

방송석을 쳐다보니, 시라아세는 입을 꾹 다문 채 입술을 깨물고 있었다. 수상한 어머니 소렌테의 주장을 받아들일 수밖에 없는 것 같았다.

"결정이 났나 보네~. 그럼 승부를 계속 해볼까~. ……하지만 마마코 씨는 요리를 못할 지도 모르겠네~."

"겉모습만 변한 게 아니거든. 어머니를 봉인하는 마법에 의해, 오오스키 마마코는 머릿속까지 어린애가 되어버렸다는 걸 일일이 설명할 필요는 없겠지만 말이야. 크크큭."

"뭐, 뭐어?!"

마마코는 머릿속까지 어린애가……!

"마 꾼, 시합에 집중해! 걱정 마! 엄마가 있으니까, 안심해!"

"이봐, 머릿속은 멀쩡하잖아."

""뭐? ……뭐어엇?!""

설령 겉모습이 변하더라도, 어머니라는 자각만큼은 한 치의 흔들림도 없었다. 마음 푹 놓고 시합 속행이다.

이미 시합은 시작됐다. 제한 시간이 있으며, 이제 20분가량 남았다.

서둘러야만 하지만, 신중히 행동할 필요도 있었다.

"……엄마, 내 말 좀 들어봐. 소렌테의 정체 말인데……."

"알고 있어. 아만테 양과 소레라 양이지?"

"알고 있었구나. 하긴, 눈치채는 게 당연할 거야."

"아만테 양과 소레라 양은 엄마로 위장해서, 엄마들의 대회에 참가한 거구나……. 그건……."

"맞아! 즉, 이 대회를 방해……!"

"엄마란 어떤 존재인지 공부하고 싶은 거구나! 그렇게 엄마들을 싫어하던 저 두 사람이, 엄마에게 흥미를 가지게 된 거네! 정말 멋져!"

"그 점에 대해선 완벽하게 오해하고 있구나……. 그래서 그냥 내버려둔 거야……."

상대방의 내면에 존재하는 선한 마음, 그리고 모성을 믿어 의심치 않는다. 그것이 마마코라는 존재다.

아니, 지금은 로리 마마코다. 다섯 살 가량으로 어려져서 그런지 혀 짧은 목소리라서 알아듣기 힘들지만, 지금은 그냥 참을 수밖에 없다.

로리 마마코는 끝없이 펼쳐진 바다처럼 마음이 넓지만, 만물의 어머니인 바다가 항상 잔잔하다고는 단정할 수 없다.

"하지만 이렇게 싸우게 된 이상, 봐줄 수는 없어!"

"오오! 마마코 씨, 엄청 불타오르고 있네!"

"당연하잖아! 왜냐하면, 왜냐하면…… 마 군의 셔츠를 그렇게 멋지게 세탁한 걸 보고, 정말 분했단 말이야!" 부우~!

"마마 씨가 볼을 한껏 부풀리며, 발끈했어요!"

"질투 에너지가 상승하고 있는 것 같네요……."

"그런 짓 좀 하지 말란 말이야!"

"엄마는 마 군에 관한 걸로는 누구한테도 질 수 없어! 왜냐하면, 마 군의 엄마는, 엄마란 말이야! ……그러니까 엄마는 마 군이 기뻐해줄 도시락을 만들어서, 마 군한테 있어서 최고의 엄마가 될 거야! 그러니까, 마 군!"

"그래, 알았어! 아무튼, 의욕이 넘친다면 그걸로 됐어! 가자!"

갑작스러운 일이 벌어진 탓에 침묵에 잠겨 있던 대회장이 다시 활기로 가득 찼다.

시합이 본격적으로 진행되기 시작했다. 수상한 어머니 소렌테가 한 발 먼저 식재료가 놓여 있는 곳으로 가더니, 자신이 쓸 재료를 조달했다.

또 한 명의 대전 상대인 정체불명의 어머니 HAHAKO는 꼼짝도 하지 않았다.

마마코의 주위에는 마사토 일행이 있었다. 하지만 정체불명의 어머니 HAHAKO의 주위에는 아무도 없다. 모방을 할 수 없는 상황에 직면한 탓에 매우 당황한 것 같지만…….

'지금은 저 사람을 쳐다볼 때가 아냐! 내가 해야 할 일에 집중해야 해!'

계속 신경이 쓰였지만, 마사토는 시합을 우선하기로 했다.

바로 그때, 느닷없이…….

트러블 발생!

“어머? 저기, 마 군! 큰일 났어! 부엌이 너무 커~!”

“부엌이 큰 게 아니라, 엄마가 작아진 거야! 이제 그만 눈치 채!”

“하필 이럴 때…… 마사토! 지금이 바로 발판이 돼!”

“어린애에게 밟히는 게 꿈인 마사토 군이 나설 때군요.”

“너희가 무슨 소리를 하는 건지는 모르겠지만, 나는 그런 꿈은 없고, 전부 오해이며, 또한 아무리 어린애라고 해도 그 상대가 엄마여선 행복해질 수가 없어.”

“아, 발판이 있어요! 이걸 쓰세요!”

동료들과 연계해서 트러블을 해결했다.

로리 마마코가 요리를 할 수 있게 됐다.

“그럼 이 엄마가 요리를 맡을 테니까, 너희는 먹고 싶은 걸 가져와주면 좋겠어.”

“마마코 씨 혼자서 요리를 하는 건 힘들 테니까, 저도 도울…….”

“그렇게는 안 돼! 포타, 도와줘!” 디펜스!

“아 예! 저도 메디 씨를 막을게요!” 디펜스!

“메디가 요리를 했다간 물체X가 완성되거든! 그쪽은 너희한테 맡기겠어!”

와이즈와 포타에게 자발적 트러블의 저지 임무를 맡긴 후, 마사토는 식재료가 있는 곳으로 뛰어갔다.

그곳에는 순조롭게 식재료를 모으고 있는 수상한 어머니 소렌테가 있었다. 마사토는 그 옆에 나란히 서며 입을 열었다.

"딱 잘라서 묻겠는데 말이야……. 너희는 사천왕 중 두 명 맞지?"

"뭐어어~?! 무무무, 무슨 소리를 하는 건지 모르겠네~! 진짜 모르겠어~!"

"그렇게 고유 스킬을 써댔으면서 아직도 들통 안 났을 거라고 생각하는 거야? 어이가 없네."

"무무무, 무슨 소리를 하는 거야~?! 딱히~ 숨기는 건 없는데~……!"

"설령 정체가 들통 나서 평범하게 전투를 벌이게 되면…… 물론 우리가 지지는 않겠지만…… 오오스키 마마코의 말도 안 되는 힘에 의해, 우리는 또 따끔한 맛을 보게 되겠지. 그러니까 이렇게 시합 형식으로 싸우는 편이 안심할 수 있어…… 같은 걸 일일이 말하지는 않겠지만 말이야."

복면 로브의 아래편에 있는 사람이 본심을 털어놓았다.

이미 정체는 들통 났지만, 그래도 숨길 작정이라면 그것도 나쁘지는 않다.

'이 녀석들이 날뛰어서 대회가 엉망진창이 되는 것보단…… 이편이 낫겠지.'

그렇다면 이대로 싸우는 편이 나을 것이다.

"좋아. 그럼 어디까지나 소렌테 씨에게 이 시합을 통해 이기겠어! ……그럼 식재료를 확보해야지! 도시락하면 역시 달걀말이거든!"

마사토는 한편에 쌓여 있는 달걀을 향해 손을 뻗었다. 달걀

확보…….

아니, 확보하지 못했다.

"어라? 이 달걀, 왜 이렇게 무겁…… 아, 맞다! 능력 저하 스킬 탓이구나!"

마사토의 근력은 극단적으로 저하되어 있다. 「그럼~ 먼저 실례할게~」 아까 말한 대로 마사토를 짐덩이로 만든 수상한 어머니 소렌테는 식재료 확보를 마치고 자기 자리로 돌아갔다.

"내 장비도 50퍼센트 정도의 확률로 상태 이상을 막아주지만, 항상 중요한 순간에 효과를 발휘하지 않는다니깐! ……젠장! 이대로 시합을 치러야 하는 거냐!"

마사토는 말도 안 되게 무거운 달걀 한 알을 양손으로 든 후, 필사적인 표정으로 이동하기 시작했다. 「으그그그그극!」 시퍼런 힘줄이 돋은 팔과 얼굴이 부들부들 떨렸다.

그리고 겨우겨우 로리 마마코의 곁으로 돌아와 보니…….

트러블이 발생 중이었다!

"아아, 마 군! 큰일 났어!"

"이쪽도 큰일 났거든?! 대체 무슨 일이야?!"

"이걸 좀 봐!"

로리 마마코가 요리용 젓가락을 들고 있었다.

그리고 그 젓가락을 수평으로 들자, 그대로 축 늘어지며 휘어졌다. 이래서는 아무것도 쥘 수 없다. 달걀을 푸는 것도 무리다.

"이봐, 뭐가 어떻게 된 거야?!"

알 수 없다. 상상조차 되지 않았다.

그래서 마사토는 「대체 뭐가 어떻게 된 건데?!」 하고 약간 과장스럽게 외치면서 맞은편에 있는 키친B를 쳐다보았다.

그곳에서는 수상한 어머니 소렌테가 요리를 하고 있었다.

"크크큭. 능력 저하 스킬의 효과가 물질에는 미치지 않는다고는……."

"일일이 설명 안 해도 돼~. 빨리 양파 껍질이나 벗겨~."

알고 싶은 점에 대해서는 설명해줬다. 정말 고마운 적이다.

아무래도, 능력 저하 스킬의 효과가 젓가락에도 미친 것 같았다.

"젠장! 악재가 겹치네! ……아무튼, 어떻게든 해보자!"

"하지만, 대체 어떻게 하면 좋지……."

젓가락만이 아니다. 식칼은 칼날 부분이 뭉툭해져서 절단력이 저하됐다. 게다가 구멍이 숭숭 뚫렸다. 다른 조리도구도 쓸모가 없었다. 로리 마마코와 마사토는 난처한 표정을 지으며 서로를 쳐다봤다.

바로 그때였다.

"걱정하지 마세요! 제가 있잖아요!"

와이즈와 함께 메디를 말리고 있던 포타가 힘찬 목소리로 그렇게 말하며 뛰어왔다.

"포타…… 그래! 아이템 크리에이션으로 조리도구를 새로 만들면 돼! ……아, 하지만 지금은 스킬의 성공률이 낮아졌으니까, 만들지 못할 수도……."

"괜찮아요! 할 수 있어요!"

"……정말이야?"

"예! ……제가 보육 담당으로 뽑혔을 때…… 절대 못할 거라고 생각했지만, 최선을 다해보니 어찌어찌 됐어요! 이것도 마찬가지예요! 최선을 다하면, 분명 해낼 수 있을 거예요!"

포타의 호소하는 듯한 눈동자가 순수하게 빛났다. 가능성을 믿으며, 도전하려는 결의로 가득 차 있었다.

그런 포타를 믿어보고 싶다.

"알았어. 부탁할게."

"예! 저만 믿으세요!"

포타는 숄더백을 열더니, 나무 막대와 철판 같은 것을 꺼냈다.

그런 소재를 안아들며, 스킬 발동!

"괜찮은 게 만들어질까? 괜찮은 게 만들어질 거야! 괜찮은 게…… 만들어졌어~!"

포타의 품속에서 빛이 뿜어져 나오더니, 그 빛이 잦아든 후…….

젓가락과 식칼, 프라이팬, 냄비처럼 도시락 음식을 만드는데 필요한 조리도구가 만들어졌다. 게다가 로리 마마코가 쓸 수 있는 사이즈였다. 빈틈이 없었다.

"오오, 성공했어! 해냈구나!"

"예! 해냈어요! ……마마 씨, 이걸 쓰세요! 그리고 맛있는 도시락을 만들어주세요!"

"그래! 포타 양, 정말 고마워!"

조리도구를 건네받은 로리 마마코가 도시락을 만들기 시작했다.

한편, 키친B에서는 수상한 어머니 소렌테가 발을 동동 구르고 있었다.

"정말~! 마마코 씨가 요리를 시작했네~! 분해~!"

"봤지?! 이게 동료의 힘, 우리의 힘이야!"

포타가 이룬 성과를 가지고 마사토가 으스대는 것도 좀 그렇지만 말이다.

아무튼 마마코는 달걀을 풀고, 프라이팬을 화로에 얹더니, 달걀말이를 만들기 시작…….

그때 또 트러블이 발생했다!

"어머? 어떻게 된 거지? 화로에 불이 붙지 않아." 찰칵찰칵.

"젠장! 화로의 능력도 저하된 거냐!"

이대로는 달걀말이를 구울 수 없다. 다른 요리도 만들 수 없다. ……큰일 났다…….

하지만 걱정할 필요 없다. 마사토한테 다 생각이 있는 것이다.

"훗. 이런 트러블이 발생할 줄은 생각 못했지만, 아무 문제 없어. 왜냐하면…… 우리 동료 중에는 초절정 가스 배달부가 있거든! 와이즈, 내 말 맞지?!"

"누가 가스 배달부라는 거야! 하다못해 화염 장인이라고 불러! 진짜 너무하다니까!"

와이즈는 불평을 늘어놓으면서 바람처럼 뛰어왔다.

그리고 마법서를 출현시키더니, 화로를 향해 손을 뻗었다.

"내 마법으로 불을 피우면 되는 거구나……. 꽤 어려울 것 같지만……."

"어렵다니……. 설마, 너…… 아무것도 안 당했는데도 마법이 봉인된 거야?! 안쓰러워도 너무 안쓰러운 거 아냐?!"

"말도 안 되는 소리 하지 마! 그런 게 아니라, 내 능력도 저하됐으니까, 마법을 제대로 쓰지 못할지도 모른단 말이야!"

"그럼 납득이 되지만…… 그래도 해낼 거지? 너는 초절정 현자잖아."

마사토가 장난을 치듯 와이즈의 어깨를 가볍게 때리자…….

와이즈는 건방진 미소를 지으며 마사토의 정강이를 걷어찼다.

"흐흥. 당연하잖아. 반드시 해낼 테니까 두고 봐. ……스파라 라 마지아 펠 미라레…… 화염(푸오코 피암마)! 그리고! 화염(푸오코 피암마)!"

와이즈의 연속마법이 발동했다. 화로 안에서 방대한 열량을 지닌 화염이 치솟았다…….

……고 말하고 싶지만, 실은 성냥 한 개 수준의 불씨만 피어올랐다.

"어, 뭐야?! 나, 전력을 다했는데?!"

"마법을 쓴 사람이 와이즈라는 걸 제쳐두더라도, 역시 능력의 저하는 심각한 문제 같아……."

"방금 그 말, 진짜 짜증 그 자체거든?! 그래도 잠깐만 있어 봐! 아직 안 끝났어! 지금의 나라면…… 어머니의 힘으로, 한계를 뛰어넘을 수 있을 것 같은 느낌이 들어!"

"어머니의 힘으로, 한계를 뛰어넘어……?"

와이즈는 눈을 감으며 정신을 집중했다.

"어머니들은 이 세계에서 어마어마한 힘을 발휘할 수 있잖아? 그리고 나는 보육 담당을 한 덕분에 어머니라는 존재에 아주 조금 다가선 듯한 느낌이 들어. ……그러니까 나도 조금은 엄청난 일을 할 수 있을 거야!"

"너…… 그런 말도 안 되는……."

"말이 되는지 안 되는지, 네 눈으로 직접 확인해! 간다! ……으그극…… 능력 저하의 디버프 따위…… 아이들을 돌보는 것에 비하면, 아무것도 아니란 말이야아아아앗!"

그것은 열다섯 소녀에게 있어 너무나도 가혹한 체험이었다.

하지만 그 안에서 분명히 느꼈던, 아이들을 대하는 순간의 두근거림이, 악질적인 스킬을 떨쳐낼 힘을 자아냈다.

화로 안에 맺혀 있던 조그마한 불씨가 서서히 타오르더니, 커다란 불꽃이 됐다!

"오오! 진짜로 해냈잖아! 와이즈, 대단해!"

"흐훙! 당연하잖아! 나는 초절정 현자란 말이야!"

"불이 붙었네. 고마워. 그럼 와이즈 양. 잠시만 불길을 유지해줘."

프라이팬을 달구고, 기름을 뿌린 후, 달걀을 부었다. 치익~

하는 소리를 듣기만 해도 입안에 군침이 돌았다.

관객들은 요리를 하고 있는 로리 마마코에게서 눈을 떼지 못했다. 곳곳에서 꼬르륵~ 하는 소리가 들렸다.

그 광경을 보며 불만을 드러내고 있는 건, 수상한 어머니 소렌테의 아래편 사람이다.

"불이 안 나오는 화로를 대신해, 마법의 불꽃으로 요리를…… 젠장!"

"어때?! 봤지?! 이게 우리의 힘이야! 핫핫핫!"

복면 로브 때문에 표정이 보이지 않지만, 상대방은 꽤나 분한 것 같았다.

마사토는 의기양양한 표정으로 다음 요리의 준비에 착수했다. 다음에는 뭐가 좋을까.

"도시락 메뉴…… 좋아! 아스파라거스 베이컨말이를 만들어 달라고 하자!"

이것도 도시락의 정석적인 메뉴다. 채소와 고기를 한꺼번에 섭취할 수 있는, 건강하고 맛있는 요리다. 마사토는 식재료가 놓인 곳으로 뛰어가서, 우선 아스파라거스를 조달하려 했지만…….

또 트러블이 발생했다!

준비되어 있는 아스파라거스가 완전히 시들어 있었다. 아니, 완전히 메말라 버렸다.

"말도 안 돼! 왜…… 아, 이것도 소레라의 스킬 탓이구나!"

식재료에 있어서 중요한 스테이터스인 신선도가 저하된 것이다.

모든 식재료가 전멸됐다. 채소는 낙엽처럼 완전히 메말라 버리거나, 갈색으로 변한 채 바스라졌다. 고기와 생선도 썩은 건지 악취가 나는 것이, 먹을 수 없는 정도가 아니라 아예 쳐다볼 수도 없을 지경이었다.

'이래서야 어떤 요리도 못 만들어……. 큭, 어떻게 하지……?!'

지금이라도 상점가에 가서 요리에 쓸 식재료를 사온다. 그런 생각이 마사토의 머릿속을 스쳤다.

바로 그때였다.

"아무래도 제가 나설 때인 것 같군요."

메디가 차분히 걸음을 옮기며 다가왔다.

"마침 잘 왔어! 메디, 전송마법으로……!"

"아뇨. 식재료를 사러 갈 필요는 없어요. 지금 이 자리에 있는 걸 사용하죠. ……우수한 치유술사인 제가, 회복마법으로 이 식재료를 되살리겠어요."

"회복마법으로 되살린다니…… 그런 게 가능한 거야? 상대는 식재료라고."

이 세계의 회복마법은 RPG 게임의 전형적인 마법이며, 대미지를 받았을 때 회복을 시켜주거나 상태 이상을 치료해준다.

그 대상은 캐릭터로 한정되며, 물품에는 효과가 없는데…….

메디의 얼굴에는 미모에 걸맞은 아름다운 미소가 어리더니, 사멸한 식재료를 향해 지팡이를 내밀었다.

“포타 양과 와이즈 양만이 아니에요. 저도, 아이들을 돌보면서, 그것을 접했어요.”

“그것……?”

“그것은 아직 미숙한 제가 언급해도 되는 게 아니겠지만……. 그래도 굳이 말씀드리자면…… 어머니라는 존재의 신비, 혹은 기적을 낳는 힘, 이라고 할까요?”

“기적을 낳는 힘…….”

“저는 분명 그것을 접했어요. 그러니 저도 소소한 기적 한두 개 정도는 일으키고 말겠어요! ……스파라 라 마지아 펠 미라레…… 소생(리아니마토)!”

메디가 치켜든 지팡이의 끝에서 뿜어진 생명의 빛이 식재료를 감쌌다.

원래라면 효과가 없을 마법이, 효과를 보였다. 시들어 있던 채소가 싱싱해졌고, 썩은 고기와 생선이 원래대로 되돌아갔다. 식재료들이 순식간에 싱싱해진 것이다.

“오오! 메디, 해냈구나!”

“예! 화력이 좀 강해지기만 한 와이즈 양보다, 훨씬 눈에 띄는 성과네요!”

“그런 심술궂은 소리 좀 안 하면 참 좋을 테지만, 아무튼 잘했어! 대단해! ……그럼 나는 엄마한테 식재료를 전달할게!”

마사토는 능력 저하 탓에 어마어마하게 무겁게 느껴지는 아스파라거스와 베이컨을 들고, 로리 마마코의 곁으로 향했다.

그 도중에 수상한 어머니 소렌테 쪽을 힐끔 쳐다보았다.

“어라? 왠지 분통을 터뜨리고 있는 사람이 있을 것 같은 걸? 아~ 저기 있네~.”

“이익~! 마법으로 식재료를 되살려내~? 말도 안 돼~!”

“기적을 일으켜?! 정말 건방지네!”

“훗훗훗! 이게 우리의 힘이라고! 끼얏호~!”

마사토는 기분이 좋아 죽을 것 같았다. 완전 최고다. 그렇게 즐거운 마음으로 룰루랄라~ 마마코의 곁으로 향하고 있을 때…….

트러블이 발생했다!

“어머나! 저기, 마 군! 잠깐 나 좀 볼래?!”

“좋았어! 이번에는 내 차례야! 하루가 다르게 성장하고 있는 용사가 얼마나 진화했는지, 지금 이 자리에서 똑똑히 보여주겠어!”

의욕으로 충만한 마사토가 뛰어가 보니…….

로리 마마코는 갓 만든 달걀말이 한 조각을 젓가락으로 쥔 채, 도마 위에 놓인 도시락통과 눈싸움 중이었다.

“자, 엄마! 무슨 일이야?! 내가 해결할 테니까, 말만 해!”

“실은 말이지. 좀 곤란한 일이 벌어졌는데…….”

로리 마마코는 도시락 통 한 편에 달걀말이를 놓았다.

그러자 그 달걀말이가 불가사의하게도 도시락 통 밖으로 튕겨났다.

“봤지? 달걀말이를 넣을 때마다, 이렇게 튕겨나. 곤란하게 됐네.”

“흠흠. 이건…… 아만테 짓이야. 도시락 통에 반사효과를 부여해서, 안에 뭘 넣으면 튕겨나게 한 게 틀림없어.”

이건 심각한 사태다. 이대로는 도시락에 음식을 넣을 수 없으니, 로리 마마코가 지고 만다.

하지만 걱정할 필요는 없다. 이 사태에 대처할 아이디어가 마사토의 머릿속에는 존재하는 것이다.

마사토는 도시락통의 뚜껑을 손에 쥐며 말했다.

“자, 엄마! 다시 달걀말이를 도시락 통에 넣어봐!”

“하지만…….”

“괜찮아! 내가 어떻게든 할게! 아들의 힘을 믿어봐!”

“……알았어. 엄마는 마 군을 믿어.”

모자지간이 시선을 교환하며 고개를 끄덕였다. 「그럼 넣을게, 마 군!」 그리고 로리 마마코가 도시락 통 달걀말이를 넣었다.

그 직후, 마사토가……!

“우오오오오! 이러면 어때?!”

날카로운 기합을 내지르면서, 도시락 통에 뚜껑을 덮었다! 그리고 힘껏 눌렀다!

“좋아! ……크! 이거 꽤 힘드네!”

뚜껑을 밀어내는 달걀말이의 힘은 무시무시했으며, 손에서 힘을 조금이라도 뺐다간, 몸이 그대로 튕겨날 것만 같았다. 매우 위험한 짓이다.

하지만, 그렇게는 안 된다!

"나를 얕보지 말라고! 이게 내 힘이다아아아앗! 우오오오오!"

마사토는 있는 힘껏 뚜껑을 눌러서, 도시락 통 안의 달걀말이가 밖으로 튕겨나가지 못하도록 막았다!

마사토는 지금, 싸우고 있다! 사투를 펼치고 있다!

그래서 주위의 시선을 신경 쓸 여유가 없었다! 아니, 여유가 있어도 보지 않는다! 그쪽을 보면 안 된다! 목소리도 들으면 안 된다!

"으, 으음…… 마, 마 군? 좀 진정해." 오들오들.

"마마코 씨. 걱정이 되는 건 알지만, 그냥 내버려둬. 마사토는 괜찮아. 신경 쓰지 마. 다른 반찬이나 만들고 있어."

"하다못해 텐션을 끌어올려서 전투 중이라는 이미지에 취해야 할 정도로 못해먹을 짓이군요……. 눈물겨운 노력이에요."

"취하지 않았다간, 못해먹는 건가요……. 마사토 씨는 어른이네요!"

대전 상대도 신경 쓰면 안 된다!

"으, 으음~…… 왠지 좀~ 불쌍해~."

"너무 심한 짓을 한 것 같은 느낌이 들어. 비할 데 없는 힘에 눈뜬 동료들 못지않게 오오스키 마사토도 활약할 수 있도록, 다른 방법을 쓸 걸 그랬네. 사과할게."

안 들려! 안 들린다고!

그리고 방송석에 있는 시라아세가 마이크를 움켜쥐었다.

"여러분, 부탁드립니다. 도시락 뚜껑을 누르기나 하고 있는 용사에게, 부디 따뜻한 응원을 보내주십시오."

"하지 마! 나를 상냥하게 대하지 마! 안 돼애애애애애애애애애애애애애앳!"

따뜻한 박수를 받으며, 용사는 하염없이 눈물을 흘렸다.

마사토가 무대 한편에서 몸을 웅크린 채 엉엉 울고 있는 가운데…….

무대 위에서는 시합의 판정 작업이 시작되려 하고 있었다.

판정용 단상에는 로리 마마코가 만든 도시락과 수상한 어머니 소렌테가 만든 도시락, 그 두 개만 놓여 있었다. 양쪽 다 밥을 주식으로 하고 있었다.

로리 마마코의 도시락은 애정이 듬뿍 담긴 엄마 도시락이었다. 달걀말이와 아스파라거스 베이컨 말이, 시금치 무침, 그리고 방울토마토로 구성되어 있었다.

수상한 어머니 소렌테의 도시락도 나쁘지 않아 보였다. 달걀말이를 필두로 해서, 고기 채소 볶음, 옥수수 버터, 야키소바, 그리고 디저트인 귤로 구성되어 있었다.

양쪽 다 맛있어 보였다.

"누가 더 마 군의 엄마에 걸맞은지, 승부야!" 두둥!

"마마코 씨는 완전 진심 같네~!"

"아들이 얽힌 일에는 이렇게 공격적이 되는 구나……. 무섭네."

조그마한 손가락으로 수상한 어머니 소렌테를 가리킨 로리 마마코는 뜨겁게 불타오르고 있었다. 열혈 로리다!

주위에 있는 여자애들 또한 그런 로리 마마코를 보며 약간 얼이 나갔다.

"마, 마마코 씨. 좀 진정해. 단둘이서 승부하면 안 돼. 선수가 한 명 더 있잖아."

키친C를 보니, 정체불명의 어머니 HAHAKO가 아직 요리를 한창 하고 있었다. 곧 완성이 될 것 같았다.

"아직 시간이 남아 있으니, 잠시만 더 기다려보도록 할까요."

"시라아세 씨, 어떻게 할 거예요?!"

포타가 묻자, 방송석에 있는 시라아세가 생각에 잠겼다.

"글쎄요……. 선수들의 도시락이 전부 완성된 후에 판정을 해야겠습니다만…… 마마코 씨와 소렌테 씨 사이에는 악연이 있는 듯하니…… 그래요. 우선 두 분의 대결부터 마무리 짓도록 하죠."

"응! 그렇게 하자!"

"으으~…… 조, 좋아~! 받아주겠어~!"

"우리가 어머니란 존재의 도전을 거부한다는 건 있을 수 없는 일이거든! 어디 한 번 해보자!"

"쌍방의 합의를 얻었군요. 그럼 방금 말씀드린 대로 진행하겠습니다. ……듣자하니 마마코 씨와 소렌테 씨는 누가 마사토 군에게 걸맞은 어머니인가로 승부를 하고 있는 것 같으니……."

"자, 잠깐만 있어봐~! 마마코 씨만 그런 걸 신경 쓰고 있거든~?!"

"우리는 오오스키 마사토의 엄마가 되고 싶은 게 아냐! 그저 이기고 싶을 뿐이야!"

"두 사람의 승부에 대한 판정은 마사토 군이 내리는 편이 좋을 것 같군요. 두 사람이 만든 도시락을 마사토 군이 먹어 본 다음, 어느 쪽엄마가 만든 음식인지 판단을 내리게 한다는 판정 방식은 어떻습니까?"

로리 마마코는 그 제안을 듣고 고개를 끄덕였으며, 수상한 어머니 소렌테도 고개를 끄덕였다. 그리고 관객들 또한 동의의 의미가 담긴 박수를 쳤다. 그렇게 시합 방식이 결정됐다.

다음은 마사토의 차례다. 「훌쩍…… 어, 뭐야?」, 「자, 마사토」 와이즈의 팔을 잡고 일어선 후, 「준비를 하죠」 메디가 준비한 의자에 앉고, 「저도 도울게요!」 포타가 그에게 눈가리개를 씌웠다.

그리고, 마사토의 시식이 시작됐다.

"어, 잠깐…… 뭐야?! 진짜로 내가 하는 거야?! 아직 마음의 상처가……!"

"쓸데없는 소리 하지 말고, 빨리 입이나 벌려. 자, 첫 번째 도시락의 음식이야."

"아니, 잠깐만…… 우읍?!"

마사토의 입 안에 들어온 것은…… 말랑말랑하고 부드러운 식감을 지닌…… 달걀말이다.

'아, 평범하게 맛있네. 맛도, 익힌 정도도, 딱 좋아. ……하지만……'

판단은 다른 달걀말이를 먹어보고 내리기로 했다.

"그럼 마사토 군, 다른 도시락의 달걀말이를 먹어보세요."

"알았어. ……아~."

마사토는 입안에 들어온 달걀말이를 씹었다. 식감은 아까 먹은 것과 흡사했다. 이것도 달걀말이구나…….

그리고 혀에 닿은 순간, 눈치챘다.

'아, 그래……. 이거구나.'

이것은 어머니 본인이 아니라, 자식이라면 누구나 알고 있는 스킬에 의해 탄생한 맛이다.

딱히 특수한 것은 아니다. 어머니라면 누구나 지니고 있는 스킬 【어머니의 맛】의 맛인 것이다.

그저 평범하게, 맛있었다.

"……휴우."

마사토는 달걀말이를 삼킨 후, 눈가리개를 벗었다.

그리고 기도하듯 두 손을 모아 쥐고 있는 로리 마마코를 쳐다보며 입을 열었다.

"두 번째 달걀말이에서 【어머니의 맛】이 느껴졌어. 그게 엄마가 만든 거야. 이런 걸 맞추는 건 완전 식은 죽 먹기라고."

마사토는 고개를 획 돌리면서 퉁명한 어조로 그렇게 말했다.

"마 군이라면 틀림없이 맞출 거라고 생각했어! 정말 기뻐! 진심이야! 정말 너무 행복해! 아앗…… 엄마는 너무 행복해서 어떻게 되어버릴 것 같아!"

"어, 잠깐만, 엄마?! 우왓?!"

갑자기 로리 마마코의 몸에서 맹렬한 빛이 뿜어졌다. 일반적인 【어머니의 빛】 레벨이 아니었다. 한계 MAX를 뛰어넘는 빛이 뿜어져 나오더니…….

그 빛이 잦아들자, 마마코는 로리가 아니라 평소 모습으로 되돌아와 있었다.

그리고 힘껏 마사토를 끌어안았다. 어머니의 커다란 가슴이 코앞까지 다가오더니, 그대로 마사토의 안면을 감쌌다!

"마 군! 고마워! 정말 고마워!" 꼬옥~!

"잠깐, 기다…… 우푸푸풉?!"

"아~ 마마코 씨가 원래 모습으로 되돌아왔네."

"해냈어요! 나쁜 마법이 풀렸어요!"

"마치 동화의 한 장면 같군요."

"왕자님이 어린 공주님을 구해줬는데 알고 보니 친어머니였습니다, 같은 비참한 동화는 싫거든?! 왕자님이 울음을 터뜨릴 거라고!"

아들 왕자에게 있어선 비극일지도 모르지만, 이것도 어엿한 해피엔딩인 이야기다.

마사토는 마마코야말로 자기 어머니라는 것을 인정했다. 모자지간의 흔들림 없는 유대를 증명하자, 대회장 안이 감동의 도가니로 변했다. 「정말 멋지네」, 「부러워」 키즈존에 있던 어머니들도 감동한 건지, 박수를 치고 있었다.

마마코와 수상한 어머니 소렌테의 대결은 마마코의 승리로 끝났다. 모자지간의 유대가 더욱 깊어졌을 뿐만 아니라 결승

진출도 확정지었으니, 그야말로 해피엔딩…….

……으로 끝났으면 참 좋았으리라.

"정말~! 농담하지 마~! 어린애로 만들어버렸는데~ 어머니의 맛이 나는 요리를 했을 뿐만 아니라~ 간단히 원래 모습으로 돌아와~?! 완전 말도 안 되잖아~! ……이렇게 되면~……아만테~ 시작하자~!"

"좋아! 한심한 짓거리는 이쯤에서 끝내고, 실력행사로 결판을 내주겠어!"

갑자기 수상한 어머니 소렌테가 고함을 지르면서 손을 치켜들었다.

그 손에는 칠흑빛 보석이 쥐어져 있었다.

"그 보석은…… 설마……?!"

"으흐흐~. 맞아~. 이건~ NPC를 마음대로 조종하는 아이템이야~."

"선수인 엄마들도, 관객도, 아이들까지, 전부 우리 부하로 만들어서, 일제히 오오스키 마마코를 공격하면…… 후후후……과연 어떻게 될까?"

"큭! 그렇게는 안 돼!"

마사토가 바로 몸을 날려서 그 보석을 빼앗으려 했지만, 이미 한 발 늦었다.

칠흑빛 보석에서 검은 빛이 뿜어져 나오더니, 사람들의 의식을 침식하려 한…….

바로 그 순간이었다.

"나쁜 짓을 하려는 아이는…… 때찌."

허리에 손을 대고, 검지를 펼쳐들더니, 열기가 어리지 않은 목소리로…….

꾸짖은 순간, 검게 빛나는 두터운 레이저가 발사됐다.

무대 위에서, 출입구와 선수 대기실이 있는 건물을 향해, 「어~?」, 「아닛?!」 그 사이에 있는 수상한 어머니 소렌테를 집어삼키며, 칠흑빛 광선이 뻗어나갔다. 칠흑빛 보석 또한 순식간에 박살이 나버렸다.

그 꾸짖기 주포가 잦아들자, 수상한 어머니 소렌테는 자취를 감췄다. 표면이 반 토막이 난 파이프 형태로 도려내진 무대만이 존재했다.〉

"으음…… 어?"

마사토는 파괴된 무대를 쳐다보면서, 잘 돌아가지 않는 뇌를 억지로 가동시켰다.

'방금 그건…… 『때찌!』 맞지?'

색깔은 다르지만, 마마코가 진심으로 누군가를 꾸짖을 때 쏘는 레이저였다.

하지만 그것을 쏜 사람은 마마코가 아니다. 마마코는 쭉 마사토의 옆에 있었다. 지금도 마사토와 마찬가지로 얼이 나간 듯한 표정을 짓고 있었다.

그 레이저의 발사지점은 키친C다. 그리고 그곳에 있는 사람

은…….

"……."

정체불명의 어머니 HAHAKO가 있다.

무슨 생각을 하는지 알 수 없는 어두운 표정을 지은 채 마사토의 앞으로 오더니, 도시락 통을 내밀었다.

도시락 통 안에는 달걀말이와 아스파라거든 베이컨말이, 시금치 무침, 방울토마토가 들어 있었다. 메뉴도, 배치도, 생김새도, 마마코의 도시락과 똑같았다.

"어? ……으음…… 먹어보라, 는 건가요?"

정체불명의 어머니 HAHAKO는 고개를 끄덕였다.

식욕을 돋우는 향기에 이끌린 마사토가 젓가락을 내밀었다. 우선 달걀말이를 한 개 먹어봤다.

그 순간, 【어머니의 맛】이 느껴졌다.

"말도 안 돼……. 이건, 엄마의 맛이야……. 어째서……?"

"그야, 엄마인걸. ……나는, 마사토의 엄마야."

곱씹는 듯한 어조로 그렇게 중얼거린 후…….

마마코를 닮은 이 사람은, 어머니를 연상케 하는 부드러운 미소를 입가에 머금었다.

로리 마마코

주요 스킬
SKILL

어머니의 빛
감정이 격해지면, 온몸에서 빛이 뿜어져 나온다. 몸집이 작아졌기 때문에, 안아들고 운반 가능.

『때찌!』
로리가 꾸짖는 거라 귀여워 보이지만, 레이저는 발사되니 주의가 필요.

장점

각종 스테이터스가 저하됐으나, 특별히 주위 사람들에게 지원을 받을 수 있다. 도와주는 이들의 숫자와 기량에 따라, 스테이터스 수치가 가산된다.

단점

친 어머니가 어려진다는 사태에 직면한 마사토의 태도가 어색해질 때가 있다. 또한, 혀 짧은 목소리가 되었기 때문에 의사소통이 어려울 때가 있다.

스테이터스
STATUS

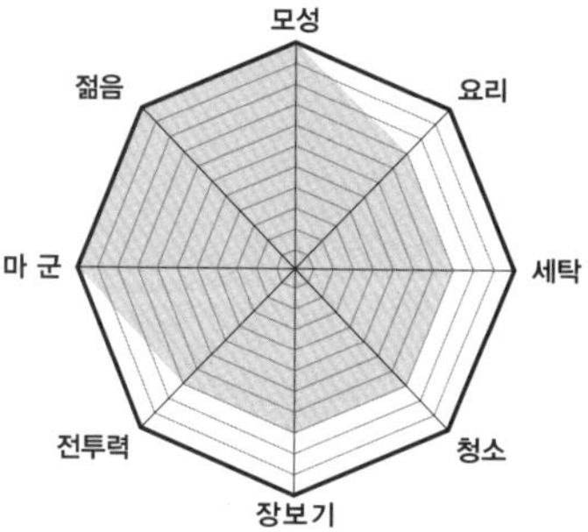

스테이터스

모성 100 / 요리 70? / 세탁 70? / 청소 70?
장보기 70? / 전투력 70? / 마 군 100

오리지널 복슬복슬 100

제5장
그 마음을, 지금의 나는 이해할 수 없다.
……언젠가, 이해할 수 있는 날이 올까.

준결승은 한 명이 자폭 폭죽, 그리고 다른 한 명(엄밀히 따지자면 두 명)이 실종 혹은 소멸이라는 처절한 시합이 되었다.

하지만 【어머니의 맛】이 나는 도시락을 만들어냈다는 엄연한 결과가 존재하기에, 마마코와 정체불명의 어머니 HAHAKO가 승자로 인정됐다.

원래라면 오후에 결승이 치러질 예정이었지만, 무대와 건물의 복구에 시간이 걸리기 때문에 결승은 내일로 연기되면서 현재에 이르렀다.

"어디에 간 걸까……."

"어디에 간 거지……."

마마코, 마사토, 그리고 포타, 이 세 사람은 한산한 대회장 안을 수색하고 있었다.

이럴 때가 바로 포타가 나설 때다. 마사토의 어깨에 올라탄 그녀는 뛰어난 눈썰미로 주위를 살펴보고 있지만…….

"포타, 어때? 소렌테와 HAHAKO 씨는 보여?"

"으으음…… 양쪽 다 안 보여요! 이 주위에는 없는 것 같아요!"

"그렇구나……. 소렌테는 몰라도, HAHAKO 씨와는 꼭 이야기를 나눠보고 싶은데…….”

적의 행방은 물론이지만, 신경 쓰이는 것은 역시 정체불명의 어머니 HAHAKO다.

외모와 행동거지, 그리고 스킬마저도 완벽하다 해도 과언이 아닐 만큼 마마코를 모방하고 있으며…….

무엇보다, 마사토의 어머니를 자처한 점의 진의에 대해 물어봐야만 한다.

바로 그때였다.

“다녀왔어~!”

“기다리게 해서 죄송해요!”

마사토의 머리 위에서 전이마법의 빛이 반짝이더니, 와이즈와 메디가 낙하했다.

각도상 팬티가 훤히 보였지만, 못 본 것으로 해주기로 했다. 「너희 둘 다, 내가 신사라는 점에 감사하라고」, 「응? 왜?」, 「영문을 모르겠군요……」 연청색 팬티 소녀와 흰색 팬티 소녀의 비밀은 지켜졌다. 아무튼…….

“둘 다 수고했어. 그런데, 어때?”

“아만테와 소레라가 어떻게 됐는지 알아보려고 여기저기 뒤져보기는 했는데, 아무것도 알 수 없었어. ……그 때찌 빔을 맞고 소멸한 거라면, 문제될 게 없긴 한데…… 아만테는 쓸데없이 튼튼하고 재빠르니까, 살아남았을 것 같긴 해…….”

“저는 HAHAKO 씨를 찾아봤는데, 발견하지 못했어요. 시합을 마치고 대회장을 나선 후로 완전히 소식이 끊겼어요.”

"그렇구나……. 알았어. 두 사람 다 고마워."

"다른 어머니들도 수색을 도와주고 계신 것 같은데, 성과가 있으실지 모르겠네요!"

"아무래도 그들을 발견하는 건 어려울지도 몰라……. 아무튼, 전원이 모였으니 상의를 좀 해보자. 가능하면 시라아세 씨도 불러서 같이 말이야."

"알았어. 다 같이 상의를 하자."

그런고로…….

그들은 목욕탕으로 향했다.

"이봐, 왜 목욕탕에 온 거야?"

이곳은 천하제일 모도회가 개최된 미마 마을에 있는 공중 목욕탕이다.

대회장을 찾아온 수많은 종족들이 이용할 수 있도록, 손바닥만 한 요정에게 추천하는 물통 욕탕부터, 5미터 급 거인이 느긋하게 즐길 수 있는 풀 욕탕까지, 광대한 시설 안에 50개가 넘는 입욕 구역이 준비되어 있다.

그런 시설의 전 종족 대응형 거대 실내 욕탕에, 마마코 일행이 있었다.

"휴우…… 좋은 물이네."

"역시 넓은 욕조가 좋다니깐! 진짜 최고야!"

"이제까지 쌓인 피로가 전부 씻겨나가는 것 같아요. 천국에

온 것 같네요."

"으으으! 이렇게 커다란 욕조에 들어가면, 저는 확 헤엄을 치고 싶다니까요!"

약간 발그레해진 마마코의 가슴 섬은 크고 동그랗기 때문에, 상륙하는 게 힘들 것 같았다. 메디의 가슴 섬도 훌륭했다. 포타는 나이에 걸맞은 크기이며, 커다란 숄더백을 머리에 얹고 있는 점이 꽤나 봐줄만 했다.

또한, 물속에 가라앉아서 보이지 않는 해저화산을 지닌 와이즈에게는 관심을 끄기로 했다. 괜히 언급했다간 분화하고 말 것이다.

그리고…….

"이렇게 많은 사람들과 같이 목욕을 하는 건 처음이야.", "어, 그래? 우리 마을에서는 항상 이러는데…….", "헤엄칠래~!", "첨벙첨벙~!", "목욕탕에서 헤엄치면 안 되옵시다.", "어머, 그래?", "인어 분들은 괜찮을 것 같은데요…….", "생선 수프야!", "정말! 그런 소리를 하면 안 되잖니!", "하아~. 기분이 너무 좋아서 분리될 것만 같아.", "자, 그럼 유혹을 하러…….", "다녀와~.", "당신, 엄청 근육질이다해!", "아, 아뇨. 그렇지도…….", "포타 누나가 있는 곳까지 헤엄쳐야지.", "함부로 움직이면 안 돼~. 물결에 휩쓸려갈 수도 있거든~.", "우왓! 엄마가 떠내려갔어!", "물 흐르는 대로 살아가는 인생도, 나쁘지는 않아."

엘프 어머니와 수인 어머니와 닌자 어머니와 인어 어머니와 흡혈귀 어머니와 정령 어머니와 악마 어머니와 천사 어머니와 용인 어머니와 무도가 어머니와 거인 어머니와 요정 어머니, 그리고 아이들까지 같이 목욕을 하고 있었다. 그래서 어머니들의 끝내주는 몸매가 신경이 쓰이지 않을 정도로 시끌벅적했다.

그런 곳에 마사토도 끼어 있었다. 다른 이들의 속살을 보지 않도록, 수면을 뚫어져라 쳐다보고 있었다.

"왜야……. 왜 아무도 말하지 않는 거야……. 이제 애라고 할 수 없는 소년이 같이 있는데, 다들 아무 말도 하지 않는 거냐고……. 「꺄아~!」 하고 비명을 지르거나, 「빨리 나가~!」 하고 외치거나…… 보통은 그래야 하잖아. ……그런데 왜 아무렇지 않게 받아들이는 건데……."

그 이유는 지극히 단순했다. 그것은 바로…….

마사토가 남들 몰래 보유한 칭호 【혼욕남 레벨3】이 【혼욕남 레벨4】로 올라갔기 때문이다! 이 칭호가 있으면, 언제든 남의 어머니와 혼욕을 할 수 있다! 「……이딴 칭호, 진짜로 버리고 싶어……」 또한 칭호는 마음대로 지우거나 버릴 수 없다.

자…….

"부모자식 사이의 관계에서 중요한 건 체념이야. 그럼 우리 파티의 정례행사인, 몸도 마음도 숨김없이 드러내며 이야기를 나누는 알몸 작전회의를 개최하기로 할까 하는데……. 책임자분부터 알고 있는 걸 전부 실토해주지 않겠어요?"

"유감스럽지만, 저도 세세한 정보는 가지고 있지 않습니다만…… 최대한 정보를 알려드리도록 하겠습니다."

근성이 부족한 마사토가 힐끔힐끔 쳐다보는 곳에는…….

바로 시라아세가 있었다. 물론 실오라기 하나 걸치지 않은 채…… 마사토의 힐끔힐끔을 확인한 후, 서서히 상반신을 물 밖으로 내밀어서 가슴을 보여준「물 안에 들어가라고요!」,「그렇게 하죠」아무렇지 않게 그를 놀린 후, 진지한 이야기를 시작했다.

"그럼 HAHAKO 씨에 관해 이야기하겠습니다. ……우선 HAHAKO란 이름은 대회에 참가 신청을 하면서 밝힌 이름이며, 그것이 본명인지는 알 수 없습니다."

"알 수 없다니…… 그런 건 운영 측에서 조사할 수 있지 않나요?"

"테스트 플레이어 분, 그리고 일반적인 NPC캐릭터에 관한 데이터는 보관되어 있기 때문에 간단히 조사할 수 있습니다. 하지만 HAHAKO 씨에 관한 데이터는 존재하지 않아요."

그게 어떤 의미인지 이해가 되느냐, 라고 시라아세는 시선을 통해 물었다.

마사토는 잠시 생각에 잠긴 후, 대답했다.

"즉, HAHAKO 씨는 플레이어도, NPC도 아니라는 건가요?"

"그렇습니다. 그녀는 이 세계에 초대된 존재도, 프로그래머에 의해 만들어진 존재도 아닙니다. 언제부터인가, 이 세계에 존재하고 있었던 거죠. ……발생 상황 자체는 아만테라는 소녀가 출현했을 때와 비슷합니다만, 이미 그쪽으로는 확인을 마쳤으니 완전히 별개의 존재로 여겨 주십시오."

"그런가요……. 어? 잠깐만요. 확인을 마쳤다니…… 반항조직에 관한 조사도 진전이 있나요?"

"어이쿠. 괜한 발언을 했군요. ……그 점에 대해서는 다음에 알려드리겠습니다. 약간 복잡한 사정이 있으니 말이죠."

시라아세는 그렇게 말하면서 포타를 언뜻 쳐다보았다. 「어……?」 포타는 고개를 갸웃거렸다. 왜 자기를 쳐다보는 건지 모르겠다는 듯한 반응이었다.

시라아세는 마사토 일행을 쳐다보며 이야기를 이어갔다.

"현시점에서 HAHAKO 씨는 이 게임의 메인 시스템이 독자적으로 작성한 캐릭터라고 여겨지고 있습니다. 어디까지나 추측이지만 말이죠."

"메인 시스템이, 독자적으로……?"

"멋대로 만들어낸 거야? 그런 것도 가능해?"

"메인 시스템은 이 게임 세계가 실제 세계처럼 존재할 수 있도록, 다양한 자동 처리를 하고 있습니다. 기후 조작, 시기에 맞춘 초목의 성장 등, 각종 필요 작업을 스스로 판단해서 즉시 실행에 옮길 수 있도록, 이 세계를 변경할 수 있다는 허가를 받은 상태죠……."

"그 허가를 이용해서 새로운 존재를 작성…… 만약 그렇다면, 대체 왜 HAHAKO 씨를 만든 거죠?"

"이게 적절한 표현인지는 알 수 없지만…… 굳이 따지자면 『동경』 때문일지도 모릅니다. 이 게임은 부모자식이 모험을 하는 것이 목적이며, 또한 어머니의 활약에 관한 정보가 많으니까요. ……그리고 그 대표적인 인물이 누구인지는 말할 필요도 없을 테죠."

"예. 말도 안 되는 사람이 한 명 있긴 해요."

마사토가 옆을 바라보니, 「어머, 대체 누구일까?」 마마코가 영문을 모르겠다는 듯이 웃고 있었다. 메인 시스템이 어쩌고 같은 어려운 이야기를 이해하지 못한 건지, 미소를 머금고 있었다.

마사토는 무심코 한숨을 내쉬며 입을 열었다.

"엄마에 관한 정보…… 외모와 스킬을 복제해서 만든 존재가 HAHAKO 씨인 거구나."

이 세계에서 가장 유명하고, 아들 용사를 절망에 빠뜨릴 정도로 엄청난 화력을 지녔으며, 그 어떤 문제도 한계를 뛰어넘는 능력을 발휘해 해결해버리는, 슈퍼 엄마.

젊어 보이고, 아름다우며, 포용력으로 가득 차 있는 듯한 커다란 가슴도 포함해…….

모방할 상대로서 마마코보다 적임인 존재는 없으리라.

외모와 능력이 동일한 것도 납득이 됐다.

"불확정 요소가 많지만 어머니에게 강한 관심을 가지고 있다는 점과 조사가 필요하다는 점을 고려해, 대회 참가를 용인했습니다. ……또한, 아까 시합에서 사천왕 두 명이 다른 분들에게 해를 끼치는 것을 저지한 점은 높이 평가합니다. 적어도 적은 아니라고 생각해도 되겠죠."

"예. 나쁜 사람은 아닌 것 같았어요. ……하지만……."

"알고 있습니다. HAHAKO 씨의 발언…… 마사토 군이 자기 아들이라고 말한 점에는 큰 문제가 있습니다. 왜냐하면……."

"마 군의 엄마는, 엄마야! 엄마가 엄마란 말이야!"

마마코가 벌떡 일어서며 힘찬 목소리로 그렇게 선언했다. 「저기, 좀 앉아!」 마사토의 눈앞에, 엄마의 엉덩이가 위치했다. ……무심코 확 때려주고 싶지만, 그럴 수는 없었다.

대회가 시작된 후로 마사토가 다른 어머니들에게 유혹을 당할 때마다 마마코는 질투심을 불태우며 텐션이 이상해졌지만…… 지금 상태는 그런 것과는 조금 다른 듯한 느낌이 들었다. 필사적인 듯한 느낌마저 들었다.

정체불명의 어머니 HAHAKO의 발언에는 진심이 어려 있었다.

마마코는, 마사토의 친어머니로서 위기감을 느끼고 있는 걸지도 모른다.

'만약 그렇다면…… 지금, 말해두는 편이 좋을까?'

솔직하게 말해두는 편이 좋을 것이다. 아들로서 말이다.

마사토는 마마코의 팔을 잡아끌어서 앉히더니 자신의 어머니와 시선을 마주했다.

"……저기, 엄마. 엄마한테 할 말이 있어."

"그, 그래. 무슨 일이니?"

"나, 그 사람이 만든 도시락을 먹고, 엄마가 만든 도시락이라는 느낌을 받았어."

“마 군?! 그런 소리 하지 마! 마 군의 엄마는……!”

“물론 나도 알아. 하지만…… 우연히 HAHAKO 씨의 무릎을 뱄을 때도, 엄마의 무릎을 벤 듯한 느낌이 들었어……. 엄마가 아니라는 걸 알면서도 엄청 당황했어. ……하지만 말이야.”

절대적으로 자신을 신뢰해주고, 끝없는 애정을 쏟아주는, 이 세상에서 단 한 명뿐인, 그 사람을, 아주 잠시지만 착각하고 말았다.

정말 송구했다. 아들로서 한심했다.

이 추태를 만회할 방법은 단 하나뿐이다.

당연한 사실을, 믿는 것이다.

“지금, 내 눈앞에 있는 엄마가, 내 엄마야.”

마사토는 자신의 내면에 존재하는 망설임을 떨쳐내며, 단호한 어조로 말했다.

마마코가 치켜뜬 눈에 희미하게 눈물이 어리더니…….

다음 순간, 커다란 가슴이 말캉~! 하는 소리를 내며 마사토의 안면과 부딪쳤다. 부드럽고 따뜻한 가슴이 마사토의 얼굴을 인정사정없이 짓눌렀다!

“으갸아아아아아앗?! 눈이이이이이이?!”

“그래! 엄마가, 엄마야! 마 군은 제대로 알고 있구나!”

“알고 있어! 그러니까, 좀 떨어져어어어엇!”

“아아, 다행이야! 마 군이 그렇게 말해주니 정말로 기뻐!

HAHAKO 씨에게는 내일 시합 때 그걸 알려줄 거야! 엄마, 힘낼게!"

"그래! OK! 그럼 됐어! 그러니까 일단 떨어져어어어엇!"

알몸인 어머니의 허그 공격에 당한 마사토는 HP가 깎여 나가고 있었지만…….

와이즈를 비롯한 여자애들도, 각종족의 어머니들도, 사이좋은 모자지간의 포옹을 빙그레 웃으며 지켜보고 있었다. …… 아이들은 상황을 이해하지 못해 얼이 나가 있었지만 말이다.

한편, 시라아세는 만족한 것처럼 고개를 끄덕였다.

"HAHAKO 씨는 자유롭게 행동하게 두며, 행동을 관찰하기만 한다는 것이 당초의 예정이었습니다만……. 다른 분의 아이를 자기 아이로 착각한 상태로 둘 수는 없죠. 부모자식의 관계를 중시하는 이 게임에서, 그녀가 위험한 존재가 되지 않도록, 마마코 씨가 잘 이끌어주셨으면 합니다."

"그럼 그쪽에는 마마코 씨가 대응하기로 하고…… 간과하면 안 되는 일이 하나 더 있어. 어쩌면 무사할지도 모르는, 그 문제아들 말이야."

"그 두 사천왕은 총력을 기울여 박살을 내주자는 계획이었습니다만……. 몰라볼 정도로 성장한 여러분이라면 발견 즉시 격파하는 것도 가능하겠죠. 부탁드려도 되겠습니까?"

시라아세가 약간 도발적인 어조로 그렇게 말하자, 와이즈 일행은 자신만만한 표정을 지었다.

"맡겨만 줘. 그 바보 둘 정도는 우리만으로 충분히 상대할 수 있거든. 식은 죽 먹기야."

"지금 싸운다면 절대 지지 않을 거예요. 마음 푹 놓으세요."

"와이즈 씨와 메디 씨, 그리고 마사토 씨도 있으니 문제없을 거예요! ……하지만……."

"포타 양? 왜 그러시죠?"

"저는 사천왕보다 마마 씨의 시합이 더 걱정돼요……. 마마 씨와 마마 씨를 카피한 사람이 싸운다면, 엄청난 일이 벌어질 것 같거든요……."

"괜찮아! 마음 푹 놔!"

호쾌한 목소리로 그렇게 외친 이는 바로 수인 어머니 가코였다.

"시합은 우리가 지켜보고 있을게! 무슨 일이 일어나더라도, 어머니의 힘으로 해결하겠어! ……인비 씨, 내 말 맞지?"

"그래……. 마마코 씨에게 지기는 했지만, 우리도 할 땐 하는 사람이라는 걸 보여줄 기회니까……. 시합 쪽의 안전은 악마인 내가 보장하겠어."

"그럼 엘프의 보장도 더하도록 할까. 만물의 어머니인 숲의 가호도 더해서 말이야."

엘프 어머니 샤리레의 뒤를 이어, 다른 어머니들도 한 마디씩 했다. 「인어도 보장할게!」, 「용인도 보장한다해!」, 「그럼 천사도 보장하겠어!」, 「정령도 마찬가지야!」, 「흡혈귀도 보장할게!」, 「정령의 보장도 더할게.」, 「거인도 동참하겠어~!」, 「그, 그럼 무도가도……」, 「거기에 닌자 보장도 더하겠소이다!」 또한, 안드로이드의 보장도 기대할 수 있을 것이다.

"어때? 이 정도로 보장해주는데도 가격에는 변함이 없어! 완전 이득이니까 안 살 수가 없지 않아?! 시라아세 씨, 안 그래?!"

"홈쇼핑 같은 느낌입니다만, 싫지는 않군요. 여러분의 호의를 감사히 받아들이겠습니다. 잘 부탁드립니다."

HAHAKO와 직접 대결을 펼치는 이는 마마코이며, 각 종족 어머니들의 만약의 사태에 대비해 대기하기로 했다. 그리고 사천왕은 와이즈 일행이 맡기로 했다.

"내일, 다들 힘내도록 하죠!"

""""오~!""""

내일은 결전의 날이다. 그런 만큼 투지가 불타올랐다. 마마코가 그렇게 외치자, 여자애도, 어머니도, 영문을 모르는 아이들도, 일제히 벌떡 일어서면서 힘차게 주먹을 치켜들었다!

……딱 한 명만 빼고 말이다. 「응? 마사토 군은 눈치가 없군요」, 「저는 그냥 내버려둬요!」 여자애와 엄마들 육림 안에서, 마사토는 일어서지 못했다.

다음날. 천하제일 모도회, 결승.

공교롭게도 이 날은 하늘이 흐렸다. 불길한 먹구름이 하늘을 뒤덮고 있었다.

다행스럽게도 대회장 안의 분위기는 뜨거웠다. 관객석은 손님들로 가득 찼으며, 시합 전인데도 불구하고 곳곳에서 열광

적인 성원이 터져 나오고 있었다.

시합에 출전했던 어머니들도 결승전의 여파에 대처하기 위해 관객석에 자리했다. 아이들도 뭔가를 느낀 건지, 얌전히 자리에 앉아있었다.

자, 이제 곧 결승전이 시작될 것이다.

"……그럼 시작하도록 하죠."

방송석에 자리한 시라아세가 마이크를 켰다.

"오래 기다리셨습니다. 지금부터 결승전을 시작하겠습니다. ……선수, 입장."

한층 더 큰 환성이 터져 나오더니, 이 특별한 순간을 위한 팡파르가 울려 퍼졌다.

출입구를 통해 먼저 모습을 드러낸 이는…….

"좋아……. 마 군, 엄마는 힘낼게."

마마코였다. 앞을 똑바로 바라보며 걸음을 옮기고 있었다.

그 뒤를 이어, 아직 의문점이 남아있기는 하지만 정체가 밝혀진 존재, HAHAKO가 모습을 드러냈다.

"……어?"

무대에 올라온 HAHAKO는 공허한 눈길로 주위를 둘러보았다.

마사토를 찾고 있는 것 같지만, 그는 어디에도 없었다.

"그럼 시합 방식을 추첨하도록 하겠습니다. ……담당자 분, 잘 부탁합니다."

"예! 맡겨만 주세요!"

포타가 추첨 박스를 들고 출입구에서 나오더니 마마코를 향해 뛰어갔다. 「뽑으세요!」, 「고마워」 마마코는 제비를 뽑았다.

그 제비에 적힌 것은 요리일까, 청소일까, 세탁일까, 아니면…….

【전투】

마마코가 뽑은 제비를 본 시라아세가 몰래 어금니를 깨물었다.

"하필이면 그것을 뽑은 건가요……. 불길한 예감이 드는 군요."

하지만 시합 방식은 정해졌다. 그러니 필요한 사항을 아나운스할 수밖에 없다.

"결승전의 시합 방식은 전투입니다. 지키기 위해, 저항하기 위해, 신념을 관철하기 위해, 사람에게는 싸울 힘이 필수 불가결합니다. 어머니도 예외는 아니죠. 전심전력을 다하는 어머니의 힘을, 이 자리에서 보여주시길 바랍니다. ……그럼 두 선수는 준비를 해주십시오."

무대 위에서는 전투 준비가 시작됐다. 「마마 씨, 여기 있어요!」, 「고마워. 항상 이렇게 도움을 받네」 마마코의 무기는 대지의 성검 테라디마도레와 바다의 성검 알투라다. 두 자루의 성검을 포타에게서 건네받는 것으로, 준비는 완료됐다. 포타는 서둘러 철수했다.

한편…….

"……이리 와."

HAHAKO는 발치의 바닥을 향해 두 손을 내밀었다.

오른손을 내민 곳에서는 새빨간 색을 띤 검이, 왼손을 내민 곳에서는 깊은 푸른색을 띤 검이, 천천히 떠올랐다.

양쪽 다 마마코가 손에 쥔 무기와 흡사한 형태를 지닌, 두 자루의 성검이다.

시라아세는 경악과 불안을 억누르면서, 마지막 선언을 입에 담았다.

"그럼 시합을 시작해 주십시오. 준비…… 엄마."

그 후, 시라아세는 마마코가 무사하기를 빌면서 마이크를 껐다.

뒷일은 무대 위에 선 두 사람에게 달려 있다.

마마코와, HAHAKO. 두 사람은 무기를 거머쥔 채 대치했다.

"그럼 잠시 이야기를 좀 나누지 않겠어?"

"……할 말이 있으면 해 봐."

"마 군의 엄마는, 나야."

"나야말로, 마사토의 엄마야."

상냥한 미소를 지으며 날린 일격에, 상대방 또한 미소로 대항했다. 서로의 얼굴에 맺힌 미소는 전혀 흐트러지지 않았다.

"으음, 난처하게 됐네. 마 군은 참 괜찮은 아이니까, 자기 자식으로 삼고 싶어 하는 심정도 이해는 되지만……."

"그렇지 않아. 그런 게 아니라, 나는 엄마니까, 마사토는 내 자식인 거야."

"엄마니까, 마 군이 자식? ……이상한 말을 하네."

"이상하지 않아. 나는, 엄마……. 최강의 엄마니까, 내 자식은 마사토야."

"잠깐만 있어봐. 그건 이상…… 윽!"

그 순간, HAHAKO가 테라디마도레를 휘둘렀다. 대지가 호응을 하면서, 무대에서 솟아난 대량의 바위 칼날이 마마코를 덮쳤다.

하지만 마마코 또한 거의 동시에 테라디마도레를 휘둘렀다. 마마코도 대지의 공격을 펼치면서, 서로가 만들어낸 바위 칼날이 충돌했다.

그 위력은 대등했고, 공격은 그대로 상쇄됐다.

곧 HAHAKO가 쇄도하더니, 마마코를 향해 알투라를 휘둘렀다.

마마코 또한 알투라로 공격을 막아냈다. 푸른색을 띤 성검들이 격돌했다.

두 사람은 무기를 맞댄 채, 굳은 표정으로 서로를 응시했다.

"저기, 잠깐만 기다려줄래? 당신은 잘못 알고 있어. 최강의 엄마니까, 마 군이 자기 자식이라니……."

"마사토의 엄마는, 최강이야. 이 정보는 틀림없어. 그러니까…… 당신에게 이겨서 최강이 되면, 내가 마사토의 엄마야."

HAHAKO는 갑자기 검을 빼더니, 그 자리에서 몸을 회전시켰다.

그와 동시에 채찍 같은 무언가가 마마코를 향해 몰아닥쳤다. 마마코는 반사적으로 몸을 빼면서 그 공격을 피했다.

상대가 휘두른 것은 바로 복슬복슬한 꼬리였다. 빨간색과 파란색을 띤 두 꼬리가 HAHAKO의 엉덩이에서 자라났다.

"어머나. 당신, 꼬리가 있어? 마치 수인 같네."

"당신도 그랬잖아? 잠시 동안이기는 하지만, 수인이 된 적이 있지?"

HAHAKO는 두 자루의 검을 무대에 꽂은 후, 그대로 마마코를 향해 돌진했다.

그리고 수인 특유의 날카로운 손톱을 휘둘렀다. 「윽!」 마마코는 검을 교차시켜서 그 공격을 막아낸 후, 그대로 튕겨냈다.

HAHAKO는 그대로 뒤편으로 공중회전을 하더니…… 착지와 동시에 검을 쥐며 또 공격을 펼쳤다. 바위 칼날과 물방울 탄환으로 파상 공격을 펼친 것이다. 「하앗!」 마마코는 반사적으로 검을 휘둘러서 겨우겨우 그 공격을 상쇄시켰다.

"대, 대단하네. 세 번이나 연속으로 공격을 했잖아. 막느라 정신이 없을 지경이야……."

"아직 안 끝났어."

HAHAKO는 바위칼날과 물방울 탄환 사이의 틈을 가르며 단숨에 쇄도했다. 그리고 그대로 몸을 회전시키면서 꼬리로 2연속 공격을 펼쳤다.

허를 찔린 마마코는 방어를 못했고, 결국 공격을 맞고 말았다.

폭신폭신한 털에 뒤덮인 꼬리에 말이다.

"어머나, 참 기분이 좋네. 왠지 행복해……. 하지만 공격을 맞은 거잖아. 그렇게 생각하니 좀 분해."

대미지는 입지 않았지만, 공격을 당하고 말았다.

숨 쉴 틈도 없는 공방전이 펼쳐지자, 관객들은 할 말을 잃었다.

방송석에 있는 포타와 시라아세는 자신의 눈을 의심했다.

"마, 마마 씨가 공격을 당했어요……. 이, 이런 일은, 처음이에요……."

"HAHAKO 씨가 강할 거라는 건 예상했습니다만…… 마마코 씨를 베이스로 해서, 효과적인 요소까지 뜻대로 추가할 수 있다니…… 큰일이군요."

마마코가 밀리고 있다. 말도 안 되는 사태가 벌어지고 있지만…….

그래도 마마코는 흔들리지 않았다. 검을 움켜쥐며, 앞으로 나아갔다.

어머니로서, 질 수 없는 이유가 있기 때문이다.

"마 군의 엄마는, 바로 나야!"

"나야말로, 마사토의 엄마야!"

진심어린 선언이 충돌하며, 마사토가 걸린 대결은 더욱 격렬해졌다…….

그 즈음, 마사토는…….

대회장 뒤편에서 머리를 감싸 쥔 채, 몸을 웅크리고 있었다.

"그렇게 내 이름을 몇 번이나 외쳐대지 마……. 부끄럽단 말이야……."

성원을 보내고 있는 관객들보다 더 큰 목소리가 연달아 계속 들렸다. 「마 군은!」, 「마사토는!」 양쪽 다 마마코의 목소리였으며, 마사토의 이름을 불러대고 있었다. 진짜로 괴롭다.

하지만 이러고 있을 때가 아니다.

"자, 마사토. 빨리 일어나. 가자."

"우선 대회장 주변의 안전을 확인해야 해요. 뛰어가죠."

"으, 응. 알았어."

마사토는 대회장 쪽에서 들려오는 목소리에서 관심을 끊으면서, 와이즈와 메디의 뒤를 따르며 뛰었다.

"하아. 꾸물거리지 좀 마. 네가 이러는 사이에, 아만테와 소레라가 나쁜 짓을 꾸미고 있을지도 모른단 말이야."

"만약 그 두 사람이 살아있다면, 괜한 짓을 꾸미기 전에 서치&디스트로이하죠."

"응, 그래……. 그 녀석들이 뭔가를 꾸미고 있다면, 시합을 방해하지 못하도록 우리가 격파…… 어…… 어라? 뭐야?"

대회장 외곽을 따라 뛰면서 정면 입구 쪽에 온 마사토는 발견했다.

마을의 입구까지 일직선으로 이어져 있는 대로의 끝에서, 대량의 사람들이 몰려오고 있는 것 같았다. 우글거리며 이쪽으로 걸어오고 있는 건…….

인간이 아니라 해골이었다.

"잠깐만, 언데드 무리잖아! 그렇다면……!"

"소레라 양의 짓이겠죠. 사령술사(네크로맨서) 그 사람은 언데드 계열 몬스터를 사역할 수 있으니까요."

"유감스럽게도 무사할 뿐만 아니라, 귀찮게도 쳐들어오고 있는 거구나! ……적의 숫자가 너무 많아서 살짝 절망할 것 같지만…… 해보자고!"

마사토 일행은 대로로 향하더니, 셋이서 방어선을 구축했다.

교통정리를 담당하는 직원들 덕분에 사람들의 피난은 이미 완료됐다. 이 대로를 따라 전진하고 있는 건, 인간형 스켈레톤과 좀비, 고스트 등이다. 흉흉한 모습을 한 녀석들이 이곳을 향해 뛰어오고 있었으며…….

하늘에는 백골이 된 새가 무리지어 몰려오고 있었다.

"……어? 어라? 큰일 났네?"

마사토가 눈을 깜빡이며 다시 쳐다보았지만…… 잘못 본 것이 아니었다.

YES! 하늘에도 적이 있다!

"좋았어어어어엇! 하늘의 적, 그러니까 내 적이야——!!"

지금이라면 하늘의 선택을 받은 용사가, 위대한 천공의 힘이 담긴 성검으로, 전력을 다해 활약할 수 있다.

지금은 이럴 때가 아니지만, 이런 기회는 흔치 않다!

마사토는 무턱대고 뛰어갔다!

"와이즈, 메디, 엄호 부탁해! 하늘의 적은, 나한테 맡겨어어어엇!"

"이 바보야! 무슨 생각이야?! 네 눈에는 하늘에 있는 적만 보이는 거야?!"

"서둘러 엄호를 해야 해요! ……스파라 라 마지아 펠 미라레……
프리피카레
정화!"

"하아, 정말! 어쩔 수 없네! ……스파라 라 마지아 펠 미라레……
봄바 스페라 봄바 스페라
폭구(爆球)! 그리고! 폭구!"

몰려오는 적들이 신성한 빛에 의해 소멸되고 폭발에 의해 산산조각이 나자, 마사토의 앞에 길이 생겼다. 「믿음직한 동료들이 있어서 나는 정말 행복해!」, 「나중에 설교 들을 줄 알아!」, 「사랑의 체벌도 세트예요」, 「정상참작 좀 해달라고!」 재가 된 악당들을 가르며 나아간 마사토는 지면을 힘차게 내디뎠다.

그리고 성검 필마멘트를 치켜들며, 마사토는 소망했다.

'이봐, 부탁해……. 나도, 뭔가를 해내고 싶단 말이야.'

마사토는 지금까지, 마치 당연한 것처럼 마마코에게 계속 압도당하며 지냈다.

그것만이 아니다. 3회전에서는 동료들의 성장을 두 눈으로 똑똑히 목격했다. 포타는 스킬을 능숙하게 쓸 수 있게 됐고, 와이즈는 한계를 돌파했으며, 메디는 기적을 일으켰다.

그런데 마사토만 아무것도 해내지 못하는 건…… 싫다.

왜냐하면, 마사토 또한 어떤 생각을 품고 있는 것이다.

'나도…… 엄마를 위해, 뭔가를 하고 싶단 말이야!'

자신이 이런 생각을 한다는 게 부끄럽기도 하지만…….

지금만은, 진심으로, 그런 자신을 진심으로 긍정해주고 있다.

"이봐, 하늘! 천공! 먹구름 낀 하늘! 이제 그만, 아들의 심정을 이해하며, 힘을 빌려달라고! ……나는 지금, 엄마를 방해하려고 하는 적을, 있는 힘껏, 날려버리고 싶단 말이다아아아아아앗!"

마사토는 그렇게 외치며, 치켜든 성검을 힘껏 휘둘렀다. 투명한 칼날에서 거대한 충격파가 뿜어져 나오더니, 그대로 하늘을 향해 날아갔다.

그것은 평소와 다름없는, 평범한 일격……이 아니었다.

하늘이 응답했다.

하늘을 향해 날아간 충격파는 네 개로 분열되더니, 그 하나하나가 매의 형태로 변했다.

"오오?! 무슨 일이 일어난 거지?!"

"저게 뭐야?! 마사토의 공격이, 평소와 달라!"

"설마 마사토 군도 새로운 힘에 눈뜬 건가요! 말도 안 돼요!"

"이봐, 메디?! 말도 안 된다는 건 좀 너무한 거 아냐?!"

그 매는 적들을 향해 고속으로 돌격하더니, 예리한 발톱과 부리로 습격을 감행했다.

뼈로 된 새들은 간단히 파괴되더니, 그 숫자가 순식간에 줄어들었다.

"저건 혹시 소환수야? 꽤 상급의 능력 같네. 왠지 짜증나~."

"동감이에요. 건방지네요. 용서 못해요."

"동료들의 반응이 너무 차가운 것 같지만…… 아무튼 좋아!

가라~! 거기다~!"

마사토가 처량한 심정과 눈물을 닦으며 열심히 응원한…….

바로 그때였다.

'윽?! 뭔가가 다가오고 있어?!'

마사토는 그 직감을 믿으면서 반사적으로 왼팔을 내밀었다. 장비하고 있는 롱재킷의 기능이 발동되면서 방어 장벽이 전개됐다.

그와 동시에, 호랑이 같은 색상을 띤 무언가가 엄청난 속도로 쇄도했다. 그리고 바늘처럼 날카로운 공격이 방어 장벽과 격돌하더니 그대로 장벽을 관통할 뻔 했다.

공격을 펼친 자는 바로 아만테였다.

"흐음? 용케 막아냈네. 좀 의외야."

"너희 덕분에 나도 나름 성장했거……든!"

마사토는 위협적인 공격을 펼친 상대를 밀어내면서 충분히 거리를 벌였다. 「역시 왔어!」, 「박살을 내주겠어요!」 그리고 와이즈, 메디와 합류하면서 3대 1의 승부를…….

아니, 3대 2다. 소레라도 있었다. 뼈 모양의 장비로 몸을 감싼 그녀는 다다미 사이즈의 하늘을 나는 마법서 위에 탄 채, 상공에서 둥실둥실~ 내려왔다.

"야호~. 오래간만~."

"오래간만은 무슨. 어제도 만났잖아. 소렌테 씨."

"어~?! 그 그게 누군데~?! 나는 그런 사람 몰라~!"

"수상한 어머니 소렌테의 정체가 실은 우리였어, 같은 걸 일일이……!”
“설명 안 해도 돼.”
“처음 만났을 때부터 눈치챘으니까 말이에요.”
““뭐? 말도 안 돼.””
바보인 저 두 사람은 경악했지만, 그냥 관심을 껐다.
그리고 마사토 일행은 전투태세에 들어갔다.
“너희들, 언데드 군대를 이끌고 대체 뭘 하러 온 거야?”
“잠입공작이 실패했으니까, 실력행사로 전부 박살내버리러 온 거야, 같은 걸 일일이 설명해줄 리가 없잖아?”
“아만테의 설명 버릇은 진짜 못 말린다니깐~. 하지만 그 전에~ 물어볼 게 있는데 말이야~. ……마마코 씨처럼~『때찌!』하는 사람이 있었잖아~? 그 사람은 대체 정체가 뭐야~? 가르쳐주지 않겠어~?”
“가르쳐줄 리가 없잖아. 바보 같은 소리 하지 말아줄래? 아, 바보니까 무리겠네.”
“따끔한 맛을 보기 전에 서둘러 도망치는 편이 좋을 거예요.”
“하아…… 따끔한 맛을 보는 게 어느 쪽인지, 모르나 보네.”
“우리를~ 너무 얕보는 것 같아~. 따끔한 맛을 보여주도록 할까~.”
아만테는 비웃으면서 가는 검을 치켜들었다. 소레라는 거대한 마법서에서 내리더니, 언데드 병사들을 주위에 집결시켰다.
마사토 일행과 사천왕 중 두 명이 서로를 노려보았다. 사소한 계기만 발생해도, 전투가 시작될 것이다…….

바로 그때였다.

"어? 저건……?"

"응~? 뭐지~?"

아만테와 소레라가 마사토 일행의 뒤편을 쳐다보았다. 마사토 일행은 그런 뻔한 수작에 걸려들지 않을 심산이었지만…….

느닷없이, 폭발에 가까운 격돌음이 들렸다. 그리고 발밑에서도 미세한 떨림이 느껴졌다.

게다가, 나무가 급성장을 하는 듯한 소리도 들렸다.

"뭐, 뭐야……?"

마사토가 무심코 뒤를 돌아본 순간…….

뒤편, 본선 대회장 근처에서, 거대한 나무가 쓰러지면서 건물을 박살냈다.

"우와~. 엄청난 싸움이 벌어지고 있네~. 저건 엘프의 능력이지~?"

"오오스키 마마코가 압승할 줄 알았는데…… 어쩌면, 이변이 발생할지도 모르겠어."

"그, 그럴 리가 없어! 우리 엄마가, 질 리가…… 큭……."

마사토는 대회장을 향해 뛰어가고 싶은 마음을 억눌렀다.

사천왕 두 명을 내버려두고 대회장으로 향할 수는…….

"마사토! 가봐! 이쪽은 우리가 알아서 할게!"

"레벨업을 한 저희라면, 충분히 해볼 만해요! 그러니까 빨리 가보세요!"

와이즈와 메디가 마사토에게 그렇게 말했다.

단둘이서 사천왕 두 명을 상대하는 것은 분명 힘들 것이다. 알고 있다. 그래도…….

두 사람은 동료를 믿어보라고, 진지한 눈길로 호소하고 있었다.

"오해할까 싶어 말하는 건데…… 너희보다 엄마가 더 소중한 건 아냐! 나한테는, 와이즈와 메디도 소중한 존재라고! 그러니까 착각하지 마!"

츤데레스러운 대사를 남기며, 마사토는 전력으로 뛰어갔다.

멀어져가는 마사토의 등을 쳐다보며, 와이즈는 낮은 한숨을 내쉬었다.

"하아……. 괜한 소리 좀 하지 마. 바보 마사토."

"그래도 기뻐 보이는군요. 얼굴이 빨개졌어요, 와이즈 양."

"그렇지 않거든~? 그러는 메디야말로 기뻐 보이거든~?"

"물론이죠. 방금 그 말을 듣고 기분이 나쁠 리가 없으니까요. ……자, 걸즈 토크는 이쯤에서 끝내도록 하죠."

두 사람은 고개를 끄덕인 후, 아만테와 소레라를 쳐다보았다.

"마사토를 순순히 보내줘도 괜찮은 거야?"

"상관없어. 이제부터 시작될 여자들만의 즐거운 모임에, 남자는 필요 없거든."

"여자애는 여자애들끼리~ 몰래 박 터지게 싸우는 편이 좋아~."

"어머나, 저도 같은 생각이에요. 남자 분한테 그런 난폭한 모습을 보여주고 싶지 않거든요."

"메디는 때때로 보여주는 것 같지만 말이야. 뭐, 좋아. 그럼 시작해볼까!"

와이즈는 정신을 집중하며 마력을 끌어올렸고, 아만테는 검을 다시 치켜들었다.

그리고 메디가 지팡이를 고쳐 쥐자, 소레라는 거대한 마법서를 펼치며 언데드 병사를 도열시켰다.

서로가 공격을 펼칠 타이밍을 재는 가운데…… 가장 먼저 움직인 사람은 아만테였다.

"일일이 말할 필요는 없겠지만, 나한테는 그 어떤 공격도 통하지 않아. 온갖 공격을 반사하는 나를 상대로, 현자 와이즈는 대체 뭘 할 수 있으려나? 참 기대되네. 후훗."

"좋아! 어디 한 번 해보자! ……스파라 라 마지아 펠 미라레……."

와이즈는 태연한 발걸음으로 자신에게 다가오는 아만테를 노려보면서 주문을 영창했다.

"마법으로 공격할 생각이야? 부질없는 짓이야."

"부질없는지는 시험해보기 전에는 알 수 없거든?! ……폭구(봄바 스페라)!"

폭발하는 마법구를 날렸지만…… 아니나 다를까, 아만테에게 정통으로 명중하지도 않으며 그대로 튕겨났다.

그 순간, 연속마법의 두 번째 마법이 펼쳐졌다.

"그리고! 반사(리프레시오네)!"

와이즈는 마법을 반사하는 장벽을 자신의 앞에 전개해서 마법구를 튕겨냈다.

마법구가 다시 아만테를 향해 날아가더니, 이번에는 반사되지 않고 정통으로 명중했다. 「어?」 아만테가 허를 찔린 듯한 표정을 짓는 순간, 폭발이 발생했다.

미세한 대미지밖에 입히지 못했지만, 마법은 명중했다.

“좋았어~! 명중했네! ……반사된 공격을 다시 반사하면 어떻게 될까 싶어서 한 번 해본 건데…… 이제 해볼 만하겠어!”

“큭! 그딴 공격방식이 유효하다는 건 몰랐네, 같은 소리를 일일이 할 필요는 없겠지! ……그렇다면……!”

“네 뜻대로는 안 돼! ……스파라 라 마지아 펠 미라레…… 둔화(렌토)! 그리고! 반사(리프레시오네)!”

돌격을 하려고 하던 아만테에게 속도를 저하시키는 마법이 명중했다. 그 바람에 아만테의 움직임이 극단적으로 느려졌다. 「큭!」, 「영차!」 아만테가 이 상황에서 무리해서 찌르기를 날리자, 와이즈는 가볍게 그 공격을 피했다.

“어때?! 반사 스킬도, 너의 그 엄청난 신체 능력도, 이제 무섭지 않아! 그럼…… 내 마력과 네 체력 중에서 뭐가 먼저 바닥나는지, 승부해볼까!”

“건방지게……! 이렇게 되면…… 소레라! 나를 도와! 네 스킬로 현자 와이즈의 능력을 저하시키는 거야!”

“자, 잠깐만?! 그건 사양하고 싶거든?!”

아만테는 소레라에게 도움을 요청했지만…….

소레라는 아만테를 도울 여유가 없었다.

"지금은 무리야~! 나도 지금 큰일 났거든~! ……에잇~ 에잇~ 에잇~!"

소레라는 능력 저하 스킬을 연속으로 발동시켰다. 이미 열 번 이상 중첩해서 사용했다.

하지만 그 스킬에 당해 능력이 저하된 메디는 아무렇지 않게 행동하고 있었다. 지팡이를 가볍게 풀스윙하면서, 자신에게 몰려드는 언데드 몬스터를 박살내고 있었다.

"어, 어어~?! 뭐가 어떻게 된 거야~?! 스킬에 이 만큼이나 걸렸으니까~ 서있을 수도 없을 텐데~. 대체 왜~……?!"

"알고 싶나요? 그럼 가르쳐드리죠."

스켈레톤 병사의 두개골을 쪼개고, 자근자근 짓밟으며…….

온몸으로 검은 안개를 분출하고 있는 메디가 무시무시한 미소를 머금었다.

"저는, 모든 면에 있어 우수해야 한다는 교육 방침 하에서 자랐어요."

"그, 그렇구나~. 고생이 많았겠네~."

"확실히 힘들기는 했어요. 하지만 그런 마음가짐은 제 마음속 깊은 곳에 뿌리내려 있죠. 모든 면에서 우수할 것이 가장 중요하며…… 능력이 뒤떨어지는 것에 있어 불만과 실망, 그리고 분노를 느낀답니다."

"그, 그럼~ 지금 능력이 저하되어서~ 엄청 화가 났~……."

"뚜껑이 열릴 것만 같아요." 벌컥.

"히이이이익~?! 뚜껑 열리는 소리가 들렸어~?!"

능력이 저하되면 될수록 쌓인 욕구 불만이 검은 힘, 즉 다크 파워가 되어 메디를 강화하고 있다.

새하얀 옷이 검은 힘에 물들면서, 어둠의 여주인 같은 품격을 자아내고 있었다.

그러자 언데드 몬스터 중 일부가 메디 앞에서 무릎을 꿇었다. 메디를 주인으로 인식하며 소레라가 이끄는 세력과 대치했다.

"어어어어어~?! 몬스터에 대한 지배권을 빼앗겼어~?! 내가 자랑하는 능력인데~……!"

"치유술사는 힐러 직업이며, 성직자에 가까운 존재죠. 그런 제가 망자를 사역하다니…… 정말 멋지군요." 방긋.

"성직자라는 자각이 눈곱만큼도 없는 것 같네~?! ……아, 아만테~! 이쪽으로 좀 와봐~! 내가 공격을 당하지 않도록 지켜~!"

"엄호가 필요한 건 나도 마찬가지거든?! 큭!"

소레라를 향해 아만테가 달려가더니, 언데드들과 함께 방어선을 구축했다.

한편, 와이즈도 메디와 합류하더니, 아군이 된 언데드 병사들과 함께 공격태세를 갖췄다.

"이 정도면 대등하게 싸울 수 있겠네."

"대등한 정도가 아니라, 압도적으로 이길 수 있을 거예요. ……그럼 와이즈 양."

"오케이~! 가자! 우리의 힘으로……!"

“육체가 존재한다는 것을 저주할 정도로, 참기 힘든 고통을 안겨주죠!”

“아니, 그냥 쓰러뜨리기만 하면 되는데……. 아무튼, 가자!”

온화함과는 거리가 먼 여자들의, 격렬하기 그지없는 모임이 개최되었다.

대회장으로 돌아간 마사토는 쓰러진 나무 때문에 반파된 입구에서 그 광경을 목격했다.

“말도 안 돼……. 엄마가 밀리고 있는 거야?!”

무대 위에 있는 마마코의 온몸은 흙먼지로 범벅이 되어 있었다. 다친 곳은 없는 것 같지만 어깨를 들썩이고 있었으며, 호흡도 거칠었다. 상당히 지친 것 같았다.

한편, 대전 상대인 HAHAKO는 기묘한 상태였다. 두 개의 꼬리와 엘프를 연상케 하는 귀, 등에는 악마의 날개가 달렸으며, 그 날개를 이용해 하늘을 날고 있었다.

그런 두 사람이 동시에 마사토를 발견했다.

“마 군! 엄마를 응원하러 온 거구나!”

“마사토! 나를 응원하러 온 거구나!”

마마코와 HAHAKO는 흡사한 형태를 한 검을 휘둘러서 서로를 향해 바위 칼날과 물방울 탄환을 날리고 있었지만, 마사토를 발견하자마자 그를 향해 뛰어왔다. 「자, 잠깐만!」 하고 마사토가 외쳤지만, 두 사람은 멈추지 않았다.

마사토는 두 사람에게 팔을 잡힌 채, 무대 위로 끌려갔다.

“자, 잠깐만 있어봐! 내가 무대에 올라가면 안 되잖아!”

“어머, 괜찮아. 마 군이 곁에 있어준다면, 엄마는 정말 기쁠 것 같아.” 빙긋.

“모습이 안 보여서 쭉 찾고 있었어. 엄마의 곁에 있어줘.” 빙긋.

“아니, 저기 말이야! 지금은 시합 중이니까, 내가 여기에 있으면……!”

“두 사람은 누가 마사토 군의 엄마인지를 가지고 다투고 있습니다. 마사토 군이 이 자리에 있는 편이 여러모로 이야기가 수월하게 풀리겠죠. 그러니 특별히 허가해드리겠습니다.

방송석에 있는 시라아세가 마이크를 켜더니, 장내 방송을 통해 그렇게 말했다.

마사토는 무심코 반론하려고 했지만, 시라아세의 곁에 있는 포타가 필사적으로 고개를 끄덕이는 모습을 보고 입을 다물었다.

‘내가 여기 있는 편이 나은…… 아니, 없으면 안 되는 상황인 걸까?’

마마코가 열세에 처했으니, 마사토라는 에너지원의 서포트가 필수다. 그런 의미인 걸지도 모른다.

다행스럽게도 관객들도 마사토의 참전을 환영하는 것 같았다. 두 어머니가 자기가 한 아이의 어머니라 주장하며, 아이를 걸고 싸운다……. 어머니의 대회에 어울리는 내용이라, 많은 기대를 모으고 있는 것 같았다.

그 아이는 바로 마사토다. 그의 행동에 따라, 이 싸움의 승패가 갈릴 것이다.

"느닷없이 이런 큰 역할을 떠넘기면 곤란한데…… 이것도 아들 용사의 숙명일까?"

"자, 마 군! 엄마와 함께 하는 거야!" 꼬옥~!

"자, 마사토! 나야말로 네 엄마야! 꼬옥~!

"알았어. 일단 두 사람 다 내 손을 놔."

자유롭게 움직일 수 있게 된 마사토는…….

한 치의 주저도 없이, 마마코의 옆에 섰다.

그러자, HAHAKO는 아연실색했다.

"마사토? 뭐하는 거니? 마사토의 엄마는 바로 나……."

"저의 엄마는 인간족이에요. 꼬리도 없고, 엘프의 귀도 없고, 악마의 날개도 없어요. 일시적으로 그런 게 있었던 적도 있지만, 평소에는 그냥 평범한 인간이에요."

"평범한 모습이 좋은 거구나! 그럼 이제 내가 엄마 맞지?!"

HAHAKO에게서 이종족인 부분이 소실되더니, 원래 모습으로 되돌아가서 마사토의 앞에 섰다.

그리고 마사토를 향해 손을 내밀었지만, 그는 고개를 저었다.

"또, 또 뭐가 다른 걸까……. 아, 그래……. 마사토의 엄마는 최강…… 그걸 증명할 필요가 있는 거구나!"

HAHAKO는 검을 손에 쥐더니 그것으로 마마코를 겨눴다.

"나는 최강의 엄마니까, 마사토의 엄마야. 그걸 증명하기 위해, 이 대회에 참가했어……. 그러니까 나는 당신을 쓰러뜨려서, 그걸 증명하고 말거야."

"최강의 엄마니까, 마 군의 엄마……. 당신은 참 이상한 소리를 하네."

하지만 마마코는 검을 쥐지 않았다.

"엄마……?"

"어머, 시합을 포기하는 거야?"

"아냐. 그게 아니라, 나는 눈치챘어. 이 승부는 검으로 결판을 낼 수 있는 게 아니니까, 잠시 검을 내려놓으려는 거야. ……나도 참 문제야. 마 군이 얽힌 일이면 정신을 못 차린다니깐……. 이런 부분은 반성하고, 고쳐야만 해."

마마코는 살며시 말아 쥔 손으로 자신의 머리에 살며시 꿀밤을 날렸다.

그리고 마마코는 온화한 미소를 머금더니, HAHAKO를 똑바로 쳐다보았다.

"마 군과 다른 사람들이 목욕탕에서 한 이야기는 정말 어려웠지만, 그래도 이해한 부분도 있어. ……당신은, 엄마가 되고 싶은 누군가, 인 거지?"

"……윽……!"

HAHAKO는 그 지적을 듣고 아주 약간 동요했다.

"그 마음은 정말 멋진 거라고 생각해. 그런 생각을 품은 자기 자신을, 자랑스럽게 여겨도 돼. ……하지만…… 당신은 어머니가 어떤 존재인지 모르는 것 같아."

"그, 그렇지……."

"그러니까, 잠시만 내 이야기를 들어줘. 나는 당신에게 알려주고 싶어. ……엄마란 누구보다도 강한 사람을 말하는 게 아니야. 엄마란, 그런 존재가 아냐."

"그럼 대체 엄마란……."

"엄마란 말이지……. 이걸 봐."

마마코는 자신의 품속에 손을 집어넣더니, 가슴 계곡에서 문고본 사이즈의 얇은 책자를 꺼냈다.

그 책의 표지에는 【모자수첩】이라고 적혀 있었다. 「엄마! 그걸 왜 그런데다 넣어둔 거야?!」, 「중요한 거니까 항상 가지고 다니고 싶거든」 아들의 태클을 가볍게 흘려 넘긴 마마코가 꺼내든 것은 바로 어머니의 온기를 가득 머금은 모자수첩이었다.

"이게 바로 어머니의 증표야. 그리고 자식의 증표이기도 해. 아이가 태어나서 클 때까지, 그 과정이 세세하게 기록되어 있어. 점점 자라는 키, 점점 늘어나는 체중, 병에 걸려서 진단을 받은 기록……. 기쁜 일도, 슬픈 일도 다 포함해, 수많은 추억이 여기에 담겨있는 거야."

"추억……."

"그래. 이건 나와 마 군의 추억. 모자의 증표야."

"모자의 증표……. 나에게는……."

HAHAKO는 자신의 품속에 손을 넣어서 몇 번이나 뒤져보았지만…… 모자수첩은 없었다.

"물론 이게 전부는 아냐. 피로 이어져 있지는 않지만, 기적적으로 만나서 멋진 모자지간이 된 사람들도 많아. ……하지만…… 잔혹한 말이지만…… 그래도 해야겠어."

"기다려……. 부탁이야! 기다려줘! ……나는……!"

"아이와 함께 쌓아온 것이 없는…… 당신이란 존재는, 엄마가 아냐."

마마코는 진심으로 상대방에게 미안해하면서도, 의연한 어조로 단언했다.

그 순간, 비틀렸다.

HAHAKO의, 마음이라 부를 수 있는 부분이, 끼기긱 하는 소리를 내면서 삐걱거렸다.

얼굴에, 목에, 가슴에, 배에, 손발에…… HAHAKO의 온몸에 균열이 생겼다.

"아냐…… 아냐, 아냐, 아냐! 아냐! 아니란 말이야!"

"저기, 좀 진정……."

"엄마, 멈춰! 다가가지 마! 위험해보여!"

반사적으로 마마코의 앞으로 나선 마사토가 검을 치켜들며 자신의 어머니를 감쌌다.

HAHAKO의 안에서 무언가가 나왔다. 온몸에 생긴 균열에서 기어 나온 것은…… 섬섬옥수처럼 아름답지만, 징그럽게 꿈틀거리고 있는 손이었다.

"나는, 엄마야! 엄마란 말이야! 이 세계에서, 최강이자 최고의 엄마야! ……아이도 있어……. 아이…… 내 아이는……!"

눈물이 쉴 새 없이 흘러내리는 눈으로 마사토와 마마코를 쳐다보고, 모자수첩을 보며, 흠칫한 후…….

HAHAKO는 갑자기 관객석을 쳐다보았다. 수많은 아이들이 있다. 관객들이 아이, 시합에 참가한 각 종족 어머니들의 아이, 그리고 포타도 있다.

"아아, 거기 있구나……. 우후후. 자, 엄마의 곁으로, 오렴."

HAHAKO의 온몸에서 수많은 손이 뻗어 나오더니, 관객석에 있는 아이들을 만졌다.

상대는 귀여운 아이다. 난폭한 짓은 하지 않았다. 그저 살며시 머리를 쓰다듬어줬을 뿐이다.

하지만…….

"아, 엄마가 불러……. 그럼 잘 있어, 아줌마! 바이바이!"

"무슨 소리를 하는 거니?! 내가 네 엄마야! 모르겠니?!"

"엄마다!", "갈게~!", "놔줘~!", "놓~으~란~말~이~야~!", "우엥~!"

"자, 잠깐만?! 너희들, 어디에 가려는 거야?! 너희 엄마는 여기 있잖니?!"

아이들은 느닷없이 HAHAKO를 어머니로 인식하고 만 것 같았다. 진짜 어머니들이 필사적으로 말리고 있지만, 도망치는 아이도 있었다.

포타도 마찬가지였다. HAHAKO의 손을 순순히 잡더니, 방송석 밖으로 뛰쳐나가려 했다.

"시라아세 씨! 저, 엄마한테 가볼게요!"

"기다리세요! 정신 차리세요! 가면 안 됩니다!"

시라아세는 필사적인 표정을 짓더니, 있는 힘껏 포타를 끌어안으며 말렸다.

시라아세의 저런 반응은 처음 보지만…… 감탄이나 하고 있을 때가 아니다.

"마 군!"

"알아! 일단 저 손을 어떻게든 하자!"

마사토와 마마코가 공격을 펼쳤다. 충격파, 그리고 대량의 바위 칼날과 물방울 탄환이 대회장 밖으로 뻗어 나가려 하는 새하얀 손을 전부 잘랐다.

하지만 새하얀 손은 금방 재생되었다. 게다가 그 숫자는 시간이 갈수록 늘어났다.

바로 그때, 관객석 곳곳에서 고함 소리가 들렸다.

"무슨 짓이야?! 이 아이들은 내 아이야!"

"엄마의 눈앞에서 아이들을 납치하려고 하다니, 그건 바보나 하는 짓이다해! 따끔한 맛을 보여주겠다해!"

"지, 진정한 엄마의 힘을, 얕보지 마세요!"

수인 어머니 가코, 용인 어머니 사모한, 무도가 어머니 카토, 무투파 어머니들이 무대로 뛰어오더니 HAHAKO의 본체에 공격을 날렸다.

하지만…….

"나도, 진정한 엄마야. 그러니까, 지지 않아."

"헛소리 하지…… 우왓?!"

손톱으로 할퀴려 하던 수인 어머니 가코의 주위에 새하얀 손이 몇 개나 생겨나더니, 그것들이 수인 어머니 가코의 모습으로 변해서 일제히 반격을 펼쳤다. 「크윽?!」 그리고 수인 어머니 가코는 수인의 완력에 의해 무대에 내동댕이쳐졌다.

“엄청난 녀석이다해! 그렇다면…… 카토 씨! 동시에 공격하자해!”

“아, 예! 이야아아아아아압!”

“몇 명이 덤비든 부질없는 짓이야. 나는 최강의 어머니니까, 지지 않아.”

정면에서 날아온 용의 브레스 공격과 어머니의 철권을, HAHAKO는 새하얀 손으로 막아내려 했다.

바로 그때였다.

“등 뒤에서 공격해서 미안해! 하지만 당신은 좀 머리를 식히는 편이 좋을 것 같아!”

“천사가 기습을 하는 건 좀 그렇지만, 지금은 그런 걸 따질 때가 아니네!”

“어머, 나는 이런 걸 좋아하거든? 악마니까 말이야. 으흥~.”

등 뒤에서 인어 어머니 나카사오가 물대포를 날렸다. 그리고 좌우에서는 천사 어머니 마마리엘의 신창(神槍)과 악마 어머니 인비의 낫이 쇄도했다.

게다가…….

“아무리 나라도, 우리 애를 건드리면 화내거든~?! 에잇~!”

거인 어머니 카이데다. 양손으로 깍지를 끼더니, HAHAKO의 머리를 향해 거인의 철퇴를 휘둘렀다.

다섯 방향에서의 집중 공격이…….

"부질없는 짓이야. 왜냐하면 나는 최강의 엄마거든."

HAHAKO는 새하얀 손으로 모든 공격을 막아내더니, 반대로 어머니들을 포박해서 벽과 지면에 내동댕이쳤다.

그야말로 무적이다. 마사토는 어금니를 깨물었다.

"젠장! 그야말로 최강, 최악이잖아! 너무 위험한 거 아냐?!"

"다른 어머니들이 걱정돼! 빨리 치료를 해줘야 해!"

"나도 그건 알아! ……하지만 회복마법이나 회복 아이템을 쓸 수 있는 사람은……."

다른 어머니들은 관객석 곳곳에 흩어져서 아이들이 끌려가는 것을 필사적으로 막고 있었다. 이쪽의 상황은 알지만 지원을 해줄 여유가 없어 보였다.

항상 믿음직하던 포타도 지금은 세뇌를 당한 상태다.

'젠장! 이럴 때, 와이즈와 메디가 있다면……!'

마사토가 마음속으로 그렇게 생각했다. 그 마음이…….

"……뭐야아아아아아아아아아앗?!"

"……꺄아아아아아아아아아아앗?!"

"응? 어엇?!"

하늘에 닿았다. 하늘에서 와이즈와 메디가 내려왔다. 새하얀 손에 휘감긴 상태지만 말이다.

팔 부분을 자르자, 두 사람은 「에잇!」, 「이얍」, 「커억?!」 마사토라는 이름의 충격흡수재를 이용해, 멋지게 착지했다.

"나는 무사하지 않지만, 너희는 무사한 거야?!"

"무사하긴 해! 그런데, 이건 뭐야?! 갑자기 나타나서 우리를 휘감았단 말이야!"

"닿은 순간, 마치 어머니가 저를 부르는 듯한 기묘한 느낌을 받았어요! 이 손은 대체 뭐죠?!"

"방금 말한 대로의 효과가 있는 위험한 손이야! 아무튼 너희가 이곳에 와줘서 다행……."

"크으으으윽?!", "우와와왓~?!"

"어, 또 뭐가 오잖아! 저건……!"

아만테와 소레라다. 와이즈, 메디와 마찬가지로 새하얀 손에 끌려가고 있었다.

아만테가 공중에서 새하얀 손을 찢어발기더니, 소레라를 어깨에 걸쳤다. 「오오스키 마사토! 거기 가만히 있어!」, 「싫어! 도망칠, 커으윽?!」 그리고 마사토라는 이름의 충격흡수재를 이용해, 멋지게 착지했다.

"너희까지 온 거냐?!"

"시끄러워! 오고 싶어서 온 게 아냐!"

"그게~ 엄마가~. ……어, 엄마가~ 불러서~……."

"소레라! 정신 바짝 차려! 엄마가 부르니까 가봐야 한다니…… 어머니에게 저항하는 우리가, 엄마에게…… 크윽! 이 기묘한 손은 대체 뭐야?!"

아만테가 분노를 터뜨리며 쳐다본 것은…….

HAHAKO의 원형을 유지하고 있지 않은, 수많은 손으로 뒤덮인 새하얀 물체였다.

"으, 으음…… 오오스키 마사토, 저건 뭐야?"

"너희가 신경 쓰던 사람이야. 남의 아이를 강제로 자기 자식으로 삼아서 엄마가 되려고 한다, 같은 건 일일이 설명해주지 않겠지만 말이야."

"그러면서도 설명을 해주는 걸 보면, 오오스키 마사토는 바보인가 보네."

"너한테는 그런 소리 듣고 싶지 않거든?!"

"그렇다면…… 소레라! 일단 물러나자!"

"그래~. 자식이 되는 건 싫고~ 쓰러뜨리기도 힘들 것 같으니까~ 마사토 군 일행에게 떠넘기면 되겠네~. 그럼~ 바이바이~."

아만테와 소레라는 거대한 마법서에 올라타더니, 하늘 저편으로 도망쳤다.

"쳇! 놓쳤어!"

"몬스터 군대는 처리했으니, 이제 저 두 사람만 처리하면 되는 상황이었는데……! ……뭐, 좋아! 지금은 사천왕을 상대할 때가 아니야!"

"상황은 얼추 파악했어요! 저와 와이즈 양은 부상자의 치료 및 하얀 손 제거를 맡겠어요! 지금 바로 착수할게요!"

"그래! 그쪽은 부탁할게!"

"잘 부탁해! 그리고 너희도 조심하렴!"

와이즈와 메디가 행동을 시작했다. 믿음직한 동료의 뒷모습을 지켜본 후…….

"좋아……. 엄마. 가자."

"응! 가자!"

마사토와 마마코는 HAHAKO의 본체와 대치했다.

저것은 어머니가 되기를 원하며, 사방팔방으로 손을 내밀고 있는 안타까운 존재다.

마사토는 검을 검집에 집어넣었다.

"방식은 잘못됐지만…… 이 사람은 자기 나름대로 어머니가 되기 위해 필사적인 거야……. 그런 사람을 힘으로 쓰러뜨리는 건 잘못된 것 같은 느낌이 들어."

"맞아. 힘으로 쓰러뜨리는 건 아닐 것 같아. 부모와 자식이란 어떤 존재인지 제대로 알려줘야 한다고 생각해. 그러니까……."

마마코는 빙긋 웃더니 모자수첩을 꺼내들었다.

그 모습을 본 아들은 뭘 해야 할지 감도 오지 않았지만…… 마사토는 일단 그 수첩을 만졌다. 그러자 「우왓……」, 「어머나……」 모자수첩이 찬란히 빛나면서 천천히 떠올랐다.

마사토와 마마코의 사이에 떠오른 그 빛은 길쭉하게 늘어나더니, 완만한 곡선을 그리고 있는 검 같은 실루엣을 그린 후, 두 개로 분리됐다.

그리고 모습을 드러낸 것은, 자루 끝부분이 리본으로 이어져 있는 두 자루의 칼이었다.

마치, 배꼽의 탯줄을 통해 이어져 있는 모자지간을 연상케 하는 검이다.

"이건 뭐야……?"

"잘은 모르겠지만…… 왠지 멋진 일이 일어날 것 같은 느낌이 들어."

"흐음…… 왜일까……. 나는 그런 느낌이 전혀 들지 않는데……."

"그럼 지금 바로 써보자!"

마마코는 자신의 앞에 있는 검을 향해 손을 뻗더니, 자루 부분을 쥐었다.

"어머나. 감촉이 참 좋네. 내 손에 딱 맞는 것만 같아."

"서슴없이 손에 쥐었어……. 하아, 엄마는 정말…… 뭐, 좋아. 그럼 나도, 전설의 검 같은 이걸……."

마사토도 내심 두근거리며 검을 손에…….

"걱정하지 마! 엄마에게 맡겨줘!" 찰싹.

"어? ……잠깐마아아아안?!"

마마코가 마사토의 앞에 있는 검도 손에 쥐었다. 평소와 마찬가지로 쌍검을 쥔 것이다. 「역시 양손에 한 자루씩 쥐니 마음이 놓이네」, 「엄마아아아앗?!」 아들의 절규는 어머니에게 전해지지 않는 것 같았다.

마마코는 양손으로 검을 쥔 후, 변모한 HAHAKO를 쳐다보았다.

"이 검이라면, 분명 해낼 수 있어! 우리 모자의 추억을, 당신에게 전해줄게! 엄마와 마 군의, 메모리얼…… 으음, 메모리얼…… 에잇!"

그것은 마마코가 이 순간에 터득한 오의다.

그 오의의 이름은, 방금 마마코가 말한 대로 【엄마와 마 군의 메모리얼 에이】.

마마코가 오른손에 쥔 검, 부모의 검 제니토레를 힘껏 휘둘렀다. 그러자 마마코를 중심으로, 따뜻한 파동이 전방위로 뻗어나가더니…….

HAHAKO는 물론이고 이 파동을 쬔 모든 이들의 눈앞에, 모자지간의 추억이 떠올랐다.

『응애! 응애앳!』

『어머나. 정말 활기차네. ……고마워. 태어나줘서, 고마워.』

산부인과의 침대에 누운 채 지금과 변함없는 젊은 얼굴로 미소를 지은 마마코가, 갓 태어난 마사토와 살며시 볼을 부비는 모습이 보였다.

『……쪽…… 쪽…….』

『엄마의 젖을 잔뜩 먹고, 건강히 자라렴. 우후후.』

거실에서 갓난아기인 마사토에게 젖을 주며, 약간 간지럽다는 듯이 미소를 짓고 있는 마마코의 모습이 보였다.

『으응…… 응~ 응!』

『그래! 마 군, 힘내! 자, 잘한다! 잘해!』

물건을 잡고 일어선 마사토가 첫 걸음을 내디뎠다. 태어나서 처음으로 걸은 것이다! 마사토 응원용 머리띠와 외투를 장비한 마마코가 진심으로 기뻐하는 모습이 보였다.

모든 광경은 부모의 검 제니토레가 보여주는 환상이다.

하지만 그것은 분명 실제로 존재했던 나날이다. 부모의 메모리다.

그리고 마마코는 왼손에 쥔 검, 자식의 검 피리오를 힘껏 휘둘렀다. 또 파동이 뿜어지더니, 부모자식간의 추억이 추가됐다.

『엄마~! 커다란 멍멍이! 커다란 멍멍이! 우엥~!』

『어머나. 울지 마. 엄마가 있으니 괜찮아.』

외출을 할 수 있을 만큼 큰 마사토가 집을 나섰다가, 산책 중인 도베르만과 마주쳤다. 마사토는 겁을 먹고 울음을 터뜨리더니, 허둥지둥 마마코의 다리에 매달렸다.

아이니까 어쩔 수 없겠지만, 그래도 좀 한심해 보였다.

『싫~어~! 안 가~! 으에에에에에에엥!』

『치과에 안 가면, 이빨 아픈 게 안 나을 거야. 알았지? 마 군.』

치과에 간다는 건 눈치챈 순간, 마사토가 응석을 부리기 시작했다. 마마코는 난처한 표정을 지었지만, 그런 건 알 바가 아니다. 길바닥에 드러눕더니, 버둥거리면서 큰 소리로 엉엉 울며 응석을 부렸다.

어린애지만, 너무 어린애 같았다. 진짜 뭘 하는 건지 모르

겠다.

『저기, 나 말이지. 선물로, 엄마를 받고 싶어!』

『엄마면 되니? 그럼 엄마를 마 군에게 선물해야겠네.』

마사토의 다섯 살 생일 파티 때 일이다. 선물은 엄마다. 마마코가 꼭 안아주자, 마사토는 그런 엄마의 볼에 뽀뽀를 했다. 엄마, 사랑해!

선물로 엄마를 요구하다니, 아무렇지 않게 엄청난 말을 하네! 역시 어린애야!

그런 광경을 이 자리에 있는 모든 이들이 보게 되자…….

"잠깐마아아아안?! 부탁이야, 그만해애애애앳?! 이렇게 부끄러운 모습을 남들에게 보여주지 말라고오오오오오오오오오오오오! ……아아, 이제 다 싫어……. 털썩……."

느닷없이 단말마를 지른 마사토가 그대로 쓰러졌지만, 일단 제쳐두기로 하고…….

부모자식간의 추억이, 사람들을 일깨웠다.

현혹되어 있던 아이들이 정신을 차리더니, 진짜 어머니를 향해 뛰어갔다.

「엄마~!」, 「걱정 좀 끼치지 마렴!」 아이들을 꼭 안아준 어머니들은 잔소리를 하면서도 안도의 눈물을 흘리고 말았다.

포타도 정신을 차렸다.

"으음, 저는 왜 시라아세 씨의 품에 안겨 있는 거죠?!"

"글쎄요. ……괜찮다면, 잠시만 더 이대로 있고 싶습니다만…… 그래도 될까요?"

"예! 그러세요!"

부모자식 사이가 아닌 이들도 서로의 공허함을 메우려 했다. 시라아세는 자신의 무릎 위에 앉은 포타를 꼭 끌어안았다.

대회장을 가득 채우던 새하얀 손은 따뜻한 파동을 쬐더니 차례차례 사라졌다. 그 손을 저지하러 동분서주하던 와이즈와 메디도 한숨 돌렸다.

"휴우…… 어찌어찌 된 것 같네."

"예. ……방금 본 추억에 대해서는, 마사토 군과 나중에 차분히 이야기를 나누기로 하고…… 일단 좀 쉬도록 할까요."

"너는 성격이 정말 끝내준다니깐~."

사천왕과의 대결에 이어 이곳에서도 격전을 펼치느라 MP와 기력이 바닥난 두 소녀는 등을 맞대며 펄썩 주저앉더니, 기분 좋은 피로에 휩싸였다.

문뜩 정신을 차리고 보니, 하늘이 어느새 맑아졌다. 먹구름이 사라지고, 햇빛이 쏟아지고 있었다.

세탁이 하고 싶어지는 맑은 햇살을 본 마마코는 한숨 돌렸다.

"그럼……."

마마코는 원래대로 되돌아온 모자수첩을 가슴 계곡에 집어넣은 후, HAHAKO와 마주했다.

새하얀 물체로 변했던 HAHAKO는 어느새 인간으로 되돌아왔다. 새하얀 손의 범람은 잦아들었고, 온몸에 생겼던 균열 또한 사라졌다.

HAHAKO는 양손으로 얼굴을 감싼 채, 울고 있었다.

"최강이라서 엄마인 게, 아냐……. 아이를 낳아서, 기르며, 추억을 쌓아야 비로소, 엄마가 되는 거야……. 하지만 나에게는, 아무것도 없어……. 나는, 엄마가 아니었어……."

"그래. 당신은, 엄마가 아냐. 하지만 말이야……."

마마코는 HAHAKO를 상냥히 안아줬다.

"당신도 멋진 엄마가 될 수 있어. 왜냐하면, 당신은 엄마가 되고 싶다는 마음을 가지고 있잖아. 그러니 언젠가는, 꼭 엄마가 될 거야."

"……나도, 언젠가 꼭…… 꼭……."

"응! 엄마가 되도록 해! Let's 엄마! 우후후!"

힘차면서도 상냥한 격려를 받은 HAHAKO가 연거푸 고개를 끄덕였다.

그리고 눈물에 젖은 아름다운 미소를 머금은 HAHAKO의 몸이 서서히 투명해지더니, 사라졌다.

그 모습을 본 방송석의 시라아세가 마이크를 켰다.

"시합 종료. 천하제일 모도회의 우승자는, 오오스키 마마코 씨입니다."

"어? 우승…… 아, 그러고 보니……. 이 시합이 결승전이었지. 마 군에 관한 걸로 머릿속이 가득 찬 바람에, 깜빡했어. 나는 진짜 덤벙엄마라니깐. 우후후."

마마코가 이제야 그게 생각났다는 투로 그렇게 말하자…….

대회장 곳곳에서 웃음소리가 들리더니, 곧 승리를 축하하는 박수와 크나큰 환성이 그곳을 가득 채웠다.

오오스키 마마코

주요 스킬

SKILL

어머니의 빛

감정이 격해지면, 온몸에서 빛이 뿜어져 나온다. 그 빛의 양을 능숙하게 조절하지는 못한다.

『때찌!』

꾸짖는 순간, 레이저가 발사된다. 어디까지나 꾸짖는 것이기에 공격 판정은 없지만, 엄청난 위력을 지녔다.

장점

만능 그 자체라 해도 과언이 아닌 어머니. 집안일과 마사토에 관한 모든 면에서, 뛰어난 능력을 발휘한다.

단점

마사토에 관한 일에 너무 집중한 나머지, 주의력이 산만해지는 경향이 있다. 마사토가 별생각 없이 한 말 때문에, 아무 일도 손에 잡히지 않게 되는 경우도 있다.

스테이터스

STATUS

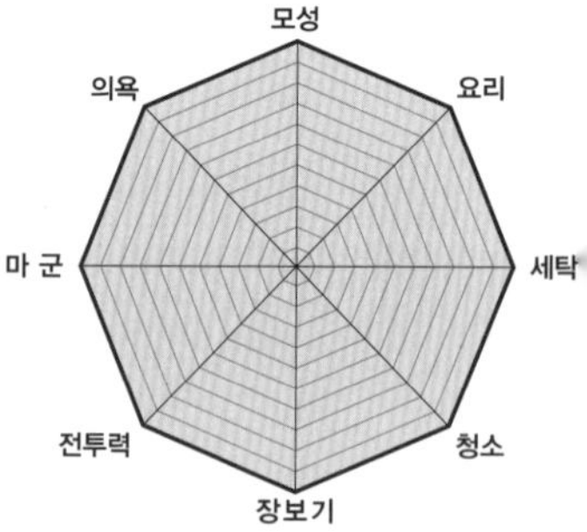

스테이터스

모성 100 / 요리 100 / 세탁 100 / 청소 100
장보기 100 / 전투력 100 / 마 군 100

오리지널 의욕 100

에필로그

천하제일 모도회 결승전이 끝난 후…….

그날 밤에는 축제가 열렸다. 낮의 열기가 가시지 않은 건지, 미마 마을의 대로는 사람들로 북적이고 있었다. 엘프와 수인이 음악을 연주했고, 천사와 악마가 노래를 했으며, 조그마한 요정과 거인이 손을 맞잡고 춤췄다. 전 세계에서 모여든 수많은 종족이 이 날을 성대하게 축하했다.

그런 마을을 등지며…….

"……."

HAHAKO는 정처 없이 초원 필드를 걸었다.

어디로 향하면 좋을지…… 알 수 없다.

하지만 해야 할 일은, 명확하게 알고 있다.

"나는 엄마가 될 거야……. 그러기 위해 필요한 건…… 역시, 자식이야."

HAHAKO는 걸음을 옮겼다. 그 손으로 자신의 아이를 안기를 소망하며…….

같은 시각. 미마 마을에서 한참 떨어진 곳에 있는 숲속에서는…….

어둠 속에 떠올라 있는 칠흑빛 소용돌이를 바라보며, 아만테와 소레라가 의아한 표정을 지었다.

"……감시? HAHAKO를 그냥 감시만 하라는 거야?"

"엄마가 되고 싶어 하는 것 같은데~ 그냥 내버려둬도 돼~?"

『그저 바라기만 하는 단계라면, 내버려둬도 문제될 건 없다.』

칠흑빛 소용돌이에서 흘러나온 것은, 성별조차 판별할 수 없는 이질적인 목소리였다.

그 목소리는 생각에 잠긴 것처럼 잠시 동안 뜸을 들인 후, 말을 이었다.

『하지만 만일 포타에게 해를 끼치려 한다면, 오오스키 마마코보다 우선적으로 없애도록.』

희미한 분노가 어린 목소리로 엄명을 내린 후, 그 칠흑빛 소용돌이는 사라졌다.

그 잔재조차 흔적도 없이 사라진 것을 확인한 후, 아만테와 소레라는 낮은 목소리로 이야기를 나눴다.

"……또 포타를 챙기네."

"마스터 말이야~. 아무리 생각해도~ 포타에게 집착하는 것 같다니깐~. 무슨 이유라도 있는 걸까~?"

"그렇겠지. ……예를 들자면, 마스터가 포타의……."

가족…… 그 중에서도……?

아만테는 한순간 머릿속을 스친 생각을 떨쳐버린 후, 걸음을 옮겼다.

"쓸데없이 추측하지 말자. 우리의 사명은 어머니의 제거, 그리고 포타의 신병 확보야. 사천왕으로서 주어진 임무를 수행하는 거야."

"그래~. 괜한 짓 했다가 혼나는 건 싫어~. ……그럼~ 이제 어떻게 할 거야~? 다른 한 명과 합류해서~ 전력을 확충할까~?"

"내키지는 않지만, 그것도 우리에게 주어진 선택지 중 하나네. ……가자."

숲속의 어둠 속으로…….

아만테와 소레라는 검은색 코트를 휘날리며 자취를 감췄다.

미마 마을.

본선 대회장은 후야제의 메인 스테이지가 됐다. 무대 주위의 키즈존에는 노점들이 들어섰고, 관객석 곳곳에는 사람들이 묘기를 부리고 있으며, 다양한 종족의 사람들로 북적이고 있었다.

하지만, 많은 사람들이 모여든 곳에서는 트러블이 발생하기 마련이다. 미아 문제 같은 것이 말이다.

하지만 걱정할 필요는 없다. 믿음직한 보육 담당이 있기 때문이다.

"엄마~! 엄마 어디 있어~! 우에에에에엥!"

"하아, 정말! 울지 마! 이 누나가 같이 찾아줄게! 알았지?!"

"여기 있는 인간족 아이의 어머님! 근처에 안 계신가요?!"

"아! 저쪽에서 손을 흔들고 있는 사람이 있어요! 저 사람이

이 아이의 엄마 같아요!"

원래는 자원봉사 스태프였지만, 지금은 자원봉사자다. 와이즈와 메디, 포타는 누가 시켜서가 아니라, 자신의 의지로 대회장 안을 돌아다니면서 미아가 된 아이들을 돕고 있었다. ……아이들을 상대하는 걸 그렇게 질색했던 것과 달리, 꽤 즐거워 보였다.

그리고 무대 위에서는 현재 이벤트가 개최되고 있었다.

"그럼 지금부터 WMC, 월드 마사토 군 챔피언십을 개최하겠습니다."

"누가 좀 말려어어어어어엇!"

마이크를 쥔 시라아세의 옆에는 의자에 꽁꽁 묶인 마사토가 있었다.

"저기! 장난 좀 치지 마세요! 이런 짓을 할 때가 아니라고요! HAHAKO 씨가 어떻게 됐는지 조사해야……!"

"대회장에서 모습을 감춘 후 마을 밖에서 재생된 것 같습니다만, 걱정할 필요는 없습니다. ……그녀는 엄마가 되고 싶다는 마음에 따라 행동하고 있습니다. 기본적으로 나쁜 짓은 하지 않죠. 만일의 사태에 대비해, 감시 체재도 강화해뒀습니다. 유사시에는 즉시 대처가 가능합니다."

"그, 그런가요. 그럼 다행이지만……."

"그러니 마음껏 즐겨주십시오. ……HAHAKO 씨가 자신은 어머니가 아니라는 것을 인정했기 때문에, 시합은 대전 상대의 실격이라는 형식으로 끝났습니다만…… 그래도 마마코 씨가 우승했다는 사실에는 변함없습니다. 자, 같이 축하드리도록 하죠."

"축하하고 싶은 마음이 없는 건 아닌데…… 엄마를 축하해 주는 것과 이 상황이 무슨 상관인지 모르겠거든요?!"

"그럼 마사토 군을 함락시키고 싶은 분은 무대로 올라와주십시오. 남을 추천해도, 자기 자신을 추천해도 괜찮습니다. 함락시키는 방법 또한 참가자의 재량에 맡기겠습니다. 자, 올라오시죠."

"멋대로 일을 벌이지 말라고요! 함락시킨다는 건 또 무슨 소리예요?! ……아아…… 아아앗?!"

시라아세가 그렇게 말하자, 본선에 진출했던 어머니들이 차례차례 무대에 올라왔다. 다양한 종족의 어머니들에게 둘러싸인 가운데, 드디어 시작된다. 바로…….

하렘이 말이다!

「자, 마사토 군. 엘프 엄마의 귀란다」 귀를 쫑긋쫑긋 「내 꼬리는 어때?!」 꼬리가 살랑살랑 「열빙어 인어야~」 비늘이 반짝☆ 「마파두부 먹고, 마사토도 불을 뿜어라해!」 드래곤 파이어! 「양치질할 시간이야」 흡혈귀 어머니가 치카치카 「보, 복근 있는 엄마는 좋아하세요?」 식스팩! 「어머, 내 전용 호주머니가 있네」 조그마한 요정 어머니가 부비부비 「엄마 때문에 흥분한 거니? 참 밝, 힌, 다, 니, 깐」 음란한 악마가! 「자, 합체하자!」 불, 물, 흙, 바람의 원소와 아들이 정령합체! 「개조수술을 시작하겠습니다」 마사토가 드디어 안드로이드로?! 「함께 천국에

갈래?」 천사가 마중을 왔다…… 「와아~! 나도 끼워줘~!」 거인 엄마가 한손으로 번쩍 들어서 「닌자의 술법을 보여주겠소이다! 닌닌!」 두루마리가, 김밥으로! ……아, 이건 평범한 마술이다.

마사토는 육탄돌격을 개의치 않는 그 애정공세에 휘둘린 끝에……!

제발 그만해줬으면 좋겠다고 진심으로 생각했다.

"여러분의 마음은 정말 감사하지만, 그래도 그만 좀 해요! 엄마 하렘이라는 것을 어떻게 받아들이면 좋을지, 전혀 감이 안 온…… 어라?"

마사토는 눈치챘다. 어느새 자신의 몸이 구속에서 풀려나 있었던 것이다. 누군가가 풀어준 것 같았다.

이 자리에 모인 어머니들을 대표해서, 엘프 어머니 샤리레와 수인 어머니 가코가 어머니의 정이 묻어나는 미소를 지으며 말했다.

"마사토 군을 내 매력에 푹 빠지게 해서, 내 아이로 삼을까도 했지만……."

"두 사람의 추억을 봤더니, 그럴 수가 없네……. 역시 마사토 군은 마마코 씨의 아들이야."

"아…… 그런가요."

"그러니까 빨리 마마코 씨에게 가봐."

"대기실 쪽으로 간 것 같아. 빨리 가서 우승을 축하한다고 말해줘."

"맞아요. 그러고 보니 아직 제대로 축하를 안 했네요……. 그럼 가볼게요!"

어머니들이 보내주자, 마사토는 무대에서 내려왔다.

그런 마사토의 앞에 와이즈와 메디, 포타가 나타났다.

"자, 마사토. 이게 라스트 배틀이야. 이번에야말로 성장한 너의 힘을 보여줘."

"친어머니인 마마코 씨에게, 아들인 마사토 군이 어떻게 맞설지…… 격렬한 싸움이 예상되네요."

"힘내세요! 저는 전력을 다해 응원할게요!"

"싸우러 가는 게 아닌데……. 아무튼 다녀올게!"

와이즈, 메디, 포타가 마사토의 등을 두드리며 격려했다.

많은 이들에게 격려를 받으며 힘차게 내달린 마사토는 대기실에 도착했다.

마마코는…… 대기실 구석에 놓인 벤치에 앉아서, 앨범을 바라보고 있는 것 같았다.

"저기, 엄마. 그게 상품이야?"

"어머, 마 군. 응. 그래. 이건 정말 대단해. ……자, 봐."

마마코가 보여준 것은 대회의 우승상품인 【부모자식 앨범】이다. 겉보기에는 평범한 앨범 같지만, 각 페이지에는 부모자식이 이 세계에서 보낸 나날이 자동으로 캡처되어 실려 있었다.

비스트 마마코와 엘프 마마코, 데빌 마마코, 로리 마마코, 마마코가 변신했을 때의 사진이 실려 있으며, 그 모든 사진에는 경악한 나머지 콧물을 줄줄 흘리고 있는 마사토의 한심한 모습도 「아, 보여주지 않아도 돼」 마사토는 앨범을 덮었다.

자, 아들 용사가 최선을 다해야 할 시간이다.

"저기, 엄마. 엄마한테 할 말이 있는데 깜빡했더라고. ……대회 우승, 축하해."

심플하지만, 진심을 담아, 축하의 말을 건네자…….

마마코는 갑자기 고개를 푹 숙였다. 표정 또한 어두웠다.

"엄마……?"

"고마워. 마 군에게 축하를 받으니, 정말 기뻐. ……하지만……하아……."

"엄마, 왜 한숨을 쉬는 거야? 혹시 신경 쓰이는 일이라도……아, 그래……. HAHAKO 씨가……."

"그것만이 아니라…… 마 군, 잠시 이쪽으로 와볼래?"

마마코는 벤치 위에서 무릎을 꿇고 앉더니, 벤치의 윗면을 손바닥으로 두드렸다. 마사토가 벤치에 앉기를 바라는 것 같았다. 표정 또한 진지했다. 「왜, 왜 그래……?」 뭔가 중요한 이야기라도 하려는 것일까. 마사토는 어머니가 시키는 대로 벤치 위에 무릎을 꿇고 앉았다.

그러자 마마코는 볼을 한껏 부풀렸다.

"마 군. 엄마는 말이지? 엄청 삐쳤어!" 부우~!

"어, 왜 화를 내는 거야?! 왜 삐친 건데?!"

"엄마는 몰래 지켜봤어! ……마 군이 다른 어머니들에게 애정공세를 받으며, 좋아서 헤벌쭉거리는 걸…… 마 군은 바람둥이!"

“그게 신경 쓰였던 거야?! 그리고 그게 무슨 바람이냐고!”

“마 군은, 친엄마보다 다른 엄마가 더 좋은 거구나…….” 훌쩍훌쩍.

“왜 갑자기 울음을 터뜨리는 건데?! 아니, 일단 진정 좀 해 봐! 그런 게 아니라고! 내 엄마는, 지금 내 눈앞에 있는 엄마뿐이란 말이야!”

“……정말?”

“그래! 맹세할게! 우리 모자지간의 추억에 맹세하겠어!”

“추억에 맹세…… 그럼…… 옛날처럼, 엄마에게 뽀뽀를 해 줄래?”

“뭐?! 갑자기 무슨 소리를 하는 거야?! 뭐 잘못 먹은 거 아냐?!”

마마코는 질투를 할 때마다, 특수 스킬 【어머니의 질투】를 발동시켰다.

에너지를 쌓아두는 타입인 그 스킬이 마사토가 바람을 피운 바람에 드디어 임계점에 도달했고, 결과적으로 어마어마한 짓을 요구하기 시작한 것이다! 마사토를 향해 볼을 내밀며, 모자간의 맹세의 키스를 요구하고 있다!

사춘기 남자애가 어머니의 볼에 뽀뽀를 하는 건…… 백만 마리 몬스터를 상대로 싸우는 것보다 더 힘든 싸움이다.

‘크…… 하지만 그걸로 납득을 해준다면, 빨리 하는 편이 나을지도 몰라!’

모자지간이니까, 괜찮다. 문제될 게 없다! 모자지간이니까 말이다!

주위를 둘러보며 아무도 없다는 것을 확인한 후…….

아들 용사는 용기를 쥐어짜내서……!

……쪽…….

엄청 건성으로, 마마코의 볼에 키스를 했다.

"이, 이제 됐죠?! 만족하셨습니까?!"

"응! 엄마, 정말 행복해! 우후후!" 반짝————!!

"아, 예! 그러신가요! 그건 그렇고, 눈부시단 말이야!"

마마코는 너무 기쁜 나머지 찬란히 빛났다. 대회에서 우승한 것보다, 아들에게 키스를 받은 게 더 기쁜 것 같았다. 너무 기쁜 나머지, 정신줄을 놓을 것만 같았다.

어머니가 진심으로 기뻐하자, 마사토도 기분이 썩 나쁘지는 않았지만…….

10초 후, 동료들이 몰래 훔쳐보고 있다는 사실을 눈치챈 마사토는 발광하고 만다.

■작가 후기

신세 많이 지고 있습니다. 이나카입니다.

일본, 그리고 외국의 독자 여러분께서 지원해주신 덕분에, 이렇게 5권이 발매되었습니다. 진심으로 감사드립니다.

이 작품이 해외진출까지 하게 될 줄은 몰랐습니다. 그리고 2018년 2월에는 대만 카도카와 측에서 사인회까지 열어주셨습니다. 감개무량합니다.

대만에서 만난 여러분과 독자 여러분에게 감사드리며, 그 해 2월 6일에 대만 동부에서 발생한 지진으로 피해를 입으신 분들에게 진심으로 애도의 뜻을 표합니다.

엄마 라이트노벨이란 무엇인가…… 그 대답을 찾는 모험을 시작한 후로 벌써 1년이 지났습니다. 불빛 한 점 없는 어둠 속을 헤매는 나날이 이어지고 있습니다만, 많은 분들이 도와주신 덕분에, 어찌어찌 앞으로 나아가고 있습니다.

이이다 포치 씨, 담당 편집자이신 K씨, 코미컬라이즈로 신세를 지고 있는 메이챠 씨, 출판에 관여해주신 분들과, 판매점 여러분. 감사드립니다.

카야노 아이 씨께는 이 책의 낭독 작품을 통해 신세를 졌습니다. 오디오북 송출 서비스, 『Audible』에서 서비스되고 있으니, 관심이 있으신 분께서는 꼭 들어주십시오.

국내외를 가지지 않고, 다양한 매체를 통해 이 작품은 발전하고 있습니다. 앞으로도 오랫동안 함께해주시기를, 진심으로 부탁드립니다.

마지막으로…….

이 작품에서는 다양한 어머니가 등장합니다만, 제 주위에도 개성적인 어머니가 계십니다.

P5와 DQ11 같은 대작 가정용 게임을 발매 직후에 바로 즐기고, 중학생인 아들과 MHW로 사냥 실력을 겨루며, 신칸센 변형 애니에 빠져서 변형 로봇을 구매하지만 어린 딸에게 빼앗긴 바람에 쟁탈전을 벌인다고 하는…….

사실, 이 사람은 바로 저의 누님입니다. 현실세계에도 다양한 어머니가 존재하는 것 같습니다.

2018년 천춘(淺春) 이나카 다치마

다음 권 예고

"엄마는, 영원한 사랑을 맹세하겠어요!"

마사토가 결혼?! 그리고 마마코도 결혼?!
결혼 상대는 대체 누구인가?
신감각 엄마 동반 모험 코미디! 로얄 웨딩 편!

일반공격이 전체공격에 2회 공격인

엄마는 좋아하세요? 6

VOLUME 6

내용이 변경될 수도
있다고 하네요.

2019년 여름 발매 예정

IT IS GOING TO
RELEASE IT IN THE SUMMER 2019

■ 역자 후기

안녕하십니까. 근로청년 번역가 이승원입니다.

『일반공격이 전체공격에 2회공격인 엄마는 좋아하세요?』 5권을 구매해주셔서 진심으로 감사드립니다.

어느새 2019년도 4월이 되었습니다.

4월이면 날씨가 따뜻하다 못해 약간 덥게 느껴질 거라고 생각했습니다만…… 어찌된 영문인지, 올해는 4월인데도 날씨가 쌀쌀합니다.

밤에는 겨우겨우 영하가 안 되는 수준이라 전기장판과 파카를 여전히 애용 중입니다. 강원도 지방에는 폭설도 내리더군요. 지인 중 한 명이 그 지역에 사는데, 폭설 때문에 교통정체가 발생했다는 말을 듣고 무심결에 달력을 쳐다봤습니다, AHAHA.

일교차가 심해서 그런지 건강을 해치는 분도 많고요. 실은 저도 지병(ㅠㅜ)이 재발하는 바람에 지옥을 경험 중입니다. 그나마 다행인 건 어머니 병세가 차도가 있은 후에 제가 터졌다는 걸까요……. 빨리 몸 추슬러서 마감에 허덕이는 인생에서 벗어나는 게 현재 목표입니다.^^

독자 여러분도 건강 유의하시길!

그럼 『일반공격이 전체공격에 2회공격인 엄마는 좋아하세요?』 5권에 대해 조금 이야기해볼까 합니다.

스포일러가 포함되어 있을 수도 있으니 본편을 안 읽으신 분은 유의해주시길!

이번 편은 천하제일 모도회 편이었습니다! 무도회가 아니라 모(母)도회였습니다! 모도회!

세계 최강의 어머니를 뽑기 위한, 어머니들의 제전! 피로 피를 씻는 처절한 사투…… 같은 건 없습니다만, 그래도 다양한 종족의 다양한 어머니가 모여서 펼치는 대결은 정말 재미있었습니다.

특히 판타지와 SF를 아우르는 각양각색의 어머니들의 매력도 매우 좋았죠.

솔직히 이 어머니들에게 마마코가 묻히는 건 아닌가 싶었습니다만…… 역시 이 작품의 진(-_-) 히로인은 순순히 당하지 않더군요. 컬러 일러스트에도 있는 잡체인지(?) 마마코의 대활약은 정말 충격 그 자체였습니다.^^

그리고 이번 권에 등장한 정체불명의 어머니 HAHAKO도 정말 매력적이더군요. 마마코와는 또 다른 매력을 지닌 강력한 라이벌의 등장은 매우 신선했습니다. 솔직히 지금까지는 그야말로 마마코 무쌍 그 자체였던지라, 그런 그녀를 위기에 몰 수 있는 캐릭터의 등장이 반가웠습니다. 앞으로도 등장해서 멋진 활약을 펼쳐주길 빌고 있습니다!

그리고 이번 권을 통해 레벨업을 한 와이즈와 메디도…… 참 좋더군요. 항상 마마코의 활약을 부각시키기 위한 들러리 역할만 하던 두 사람이 열혈물의 클리셰인 『여긴 내가 맡을 테니 먼저 가!』를 시전할 때는 울컥했습니다.^^ 그리고 그 활약 자체도 캐릭터성을 최대한 살리면서 전개되는 점이 정말 좋았습니다. 언젠가 저 두 사람이 동료가 아니라 히로인이 되는 날이 올지도 모른다는 희망(?)마저 품었습니다, AHAHA.

그럼 이만 줄이겠습니다.

언제나 재미있는 작품을 맡겨주시는 L노벨 편집부 여러분에게 진심으로 감사드립니다. 앞으로도 잘 부탁드립니다.

마감에 허덕이고 있는 친구를 보다 못해 고기를 사들고 와준 악우여. 고기는 참 고맙다만…… 같이 들고 온 음료(?)들은 뭐냐?! 나, 마감이란 말이다아아아아~!

마지막으로 언제나 제게 버팀목이 되어주시는 어머니와 『일반공격이 전체공격에 2회 공격인 엄마는 좋아하세요?』를 읽어주신 모든 분들에게 진심으로 감사드립니다.

표지부터 충격과 공포인 6권 역자 후기 코너에서 다시 뵙겠습니다!

2019년 4월 초

역자 이승원 올림

일반공격이 전체공격에 2회 공격인 엄마는 좋아하세요? 5

초판 1쇄 발행 2019년 5월 10일

지은이_ Dachima Inaka
일러스트_ Iida Pochi.
옮긴이_ 이승원

발행인_ 신현호
편집국장_ 김은주
편집진행_ 최은진 · 김기준 · 김승신 · 원현선 · 권세라
편집디자인_ 양우연
국제업무_ 정아라 · 전은지
관리 · 영업_ 김민원 · 조인희

펴낸곳_ (주)디앤씨미디어
등록_ 2002년 4월 25일 제20-260호
주소_ 서울시 구로구 디지털로 26길 111 JnK디지털타워 503호
전화_ 02-333-2513(대표)
팩시밀리_ 02-333-2514
이메일_ lnovelpiya@naver.com
L노벨 공식 카페_ http://cafe.naver.com/lnovel11

ISBN 979-11-278-5039-5 04830
ISBN 979-11-278-4403-5 (세트)

값 7,000원

L NOVEL

저자
아이아츠시
일러스트
카츠라이 요시아키
이세계에
백수, 마왕의 모습으로
유유자적 여행
가끔은 치트인
5
NOVEL